◆杭州师范大学人文社会科学振兴计划项目资助

◆杭州市哲学社会科学重点研究基地杭州师范大学"外国文学与话语传播研究中心"资助

外国文学研究丛书

Margaret Atwood: Texts and Contexts

玛格丽特·阿特伍德：
文本与语境

张 雯 著

ZHEJIANG UNIVERSITY PRESS
浙江大学出版社

序

　　张雯的第一本学术专著出版在即。收到她发来的微信消息:"弱弱地问一句,老师有没有时间和兴趣给我写个序呢?"我为她的学术成绩感到高兴,当然很乐意写一点印象和感想。

　　算起来,张雯初入我门下已是十多年前了。她于 2005 年成为我的硕士研究生,接着又一鼓作气,攻读博士学位。她毕业后,被杭州师范大学引进,几年工作下来,成绩斐然,目前已成为该校外国语学院英语专业副教授,完成了几个省部级社科基金项目,在国家核心期刊上发表了一些高质量论文,其中有一篇还被《新华文摘》转载了。这十多年来,张雯一直在做加拿大女作家玛格丽特·阿特伍德的研究。在加拿大访学期间,她爬梳剔抉,收集资料,遍访名师,研修探讨。这本书见证了她多年来的学术探索历程,也为学界同行提供了值得期待的研究心得。

　　在现今的高校生存与竞争机制下从事文学研究,有时免不了要与时俱进,适应一下"学术市场",但跟风日久,容易忘却文学研究的基础和根本。令我感到欣慰的是,张雯没有迷失方向。本书书名中的"文本与语境",抓住了文学研究的要点。

　　说到底,每个作家都是某种意义上的珀涅罗珀,一个文本的编织者。他或她,将自己对个体生命的感悟,纳入古老的母语中,加以精心构思和谋划,把散乱的词语编织为一个个看似自足的文本。但任何一个作家都不是亚当,也就是说,在他或她之前,早已有无数民间的和专业的、无名的和有名的作家做过类似的事情,为后世积累了海量的文本,蕴含了不少程式化的故事、情节、结构、原型、典故等,这些"针头线脑"、断简残片,往往成为后代作家无奈而又无法摆脱,自觉或不自觉地借鉴、模仿、挪用、戏仿、拼贴的材料。换个角度,文学研究者则是另类意义上的珀涅罗珀。他或她要做的工作是拆解，将一本本看似构思细密、创造力满满的小说或诗歌拆解开来，看看它们是用什么丝线编织起来的，用了什么样的新旧针法，连缀了哪些原有的织物片断，补缀上了哪些全新的材料，等等。

张雯这本书的特色或优点，最显著的便是不唱理论高调，不用时髦概念，而始终对文本不离不弃，以客观冷静的态度耐心拆解，细心检视，抽丝剥茧，一一析出其背后蕴含的、被作家精心编织进去的神话情节、童话故事、《圣经》原型、欧洲传奇等传统要素。比如，她在阿特伍德的长篇小说《神谕女士》中看到了一次"穿行于神话的旅行"，认为《神谕女士》的表层内容之下暗含了三个隐文本，即19世纪英国桂冠诗人丁尼生的《夏洛特姑娘》、中世纪欧洲流传的童话《拉普索》和《蓝胡子的蛋》，这三个隐文本像潜藏在显文本之下的暗流，始终在《神谕女士》的表层叙事之下流淌，与小说的主题有着若隐若现的联系并提供暗示。进而她认为，该小说蒙太奇般地让不同的故事相互穿插和切换，最后在《被爱追踪》的故事里集中在了一起，消除了过去和现在、现实与虚幻的界限。

但如果仅止于此，文学批评和研究就会沦落为类似考据的纯技术活儿：客观、有趣、掉书袋、炫学问，无个人立场、乏价值判断。个人认为，真正的、负责任的文学批评和研究工作者，必须将拆解开来的文本重新纳入宏观的社会文化语境中，还原历史现场，回应当下人们关切的问题，契合作家心灵，进而聆听整个人类命运交响曲在自己耳畔的回声。在这方面，我觉得张雯也做得很好。她这样写道："读阿特伍德的作品既不能脱离文本，也不应忽视语境，这个语境既是阿特伍德致力于构建并与其一同成长的加拿大文学，更是加拿大本身，同时也是当代西方社会，这个日趋多元、解构与后现代的世界。也许只有将阿特伍德放回这个大背景中，进行文本与语境的参照阅读，才能真正将隐在湖底的作者带出水面。"

全书第一章"民族还是世界"，率先亮出阿特伍德的文化身份，抓住并回应了当代加拿大作家的整体焦虑和当下人们关切的问题。众所周知，加拿大这片广袤而空旷的北方大地一直远离欧美中心，1931年加拿大正式成为英联邦国家，而完全的独立权直到1982年才取得。历史的短暂，导致其民族性的建立缺乏一种时间与文化的积淀。那么，一个移民族群如何建构自己的民族身份，一个缺乏深厚文化积淀的民族如何重述加拿大历史？

本书后面各章中，作者分别从神话与历史、身体与政治、性别与社会等不同视角出发,以问题意识为导向,从微观到宏观步步深入,层层剖析,对阿特伍德的多部小说进行了拆解,并重新嵌入不同的社会文化语境,最终将阿特伍德六十年的创作总路径概括为:从诗歌到小说,从女性到社会,从加拿大到世界,从过去到未来,从现实到科幻。本书进而认为,如果将这整个过程放在西方的大语境中审视,也大致可以得出一部微型文化流变史。

玛格丽特·阿特伍德不仅是加拿大最有成就的作家之一,也是当今世界文坛上一个有影响力的作家,她的创作本身极具研究价值。我不是阿特伍德的研究专家,仅从学理上判断,本书试图透过文本来展开其背后的整个西方语境,这个探索的大方向是正确的,技术上是可行和可信的。相信本书的出版会为国内学界的阿特伍德研究提供有益的补充和借鉴。同时,本书对于探索文学创作的一般规律、后现代语境下文学研究的路径,以及进一步理解世界文学和文化提供了一些新的视角。

希望张雯以本书的出版为起点,不忘初心,低调精进,在今后的学术道路上越走越好,越走越稳,越走越远。

是为序。

张德明

2019 年 6 月 2 日于秋水苑

书名对照

（本书引用以下小说作品内容时，直接用英文缩写和英文原著页码注明）

英文书名	英文缩写	中文书名
The Edible Woman	EW	《可以吃的女人》
Surfacing	SF	《浮现》
Lady Oracle	LO	《神谕女士》
Bodily Harm	BH	《肉体伤害》
The Handmaid's Tale	HT	《使女的故事》
Cat's Eye	CE	《猫眼》
The Robber Bride	RB	《强盗新娘》
Alias Grace	AG	《别名格雷斯》
The Blind Assassin	BA	《盲刺客》

目　录

绪　论

　　20 世纪 60 年代,加拿大建国一百周年前后,民族情绪空前高涨,全国上下期盼着加拿大文学能摆脱英美文学附庸的地位,而彰显自身独立的特征与价值。此时,她在文坛横空出世。

　　20 世纪 70 年代,学界对于加拿大文学的定位依然争论不休,她的《生存:加拿大文学主题指南》①如一颗重磅炸弹引发了热烈讨论。不管是非对错,此书在很大程度上推动了加拿大人对本国文学的认识与重视。

　　20 世纪 80 年代,在多元文化主义与移民政策等多重政治与文化力量的作用之下,加拿大文化界开始从民族主义向后现代主义与多元化过渡,她的创作相应地表现出了浓重的"国际"色彩。

　　20 世纪 90 年代,加拿大英语文学日渐成熟与壮大,她在国际上也声名鹊起。

　　21 世纪第一个十年,经历"9·11"震荡的北美弥漫着对科技与权力的反思氛围,她以反乌托邦系列小说再次警醒世人。

　　21 世纪第二个十年,在左倾思潮与政治正确的导向下,西方的女性议题出现了新的走向与话题,根据她的同名小说改编的一部电视剧突然走红,随后她又在声势浩大的"米兔运动"(Me Too movement)声讨中再一次被推向了舆论的风口浪尖。

　　六十年来,玛格丽特·阿特伍德(Margaret Atwood,1939—)的名字始终与加拿大文学联系在一起。如加拿大另一位当代作家休·麦克里南(Hugh MacLennan)所说的,加拿大作家创作的独特之处在于必须首先为自己搭建文学

---

　　①　Atwood, M. *Survival: A Thematic Guide to Canadian Literature*. Toronto: House of Anansi Press, 1972.

1

平台,阿特伍德在创作的同时也是在构建自己的民族文学。20世纪60年代至今的这段时期是加拿大文学真正走向独立、成熟与繁荣的时期,这个阶段正好与阿特伍德六十年来的创作生涯在时间上有所重合,而她在构建加拿大文学的同时又将自己推向了国际舞台的前端。

作为一名多产且屡获国际大奖的英语文学作家,阿特伍德早已声名在外,是一位具有全球影响力的女作家。"阿特伍德不仅被认为是加拿大文化的发言人,也被普遍誉为加拿大文学的建立者和大师。"[①]她掀起的"阿特伍德热"是当今世界英语文坛的重要现象。相应地,在文学评论界,阿特伍德也是现今最受关注的加拿大作家之一,"在学术界和普通读者中都极受欢迎"[②]。如今,阿特伍德研究日趋繁荣,研究成果数量大、质量高。甚至可以说,阿特伍德研究本身已是一个值得研究的文学课题。

阿特伍德首先是以一个诗人的身份出道的。1964年,作为文坛新人的她凭借诗集《圆圈游戏》(*The Circle Game*)获得了代表加拿大文学最高荣誉的总督文学奖,这奠定了她的文学地位并引起了评论界的重视。发展至今,阿特伍德研究的历史已有半个世纪之久。如今站在21世纪第二个十年末的时间点来回顾阿特伍德迄今为止的创作生涯,可以看到长篇小说已代替诗歌而成为其作品的重要组成部分。1980年,美国《纽约时报》在一篇关于小说《人类以前的生活》(*Life Before Man*)的书评文章里这样评价阿特伍德:

> 尽管身处三重身份困境——贴着"女性主义者"标签的作家、加拿大人和诗人之中,玛格丽特·阿特伍德仍然设法成为一位真正的小说家。她让我们睁眼看到我们思想和行为的方式,而不用在乎性别和国籍。[③]

---

① 潘守文. 民族身份的建构与解构——阿特伍德后殖民文化思想研究. 长春:吉林大学出版社,2007:23.

② Lilburn, J. *Margaret Atwood's "The Edible Woman"*. Piscataway: Research & Education Association, 2000:1. 本书凡是出自英文(无论是文学作品还是理论著作等文献)的引文,都是笔者本人翻译,特此说明。

③ Lehmann-Haupt, C. Books of the Times. *The New York Times*, 1980-03-10(14).

后来更有评论家称其为"五十年来英语写作界最出色的小说家"①。20 世纪八九十年代,随着更多重量级小说的发表,阿特伍德作为当代世界文坛上最负盛名作家之一的地位也得到了巩固。

不管是长篇小说、短篇小说、诗歌,还是各种形式的杂文、评论等,阿特伍德的文本都不是封闭的,而是在很大程度上与外部世界相互渗透与影响。就像阿特伍德本人的"积极入世"一样,她的作品也是语境式文化解读的范本之一。下文将从阿特伍德评论中的几个主流视角,包括民族主义、女性主义与反乌托邦等来探讨文本与语境相结合的研究方式的实践与理论依据。

在阿特伍德身上的所有标签中,"加拿大"一词恐怕是最为显著、与其联系最为紧密的。正如她自己所说的:"(文学)最有趣的是发现我们作为加拿大人的存在的事实。"②评论者们也注意到阿特伍德对自己作为加拿大作家的身份意识。加拿大文学评论家戴维·斯坦斯(David Staines)就说过:"世界成为她的中心,而她关注的显然是加拿大人。"③阿特伍德评论家卡罗尔·安·豪威尔斯(Coral Ann Howells)也曾断言:"……加拿大和加拿大性生成于阿特伍德小说的文本空间里。作家植根于某个地方,而阿特伍德的地方是加拿大。"④一方面阿特伍德的创作本身就是对加拿大文学的构建,另一方面她也是在有意识地突显一种独有的北方地域与民族特性。可以说阿特伍德的文字背后始终隐含着一个加拿大,甚至在加拿大后面还叠印着一个美国。因此,加拿大这个语境理应成为阿特伍德的第一归属。所以本书会首先将她放回加拿大的国家语境中,分析加拿大的创作环境与她的作品之间的交互影响。

如果说加拿大是阿特伍德的第一语境的话,那么西方文学传统同样是她的文本得以生成的土壤。阿特伍德在创作中采用了大量希腊神话、格林童话等西方文学的经典素材,对其进行戏仿、改写与重述。因此,原型批评,即通过解读文

① Parrinder, P. Making Poison. *London Review of Books*, 1986-03-20(21).

② Sullivan, R. *The Red Shoes: Margaret Atwood Starting Out*. Toronto: HarperCollins Publishers, 1998: 9.

③ Staines, D. Margaret Atwood in Her Canadian Context. In Howells, C. A. (ed.). *The Cambridge Companion to Margaret Atwood*. New York: Cambridge University Press, 2006: 22.

④ Howells, C. A. *Margaret Atwood*. London: Palgrave Macmillan, 1996: 20.

学作品中的神话、童话和传统等原型形象或模式来探究原型文本与现行文本的内在联系,也是阿特伍德研究中一个比较重要的研究视角。莎朗·罗斯·威尔逊(Sharon Rose Wilson)将阿特伍德作品中的神话和童话寓意与女性主义结合起来,认为:"这种性别战争往往可以在女性身体上展开,而且在神话和童话互文中描述出来。"①威尔逊进一步在《玛格丽特·阿特伍德的童话性政治》中指出:"阿特伍德是一位'女性'作家,她用童话戏剧式地表现女性被食与被肢解。因此,阿特伍德的主要主题之一是性别政治;最新的女性主义理论,北美的和法国的,都适用于解读她的文本。"②但除了女性主义之外,原型理念中暗含的文化渊源关系也是一个值得挖掘的问题。因为经典改写本身就是一种兼具继承与反叛的行为,从中不仅能看到阿特伍德的创作对西方文学传统的承接以及两者的互动,甚至可以管窥加拿大文学与西方文学的关系。

如果说西方文学传统是阿特伍德文本产生的文化内因,那么当代西方乃至全球的社会现状则是外部的促成因素。从早期的生态女性主义作品到后期的反乌托邦系列小说中,我们可以看到阿特伍德对人类现状与未来持久的关切。因此近年的反乌托邦题材实际上是 20 世纪六七十年代生态主题在新时代的发展与变体。进入 21 世纪以后,随着《疯癫亚当》(MaddAddam)、《水淹之年》(The Year of the Flood)、《我心永恒》(The Heart Goes Last)等一系列描写未来人类灾难的小说的相继出版,阿特伍德的反乌托邦主题越来越受到评论者的重视。比如曼纽尔·本杰明·贝克(Manuel Benjamin Becker)的《阿特伍德反乌托邦小说的形式和功能:〈使女的故事〉与〈羚羊与秧鸡〉》一书就是探讨阿特伍德笔下的未来社会功能与运作机制的。③

然而,毋庸置疑,阿特伍德是通过构想未来世界来表达对当下社会的焦虑的。豪威尔斯在《玛格丽特·阿特伍德的反乌托邦视野:〈使女的故事〉和〈羚羊与秧鸡〉》一文中就提到:"《羚羊与秧鸡》构建了一个不是通过军事或国家力量而

---

① Wilson, S. R. *Myths and Fairy Tales in Contemporary Women's Fiction*: *From Atwood to Morrison*. New York: Palgrave Macmillan, 2008: 13.

② Wilson, S. R. *Margaret Atwood's Fairy-Tale Sexual Politics*. Jackson: University Press of Mississippi, 1993: Introduction XII.

③ Becker, M. B. *Forms and Functions of Dystopia in Margaret Atwood's Novels*: *"The Handmaid's Tale" and "Oryx and Crake"*. Riga: VDM Verlag Dr. Müller, 2008.

是通过滥用科学知识而建立起来的异化世界。"①这显然与 20 世纪后期科学技术飞速发展的现实密不可分。可见如果仅在文本的框架内讨论阿特伍德的反乌托邦作品,不仅忽略了她意欲传达的警世预言,甚至本身就行不通。也许这就是斯拉沃默·克兹尼克(Sławomir Kuźnicki)选择语境解读方式的原因。他的《玛格丽特·阿特伍德的反乌托邦小说:火被吞食》一书开门见山地表明了当代世界局势对这些反乌托邦作品的促成因素。克兹尼克在该书的开篇即以《使女的故事》(The Handmaid's Tale)中奥芙弗雷德说的"语境即一切"为题来论证阿特伍德创作的"现世性",并指出"她的文本联系了无数当代的问题"②。

反乌托邦作品本身就是通过夸张与超现实的形式来表达对现实的关切,因此脱离科技、信息与基因技术的飞速发展,地球生态环境的日益恶化,以及宗教极权主义在某些地域的兴起等国际现实来分析这些作品,并不符合阿特伍德的创作初衷,也将导致文本理解上的盲区。基于此,本书会侧重于分析阿特伍德所构建的反乌托邦社会中权力与女性的关系,以及从中折射出的当代西方多元价值与政治正确取向下宗教极权与两性关系的新趋势。

综观阿特伍德迄今为止发表的所有作品,不可否认,女性确实是阿特伍德的一大关注点。她的很多诗歌作品都是在表现男女两性的"权力政治",小说作品更是展示了一个个女性的心理世界和生命历程。很多小说的书名就透露出女性色彩,比如《可以吃的女人》(The Edible Woman)、《神谕女士》(Lady Oracle)、《使女的故事》、《强盗新娘》(The Robber Bride)、《别名格雷斯》(Alias Grace)和《珀涅罗珀记》(The Penelopiad)等等。与之相应的,在国内外阿特伍德批评中,女性主义视角占据着相当重要的位置。早在 1971 年,当代著名美国女性主义批评家伊莱恩·肖沃尔特(Elaine Showalter)就断言,阿特伍德的作品很适合女性主义课程使用,也许可以切实地为女性学生提供思考文学与自我的另一种方式。海蒂·斯莱特达尔·麦克弗森(Heidi Slettedahl Macpherson)这样评论 20 世纪

① Howells, C. A. Margaret Atwood's Dystopian Visions: *The Handmaid's Tale* and *Oryx and Crake*. In Howells, C. A. (ed.). *The Cambridge Companion to Margaret Atwood*. New York: Cambridge University Press, 2006: 205.

② Kuźnicki, S. *Margaret Atwood's Dystopian Fiction: Fire Is Being Eaten*. Newcastle upon Tyne: Cambridge Scholar Publishing, 2017: 7.

七八十年代的阿特伍德研究:"阿特伍德研究中一个很快就非常突显的事实是,绝大多数阿特伍德学者使用了女性主义方法,这可能部分地因为阿特伍德是在女性意识上升的时期开始写作的。"①1975 年,安奈特·科隆德尼(Annette Kolodny)使用阿特伍德的两部早期长篇小说《可以吃的女人》和《浮现》(Surfacing)来探讨女性主义的本质。

此后,堂娜·格士登伯格(Donna Gerstenberger)与弗兰克·戴维(Frank Davey)都开始对阿特伍德所谓的男女权力政治表示了关注。如后者所说的,"阿特伍德的男女二元对立是隐喻性的而不是政治性的"②,越来越多的评论家开始探讨这种女性主义隐喻。芭芭拉·希尔·瑞格尼(Barbara Hill Rigney)在《女性主义小说中的疯癫与性政治:勃朗特、伍尔夫、莱辛和阿特伍德研究》一书里用女性主义精神分析学的方法来剖析《浮现》的无名女主人公"异化的女性意识"③。她的另一本关于阿特伍德的研究专著《玛格丽特·阿特伍德》也从女性主义的视角审视阿特伍德的创作,并表示阿特伍德"主要用反面榜样来警醒世人"④,因为她笔下的女主人公们都不是道德楷模或理想化的人物,而都是有许多缺点的普通人。此外还有香农·亨根(Shannon Hengen)的《玛格丽特·阿特伍德的权力:精选小说与诗歌中的镜像、反思和意象》、J. 布鲁克斯·布森(J. Brooks Bouson)的《残忍的编舞:玛格丽特·阿特伍德小说中的对抗策略和叙述模式》等不少专著⑤,都是在文本之内研究女性主义思想的。但如果跳出文本的框架,可以看到阿特伍德的女性主义思想其实与 20 世纪后半叶的西方社会与思潮不无关系。如娜塔莉·库克(Nathalie Cooke)在《玛格丽特·阿特伍德传记》

---

① Macpherson, H. S. *The Cambridge Introduction to Margaret Atwood*. New York: Cambridge University Press, 2010: 111.

② Davey, F. *Margaret Atwood: A Feminist Poetics*. Vancouver: Talonbooks, 1984: 79.

③ Rigney, B. H. *Madness and Sexual Politics in the Feminist Novel: Studies in Brontë, Woolf, Lessing and Atwood*. Madison: The University of Wisconsin Press, 1978: 11.

④ Rigney, B. H. *Margaret Atwood*. Houndmills: Macmillan Education, 1987: 1.

⑤ (a) Hengen, S. *Margaret Atwood's Power: Mirrors, Reflections and Images in Select Fiction and Poetry*. Toronto: Second Story Press, 1993. (b) Bouson, J. B. *Brutal Choreographies: Oppositional Strategies and Narrative Design in the Novels of Margaret Atwood*. Amherst: University of Massachusetts Press, 1993.

一书中所指出的,阿特伍德女性思想的形成离不开时代背景,因为"女性主义观念弥漫于 20 世纪 50 年代和 60 年代的空气中"①。

除库克以外,也有不少评论家考虑到了阿特伍德的女性思想与加拿大以及西方语境的关系。罗斯玛丽·沙利文(Rosemary Sullivan)在另一部阿特伍德传记《红舞鞋:玛格丽特·阿特伍德出发了》里侧重于阿特伍德自身的成长环境,即 20 世纪中后叶的加拿大,通过审视整个女性群体的定位与抉择来探讨阿特伍德女性主义思想的形成。② 豪威尔斯的《当代加拿大女性的小说:重塑身份》从分析 20 世纪 90 年代以来加拿大文学中人物形象的变迁入手,重在探索当代加拿大女作家如何在作品中寻找和重构"加拿大女性"的双重身份。③ 《玛格丽特·阿特伍德与女性成长小说》一书的作者埃伦·麦克威廉斯(Ellen McWilliams)则断言,阿特伍德自己所总结出的加拿大文学的根本特性——生存意识对于她的创作影响很大。④ 麦克威廉斯的这本书对于理解阿特伍德的小说和性别角色、文化语境之间的关系提供了新的思路。

麦克弗森则开辟了一种更宽广的研究视野。她的两部专著《女性运动:北美女性主义者小说中的逃离犯罪》和《法庭失败:20 世纪文学中的女性与法》将阿特伍德的作品放置于女性与法律的关系中来审视。⑤ 亨根的《玛格丽特·阿特伍德和环境主义》一文又进一步将阿特伍德的女性主义与 20 世纪的西方社会现实联系起来,从人类的角度来论述《浮现》《人类以前的生活》和《羚羊与秧鸡》中

---

　① Cooke, N. *Margaret Atwood*: *A Biography*. Toronto: ECW Press, 1998: 105.

　② Sullivan, R. *The Red Shoes*: *Margaret Atwood Starting Out*. Toronto: HarperCollins Publishers, 1998.

　③ Howells, C. A. *Contemporary Canadian Women's Fiction*: *Refiguring Identities*. New York: Palgrave Macmillan, 2003.

　④ McWilliams, E. *Margaret Atwood and the Canadian Female Bildungsroman*. London: Routledge, Taylor & Francis Group, 2016.

　⑤ (a) Macpherson, H. S. *Women's Movement*: *Escape as Transgression in North American Feminist Fiction*. New York: Rodopi, 2000. (b) Macpherson, H. S. *Courting Failure*: *Women and the Law in Twentieth-Century Literature*. Akron: University of Akron Press, 2007.

的人类生存危机和环境意识。①

　　关于男女两性关系中的政治性,罗伯塔·鲁本斯坦(Roberta Rubenstein)在评论《肉体伤害》(Bodily Harm)时说:"一部关于'权力政治'的小说,不仅颇有寓意地将女性世界与真实的权力构成联系起来,而且两者不能单独地进行理解。"②阿特伍德的"性别政治"其实也属于更广义的"权力政治"。如阿特伍德自己说过"一切都是政治的",男女之间的权力斗争同时也是其他权力关系的隐喻。瑞格尼则将阿特伍德的男女关系与国家关系联系了起来:"正如女主人公对世界的摩尼教式的看法中,男人摧毁女人,所以有些团体和国家也会摧毁另一些团体和国家。"③亨根进一步论述:"我通过这个心理模式分析阿特伍德在自我观念上的女人和男人、加拿大人和美国人,这个模式决定了她的国际历史和政治观。"④亨根将包括阿特伍德在内的女作家称为"加拿大女人"⑤。而与"加拿大女人"相对应的是"美国男人",这两个名称暗示了女性和男性的关系与加拿大和美国的关系是一致的。在阿特伍德早期的作品中,男女关系背后往往还隐含了美加两国的关系。豪威尔斯在分析了包括阿特伍德在内的多位女性作家之后认为这种将女性主义和民族主义相结合的方式是一种"独特的加拿大式处理方式,在多个女作家的作品中都出现过"⑥。

　　除了从社会与历史的角度解读阿特伍德的女性思想,西方女性主义思潮也是一个不可忽略的语境因素。阿特伍德的创作从 20 世纪 60 年代末延续至今,

---

　　① Hengen, S. Margaret Atwood and Environmentalism. In Howells, C. A. (ed.). *The Cambridge Companion to Margaret Atwood*. New York: Cambridge University Press, 2006.

　　② Rubenstein, R. Pandora's Box and Female Survival: Margaret Atwood's *Bodily Harm*. In McCombs, J. (ed.). *Critical Essays on Margaret Atwood*. Boston: G. K. Hall, 1988: 260.

　　③ Rigney, B. H. *Margaret Atwood*. Houndmills: Macmillan Education, 1987: 48.

　　④ Hengen, S. *Margaret Atwood's Power: Mirrors, Reflections and Images in Select Fiction and Poetry*. Toronto: Second Story Press, 1993: 118.

　　⑤ Hengen, S. *Margaret Atwood's Power: Mirrors, Reflections and Images in Select Fiction and Poetry*. Toronto: Second Story Press, 1993: 20.

　　⑥ Howells, C. A. *Private and Fictional Words: Canadian Women Novelists of the 1970s and 1980s*. London: Methuen, 1987: 78.

而这一时期又刚好是当代西方女性主义理论由兴起到完善的时期。从被阿特伍德本人称为"前女性主义作品"的《可以吃的女人》到生态女性主义小说《浮现》，从反男女权力结构模式的《强盗新娘》到戏仿神话之作《珀涅罗珀记》，阿特伍德的小说创作过程折射出了西方女性主义思潮发展的轨迹。菲奥娜·托兰(Fiona Tolan)针对这个特征，将阿特伍德与西方社会女性主义思潮及其他后现代理论的发展历史之间的复杂关系做了一番比较深入的研究。她的《玛格丽特·阿特伍德：女性主义与小说》一书从阿特伍德写作的第一部小说《可以吃的女人》开始，按出版的先后顺序分别论述了阿特伍德的 11 部小说，分析了女性主义的发展对阿特伍德长达 40 多年创作历程的影响，"试图证明她(阿特伍德)的小说与女性主义理论之间存在着动态的关系"①。

《玛格丽特·阿特伍德：女性主义与小说》不仅强调了阿特伍德创作背后的女性主义理论发展背景，也提出了其他的西方后现代理论，包括弗里德里克·詹明信(Fredric Jameson)和米歇尔·福柯(Michel Foucault)等思想家对阿特伍德的影响。这个视角也为本书的思路提供了有益的启示，当代西方的理论与思潮是作家创作语境的重要组成部分。因此，下面的某些章节会涉及让-弗朗索瓦·利奥塔(Jean-François Lyotard)的身体理论和罗兰·巴特(Roland Barthes)的"作者之死"等法国当代哲学理论。

以上试图从阿特伍德批评中的民族主义、原型批评、反乌托邦和女性主义等几个视角来论证文本与语境研究思路的可行性与必要性。基于以上分析，本书下面的章节将具体采用文本细读与文化解读相结合的方式，既照顾到文本的独立性，也考虑到语境的重要性，并试图呈现文本与语境间双向的影响与互动关系。将阿特伍德的文本放置在加拿大与西方社会的大背景中考察，我们不仅能获得一个更广阔的视野，还更能通过文化的棱镜充分审视当代加拿大英语文学创作与女性主义、民族主义、多元文化主义和后现代主义等各种思潮交互作用下的文本与语境的缔结与生成过程。

---

① Tolan, F. *Margaret Atwood: Feminism and Fiction*. New York: Rodopi, 2007: 1.

第一章　民族还是世界

加拿大诗人厄尔·伯尼(Earle Birney)在 1962 年喊出的那句"我们只因缺少鬼魂而被纠缠"(It's only by our lack of ghosts we're haunted)[1]似乎是加拿大文学挥之不去的梦魇。其实远不只是伯尼,加拿大许多文学家及文化学家都发出过这样的感慨。早在 1833 年,加拿大文学萌芽时期女作家凯瑟琳·帕·特雷尔(Catharine Parr Traill)就断言:"至于幽灵或神祇,它们看起来完全被驱逐出加拿大了。这些超自然的事物很难拜访这个过于讲求事实的国家。"[2]20 世纪诗人道格拉斯·勒潘(Douglas LePan)则以《一个没有神话的国家》("A Country Without a Mythology")一诗讽喻加拿大缺乏神话传说的底蕴。而诺斯洛普·弗莱(Northrop Frye)以伯尼的诗句为题撰写的关于加拿大诗歌模式的著名文论更使得"因缺少鬼魂而被纠缠"像一个无法破除的诅咒一样萦绕于加拿大文坛。

表面看来,是加拿大这片"干净而明亮的土地"[3]太过于空旷以至于没有投射出多少阴影供鬼魂藏身与出没。实际上,加拿大文学这种"无鬼"(ghostless)现象的背后有着历史、地理与民族性格的多重原因。加拿大 1867 年才正式统一为联邦国家,而完全的独立权直到 1982 年才取得。因此,她作为一个国家的历史非常短暂,这也导致其民族性的建立缺乏一种时间与文化上的积淀。在地理

---

① Birney, E. *The Collected Poems of Earle Birney* (*Vol. 1*). Toronto: McClelland & Stewart, 1975: 138.

② Traill, C. P. From the Backwoods of Canada. In Bennett, D. & Brown, R. (ed.). *A New Anthology of Canadian Literature in English*. Toronto: Oxford University Press, 1990: 92.

③ Du Bois, W. Novel of Quebec, Between Two Wars. *The New York Book Review*, 1945-01-21(5).

上,加拿大这个"从海洋到海洋"的国家,其辽阔的北部平原与山区渺无人烟,被弗莱称为"扁平的版图"(flat map)①。同时,加拿大的民族性格比较平和且缺少个性。诗人欧文·莱顿(Irving Layton)把加拿大人描绘为"无聊的人们/没有魅力与想法"②。如果套用弗莱颇具自嘲意味的话来总结加拿大的地理人文状况,那就是:"它除了感到自我属性不明,除了寻思自己究竟有没有必要存在之外,实在没有任何文化可言。"③说到底,是因为加拿大的文化土壤不够肥沃而滋生不出各类鬼魂。

然而,如雅克·德里达(Jacques Derrida)所说的:"认识鬼魂是有必要的……甚至,特别是当这个无形、无质且虚无的鬼魂从来不存在的时候。"④鬼魂、幽灵、神话、巫术等超自然现象与神秘主义因素对一个国家或民族的文学和文化来说是不可或缺的一部分。无鬼的文学注定贫瘠。不幸的是,历经一个多世纪发展的加拿大文学始终无法摘下"平面"的标签。于是,加拿大文人们开始苦苦地追问:加拿大文学真的如同其北方雪原在光照下一览无余,还是在白雪的覆盖下潜藏了不为人知的阴影与黑暗?对于这个问题的追寻似乎比质问"是否存在加拿大文学"更为折磨人,因为这是个涉及民族文学厚度和深度的问题:在历史上的英国的影响与地理上的美国的冲击下,加拿大文学的特质到底在哪里?加拿大文学中的幽灵究竟藏身何处?

第一节 文学"招魂":阿特伍德的加拿大文学建构

作为"加拿大文学的代言人",阿特伍德半个多世纪以来一直致力于构建加拿大民族身份与"具有加拿大特色"的文学。加拿大著名文学评论家斯坦斯说:

① Frye, N. View of Canada. In O'Grady, J. & Staines, D. (ed.). *Northrop Frye on Canada*. Toronto: University of Toronto Press, 2003:467.

② Layton, I. *The Darkening Fire: Selected Poems 1945—1968*. Toronto: McClelland & Stewart, 1975:75.

③ 弗莱. 现代百年. 盛宁,译. 沈阳:辽宁教育出版社,1998:91.

④ Derrida, J. *Specters of Marx: The State of the Debt, the Work of Mourning & the New International*. Kamuf, P. (trans.). Abingdon: Routledge, 1994: Exordium xvii.

"当阿特伍德发现了自己作为加拿大作家的声音（包括诗歌、小说与文学评论）以后，她就开始帮助这个国家找到属于自己的文学图景的生活。"[1]针对加拿大文学"因缺少鬼魂而被纠缠"的现状，她也发表过这样的言论："因为魔幻和怪物往往不会与加拿大文学联系在一起。事实上，'加拿大文学'这一特定名词似乎将它们排除在外。"[2]

> 超自然主义不是加拿大散文、小说的特征，加拿大文学的主流是坚固的社会现实。当加拿大小说中的人物死去以后（他们常常死去），他们就只是被埋葬着；就像一条规则一样，只有在祈祷与诅咒时才会提到超自然的存在；上帝和魔鬼只在第三号而极少在第一号人物身上出现，常常上不了台面。[3]

阿特伍德显然对这种苍白的文学不满意，于是她尝试在自己的文学创作中挖掘和制造加拿大自己的幽灵。

综观阿特伍德数十年来的创作，包括诗歌、小说、散文等各种体裁，鬼魂的意象始终"阴魂不散"：从以死者之名讲述的《盲刺客》(*The Blind Assassin*)到珀涅罗珀的鬼魂回忆录《珀涅罗珀记》；从《神谕女士》中逝去后仍一直追随着女主人公的母亲到《强盗新娘》里死后还魂的泽尼亚；短篇小说《灵体》("The Entities")与《夜莺》("Nightingale")都是关于女主人公的丈夫死去的前妻"回来"的故事；《这是一张我的照片》("This Is a Photograph of Me")与《那个国家的动物》("The Animals in That Country")等诗歌的讲述人都是"拒绝被埋葬"的死者。

---

① Staines, D. Margaret Atwood in Her Canadian Context. In Howells, C. A. (ed.). *The Cambridge Companion to Margaret Atwood*. New York: Cambridge University Press, 2006: 19.

② Atwood, M. Canadian Monsters: Some Aspects of the Supernatural in Canadian Fiction. In Staines, D. (ed.). *The Canadian Imagination: Dimensions of a Literary Culture*. Cambridge: Harvard University Press, 1977: 98.

③ Atwood, M. Canadian Monsters: Some Aspects of the Supernatural in Canadian Fiction. In Staines, D. (ed.). *The Canadian Imagination: Dimensions of a Literary Culture*. Cambridge: Harvard University Press, 1977: 98.

正如有评论家所说的:"各种各样的鬼魂贯穿于阿特伍德的所有作品中。"①

下文将以《浮现》、《死于风景》("Death by Landscape")和《别名格雷斯》三个文本为例来具体分析阿特伍德作品中的鬼魂书写。

向地下②:潜意识中的鬼魅

《浮现》是阿特伍德的第二部长篇小说,讲述的是在书中没有出现姓名的女主人公③的父亲在家乡的森林里失踪了,于是她带着男友乔及另一对夫妇回到她儿时的住所——加拿大北部林区的木屋里小住,同时寻找她的父亲。浮现者在自我讲述中透露:她曾有一段婚姻与一个孩子,离婚后孩子与前夫一起生活。然而,在寻找父亲的过程中,她开始逐渐怀疑这段记忆是否真实。当她为了探寻父亲的足迹而跳入某处湖水的最深处时,终于记起了自己真实的过去:根本就没有所谓的丈夫与孩子,真实的情况是她少女时代与已有妻室的老师发生关系并怀孕,随即在后者的安排下进行了堕胎。发现了事情的真相后,她与乔在大自然中结合并再次怀孕。

表面看起来,这部作品并没有具体的鬼魂,但阿特伍德本人却一再强调《浮现》是一个鬼故事。④ 这是因为她把鬼故事分成三种类型。第一种:鬼是独立于人的存在,它与主人公之间并没有特别的联系,主人公只是碰巧进入了某个偏僻之地而偶遇了鬼,鬼仅仅是一个恐怖、单纯、外在的怪物。第二种:鬼的作用是一个使者,给主人公带来某些不为人知的信息或秘密,比如哈姆雷特的父亲。第三种:鬼是主人公精神的一部分,是他/她被压抑的另一个自我,像亨利·詹姆斯(Henry James)的短篇《螺丝在旋紧》("The Turn of the Screw")和《欢乐的角落》("The Jolly Corner")这样的作品即属于这种类型。⑤ 阿特伍德明确表示《浮

---

①　Rogerson，M. Should We Believe Her? Margaret Atwood and Uncertainty: A Response to Burkhard Niederhoff. *Connotations*，2009(19): 80.

②　阿特伍德的"向地下"/"潜入地下"主题包括进入地下、水下,甚至床底下等。

③　为了行文方便,本书称其为"浮现者"。

④　Gibson，G. Dissecting the Way a Writer Works. In Ingersoll，E. G.（ed.）. *Margaret Atwood: Conversations*. Princeton: Ontario Review Press，1990: 12.

⑤　Atwood，M. *Strange Things: The Malevolent North in Canadian Literature*. New York: Oxford University Press，1995: 73-74.

现》属于最后一种类型的鬼故事，即鬼是一种精神与心理的体现，"是自我分裂以后的一部分"①。

从物理时间来看，《浮现》描写的只是浮现者等四人在林间小木屋里逗留的差不多一个星期里发生的事情。但是通过浮现者的内心独白，小说展现了女性自我回归与成长的一整个心理过程。这个过程也可以套用阿诺德·凡·根纳普（Arnold van Gennep）著名的"通过仪式"（Rite of Passage）理论来分析。根纳普在他的著作《通过仪式》里认为任何部落或社会中个体的人生经历大致可以分为三个阶段：分离阶段（separation）、过渡阶段（transition）和重合阶段（incorporation），而仪式是从一个阶段进入另一个阶段的一个重要节点。② 在《浮现》中，浮现者各个阶段之间出现的"仪式化"特征也非常明显。

根纳普考察的是人类学的范畴中社会或部落里的一些特定仪式，所以他所谓的"分离仪式"与"重合仪式"都是外部的民俗方面的仪式；但阿特伍德关注的是人的内心世界。在《浮现》中，她从女性身体出发，用"流产"与"怀孕"两个意象来分别隐喻分离与重合。在浮现者早年所经历的那次流产事件中，"他们把我绑起来扔进死亡机器、虚无机器，双腿固定在金属框架上，秘密的刀子……"（SF 193-194）③，经过这一具有仪式象征意义的手术，浮现者被自我分离了。而那个未成形的孩子作为"自我分裂以后的一部分"便成为弥漫于小说字里行间的鬼魂。她与"鬼魂"分离以后便进入了典型的"自我分离"状态：精神麻木、逃避自我与现实，生活在自己编织的虚假记忆之中。而多年以后象征重合仪式的再次受孕过程，仪式化色彩更为浓厚：浮现者"左手握住月亮，右手握住看不见的太阳"（SF 192）。在这一重合仪式中，"我能感觉到我失去的孩子在我身体里面再次浮现，原谅了我，从囚禁了它太长时间的湖里走了上来"（SF 193）。

不过，小说重点表现的还是处于"分离"与"重合"之间的这次"过渡仪式"。这是阿特伍德所有作品中对"潜入地下"主题最为详尽的一次描写。浮现者一连

---

① Gibson, G. Dissecting the Way a Writer Works. In Ingersoll, E. G. (ed.). *Margaret Atwood：Conversations*. Princeton：Ontario Review Press, 1990：18.

② Gennep, A. V. *The Rites of Passage*. New York：Routledge, 1960：10-11.

③ 引文由笔者译自以下作品：Atwood, M. *Surfacing*. New York：Fawcett Books, 1987. 后文出自同一作品的引文，将随文在括号内标出原作名缩写及出处页码，不再另行加脚注。

三次潜入湖水中,前两次都因为下得不够深而失败了,直到第三次她才到达了水下最深处:"先是淡绿色,然后是黑暗,一层又一层,越来越深。"(SF 166)这时她才看到了尘封于水底的异象:"一团黑暗的椭圆形带尾巴的肢体,它模糊不清,但有一双眼睛,大大地张着,这是我认识的什么东西,一个死了的东西,它死了。"(SF 166-167)这个"东西"就是浮现者当年被流产的孩子。按照常理,它自然不可能出现在这个水底。水在阿特伍德的理念体系中是无意识的象征,所以浮现者潜入水底的过程其实是进入自己的意识深处。那么这个"东西"的另一层寓意就是潜藏在她意识深处的一段记忆,或者说另一个自我,而这恰恰就是阿特伍德对"鬼魂"的解释:黑暗深处的另一个自我。此时,浮现者通过"潜入水下"这个仪式,终于得以打开记忆之门,接受过去,认识自己,于是感觉到"我的另一半开始回来"(SF 174)。这样,她通过了"过渡阶段"。

　　整部小说的情节主线可以归纳为:浮现者在经历了与鬼魂之间"合—分—合"的关系后,实现了阿特伍德所谓的"螺旋式上升"[1]过程。从这个过程可以看出,阿特伍德所创造的鬼魂实质上是自我的外化,是自我被压抑的黑暗过去。她笔下的鬼与亨利·詹姆斯的一样,不是外在的恐怖的"他者",而是存在于人物的心里的"自我"。这个自我深埋在地底或水下,就像弗洛伊德的潜意识,虽然不曾显现却蕴含着无穷能量,忽视它即意味着不完整的人格和失去自我。这也是为什么阿特伍德笔下的人物总要经过一次"潜入地下"的历程才能实现自我回归。因为阿特伍德认为,与代表了"另一半"的鬼魂的重逢才意味着重塑自我这一仪式的完成。

向北方:冰雪覆盖的游魂

　　弗莱说,在加拿大人寻找自我身份的过程中,"这里是哪里"这个问题比"我是谁"更重要。[2] 当代著名的加拿大作家罗伯特·克罗耶奇(Robert Kroetsch)

　　① Sandler, L. A Question of Metamorphosis. In Ingersoll, E. G. (ed.). *Margaret Atwood: Conversations.* Princeton: Ontario Review Press, 1990: 45.

　　② Frye, N. View of Canada. In O'Grady, J. & Staines, D. (ed.). *Northrop Frye on Canada.* Toronto: University of Toronto Press, 2003: 467.

的描述则更为形象："我贴肤穿着地理。"①阿特伍德也表示："加拿大除了多伦多以外的任何东西，都是从地理开始的。"②这或许是因为加拿大的"地理"太容易让人迷失了③，以至于广阔的国土"反而会进一步削弱本身就已经模糊的身份感"④，而"一个迷路的人需要的是一幅标有他所处位置、使他能看清自己的位置及与其他一切的关系的疆域图"⑤来明确自己所处的位置进而认识自己的身份。所以说，与世界其他族群的诸如种族身份、肤色身份或宗教身份等不同，加拿大人的身份是"地理身份"。

同时，由于加拿大地广人稀且百分之九十的人口都集中在与美国接壤的南部边境地区上，北方的大部分地方依然是冰雪笼罩之中的茫茫荒野，所以加拿大意义上的"地理"概念的实质更多地体现上"北方"这个词上。然而，加拿大人对于自己脚下这片北方国土的认可却有着复杂的态度，经历了曲折的过程。19世纪的早期移民对加拿大严酷的气候与自然环境爱恨交加。就像阿特伍德描写拓荒时代的诗集《苏珊娜·穆迪日记》(*The Journals of Susanna Moodie*)里同名女主人公的复杂心情："我感觉我应该爱这个国家/我说我爱它/我的脑子里看到了两面性。"⑥"新加拿大人"对土地产生了这样的矛盾态度：一方面惊叹于加拿大美丽的北国风光，另一方面又无法忘记遗留在欧洲的"文明"家园；一方面努力适应极地的严寒与荒凉，另一方面又痛恨不能继续欧洲式的优雅与舒适。时至

---

① Kroetsch, R. *The Lovely Treachery of Words*: *Essays Selected and New*. New York: Oxford University Press, 1989: Ⅸ.

② Atwood, M. *Writing with Intent*: *Essays*, *Reviews*, *Personal Prose*: 1983—2005. New York: Carroll & Graf Publishers, 2005: 32.

③ 弗莱说："进入加拿大就是被一个异己的大陆静静吞噬。"(Frye, N. Conclusion to the First Edition of Literary History of Canada. In O'Grady, J. & Staines, D. (ed.). *Northrop Frye on Canada*. Toronto: University of Toronto Press, 2003: 344.)加拿大的大部分无人居住区地理和气候环境险恶，人们进入以后极易迷路，许多人无法生还。

④ Frye, N. Haunted by Lack of Ghosts: Some Patterns in the Imagery of Canadian Poetry. In Staines, D. (ed.). *The Canadian Imagination*: *Dimensions of a Literary Culture*. Cambridge: Harvard University Press, 1977: 24.

⑤ Atwood, M. *Survival*: *A Thematic Guide to Canadian Literature*. Toronto: House of Anansi Press, 1972: 18.

⑥ Atwood, M. *The Journals of Susanna Moodie*. Toronto: Oxford University Press, 1970: 54.

今日,当年拓荒者们高举因挖掘冻土而干裂的双手时发出的"这到底是哪里?"的呼喊依然响彻北方荒野的上空。可以说,整个加拿大历史都充斥着人们对北方的咒骂声。

然而,在包括阿特伍德在内的一些民族主义者看来,北方才是加拿大人的身份象征和归属。阿特伍德的各类文集中,"北方"(North)与"荒野"(wilderness)这两个词的出现频率都极高。很多时候,它们的意义是重叠的,指的是加拿大的北方荒野。但细究之下,两者在内涵上还是有着微妙的区别:北方是抽象的,荒野是具体的;北方是意识形态上的,荒野是地理上的;北方是由这些意象构成的关于空间与身份的想象,荒野则是丛林、沼泽、湖泊、潜鸟、麋鹿。所以北方在阿特伍德的理念里绝不仅仅是一片地理空间,"还是一种思想状态"①:

> 这(北方)不只是地理空间,而且是有关身体想象的空间。我们常常面向南方,当我们面向南方时,我们的意识也许直接走向那里,走向那熙攘人群、璀璨灯光、好莱坞式的名与利。但北方在我们意识的后面,一直是。那里有什么东西,而不是什么人,看着我们的双肩;那是脖子后面的一阵凉意。②

这"脖子后面的一阵凉意"来自北方的寒冷天气,也是加拿大人面向南方(美国)时内心深处的那一丝不安和回归国土与自我的召唤。对于加拿大来说,南方代表了美国,象征着现代城市文明,而北方是一望无际的荒野,象征着自然与本真;南方是他者,北方是自我;南方是前意识,北方是潜意识。加拿大要想摆脱美国的控制与影响,并找到自己的民族特性,必须背对南方,面向北方。

如果说英国文学中的幽灵常常在神秘的哥特式古堡和迷宫中游荡,美国文学中的鬼魅则出没于爱伦·坡式破旧的古宅和阴森的墓地里,那加拿大的鬼魂则往往隐藏在广袤又浩渺的北方原始丛林或冰封在积雪之下。阿特伍德的短篇

---

① Atwood, M. *Strange Things*: *The Malevolent North in Canadian Literature*. New York: Oxford University Press, 1995: 8.

② Atwood, M. *Writing with Intent*: *Essays, Reviews, Personal Prose*: *1983—2005*. New York: Carroll & Graf Publishers, 2005: 33.

小说《死于风景》就是一个关于"加拿大式鬼魂"的故事。女主人公路易丝少年时在加拿大北部林区一个名叫"自然神"的夏令营里结识了同龄女孩露西。有一次夏令营组织荡舟旅行进入人迹罕至的林区深处。路易丝与露西两人离开营地去一个悬崖上游玩时，露西突然在树林里神秘消失。此后，无论路易丝、夏令营负责人和警察如何寻找，都不见她的踪影。这个事件给路易丝造成了终生的心理阴影，以至于成年以后需要不断地收藏各类风景画来弥补某种缺失感。

露西的消失虽然没有黑夜的恐怖背景和神秘气氛的渲染，但十分蹊跷。大自然似乎突然开了一道口子，把这个来自美国的世故女孩吞了进去，然后又不动声色地恢复表面的平静。唯一的解释似乎只能是阿特伍德在《奇异之事：加拿大文学中的邪恶北方》一书里所说的："北方之灵将她收为己有。"①在加拿大，被北方吞噬的远不止露西一人。阿特伍德在该书里还详细描写了1845年富兰克林远征队的船只与船员在北部极地失踪的事件。而这些神秘消失于北方的人反而获得了另一种形式的、更为隐秘却也更为恒久的存在。阿特伍德说富兰克林远征队的失踪与泰坦尼克号的失事这两起事件具有某种相似性："正如我们从其他东西在海上神秘消失的故事中所获知的，这些消失的东西具有一种奇异的特质而能一直存在着。因为富兰克林始终没能被真正地'发现'，他会以幻象的方式继续活着，当然是在加拿大文学中。"②对于阿特伍德来说，泰坦尼克号的沉没具有某种类玄学的象征意义：前文提到，水是无意识的隐喻，而"溺死可以用作进入无意识的比喻"③，所以沉入海洋深处的泰坦尼克号在某种程度上可以说进入了另一个无意识世界。同样，冰雪笼罩的茫茫北方与深不可测的无意识之间也存在着某种同质性。阿特伍德曾说过："面向北方，我们进入自己的无意识。"④那么，露西在丛林里突然神秘消失，实际上是进入了一个异度空间：北方的另一个

① Atwood，M. *Strange Things：The Malevolent North in Canadian Literature*. New York：Oxford University Press，1995：19.

② Atwood，M. *Strange Things：The Malevolent North in Canadian Literature*. New York：Oxford University Press，1995：16.

③ Atwood，M. *Survival：A Thematic Guide to Canadian Literature*. Toronto：House of Anansi Press，1972：45.

④ Atwood，M. *Writing with Intent：Essays，Reviews，Personal Prose：1983—2005*. New York：Carroll ＆ Graf Publishers，2005：33.

神秘空间。

《死于风景》的结尾处,老年路易丝望着她收集的风景画:

> 她看了看那些画,往画的里面深入,每一幅都成了一个露西,你看不到她,但她确实在那里,藏在那品红色的小岛上的石头后面,或其他的什么地方。……但是,如果你走进那画面,发现了那棵树的时候,却会发现那并不是她躲藏的那一棵树,那棵树还在更远的地方。①

老年路易丝需要随时查看那些风景画,因为她"想要里面的某种东西"②。北方丛林看似宁静祥和,但在树与树之间的影影绰绰里,似乎还隐藏着另一个世界。在这另一个世界里,露西、富兰克林还有其他无数幽灵在游走、狂欢、伺机捣蛋。既然这个"北方"是人的无意识世界的投影,那么露西消失于"北方"就相当于是走进了路易丝的心底。这也是为什么露西会像挥之不去的梦魇始终追随着路易丝,甚至成了她另一个自我的影子:"好像她(路易丝)不是过着一种而是两种生活,一种是她自己的,而另一种生活,盘旋在她周围却又躲在阴影里不让人看清。"③

单从这个小短篇我们就可以管窥阿特伍德对于建构"北方"的努力。扩大来看,整个阿特伍德的"北方文学"(包括以"北方"为主要意象的诗歌、小说,关于"北方"的文论等)都旨在反驳将加拿大北方称为"灵魂的荒原"的看法,同时塑造一个真正能体现加拿大精神之髓的"北方"。那些隐藏在北方丛林之间的鬼魂说明北方不只是一片巨大的空白与混沌,也不仅仅只是天气预报里说的"冷空气来的地方",而是一个神秘、鬼魅、暗含无限能量的世界。北方(而不是南方/美国)才是加拿大文化与力量的源泉。阿特伍德试图拨开北方的冰雪释放出地下的鬼魂,意在表明北方是一块有灵魂的土地,进而证明加拿大是一个有故事和深度的

---

① Atwood, M. Death by Landscape. In Atwood, M. *Wilderness Tips*. Toronto: McClelland & Stewart, 1991: 129.

② Atwood, M. Death by Landscape. In Atwood, M. *Wilderness Tips*. Toronto: McClelland & Stewart, 1991: 110.

③ Atwood, M. Death by Landscape. In Atwood, M. *Wilderness Tips*. Toronto: McClelland & Stewart, 1991: 128.

国家。阿特伍德与其他许多加拿大作家一样,都把北方看成加拿大自我与民族意识的象征和国家想象的归属地。对北方的认识和接受是找寻自我身份的前提,或者说,两者是统一的:对北方的认可就是对自我身份的认可。所以,当今加拿大文化界普遍反映出一种"向北"的姿态与追求。

向过去:历史掩埋的幽灵

1843年,安大略省年仅十六岁的女仆格雷斯·马克斯被指控与短工詹姆斯·麦克德莫特合谋杀死了其雇主托马斯·金尼尔和女管家南希·蒙哥马利。之后,麦克德莫特很快因谋杀罪名而被处死,格雷斯则被判终身监禁。这起轰动一时的谋杀案对于短暂而平静的加拿大历史而言无疑算得上是一个具有"故事性"的大事件。或许也是出于这个原因,阿特伍德在20世纪末根据这一历史事件创作了长篇小说《别名格雷斯》。但小说的题名"Alias Grace"颇为奇怪:"alias"是"又名"的意思,这个词的惯用法应该是"某某,又名某某",也就是说既然是"又名",那前面就应该还有一个"本名"。问题在于,格雷斯是历史上真实存在的人物,没有任何历史记载显示这个著名的女杀人犯还有另外一个名字。那么,阿特伍德为什么要把这个历史上确有其人的姓名说成是"又名"呢?而"又名"前又隐去了谁的名字?这要从《别名格雷斯》的叙事策略谈起。

《别名格雷斯》讲述的是格雷斯被关押十六年以后,一名叫西蒙·乔丹的美国医生展开的关于她是否有罪的调查。在加拿大,关于格雷斯到底是否有罪的争论,一百多年来始终没有定论:格雷斯到底是蓄意合谋者还是被蒙骗的合谋者?她杀人的动机是什么?她是否确有谋杀行为?对于这些问题,这部小说给出了一个极具超现实主义色彩与神秘性质的解释:格雷斯被另一个女性的鬼魂附身了。阿特伍德在作品中给格雷斯虚构了一个女仆同伴:与她一样无依无靠的贫穷女孩玛丽·惠特尼。玛丽因被主人家的少爷欺骗而怀孕,后又惨遭抛弃,最后死于流产手术。小说中有多处细节暗示玛丽的鬼魂将会追随着格雷斯,比如玛丽死时格雷斯忘了开窗户,而这意味着死者的鬼魂无法出去;格雷斯非常清楚地听见死后的玛丽对她说"让我进去"(AG 178)[①];格雷斯经常感觉到自己的

---

① 引文由笔者译自以下作品:Atwood, M. *Alias Grace*. New York: Doubleday, 1996. 后文出自同一作品的引文,将随文在括号内标出原作名缩写及出处页码,不再另行加脚注。

身体中似乎还有沉睡的另一半；在凶杀案发生的前一天晚上格雷斯发现自己在没有知觉的情况下去外面走了一圈，而这种情况在玛丽死时也发生过一次。如果说这些细节还只是暗示性的描述，那么到了小说的高潮"催眠术"这个环节中，玛丽的鬼魂则彻底显现了出来。

为了让格雷斯恢复记忆①，乔丹等人与催眠师和灵媒联手为她安排了一场催眠，或曰招魂。催眠现场的情景是这样的：深夜，一群人围坐在昏暗的灯光下，格雷斯则处于黑暗的中心（AG 397）。当催眠师给格雷斯催眠以后，不可思议的事情发生了：格雷斯突然像变了一个人，以另一个完全不同的声音说出了话。这个声音的发出者自称是玛丽，她当众揭开了事实的真相：是玛丽附身于格雷斯，诱使格雷斯并协助麦克德莫特谋杀了金尼尔和南希，而格雷斯本人对这一切行为完全不知情。

不难看出，这个"鬼魂附身"情节的实质就是阿特伍德一直以来所热衷的"双身同体"（double）主题：与其说是玛丽附在格雷斯身上杀死了金尼尔与南希，不如说是格雷斯本身所暗含的阴暗面促使她实施了谋杀行为。或者也可以断言：玛丽本来就不存在，只是格雷斯另一个自我形象的幻影。当然也可以反过来说，格雷斯其实就是玛丽，前者只是一个表面温顺的假象。至此，我们可以推论出"又名格雷斯"这个并不完整的题名中所隐去的名字了，如果要将其补充完整，那全名应该是"玛丽，又名格雷斯"。这个不完整的题名其实隐含了一个看不见的鬼魂的名字，文字上的空白正对应了鬼魂之无形的存在方式，暗示了人与鬼之间扑朔迷离的双身关系，再次印证了"鬼魂是内心的另一个自我"的说法。

《别名格雷斯》如此解释这样一个悬而未决的历史问题表面看起来似乎有些荒诞不经，但正如阿特伍德所说的："《别名格雷斯》是一部小说而远非纪实性作品。"②阿特伍德创作这部小说的初衷并不是要解决"格雷斯是否有罪"的争端，而是试图穿过历史叙事的迷雾为当代人带回一个过去的鬼魂。阿特伍德认为，

---

①　格雷斯无法回忆起当日的凶杀案情景。失忆也是"被鬼魂附身"的表现之一。

②　Atwood, M. *Writing with Intent*：*Essays*，*Reviews*，*Personal Prose*：*1983—2005*. New York：Carroll & Graf Publishers，2005：174.

历史已不再属于那些过去的人，"过去属于我们，因为我们需要它"①。而死者是连接过去与现在的纽带，那就有必要"前去死者的国度，将某个已死之人带回人世"②。而承担这一使命的人便是作家："所有的作家都必须从现在去到'很久很久以前'，必须从这里去到那里，必须向下走到故事保存的地方。"③因此写作行为的本质就是一趟走向黑暗过去的旅程，是一场招魂的行为，而作家的角色就是文学巫师。那么《别名格雷斯》中的这场"招魂"既是给格雷斯招魂，也可以看成是阿特伍德在为加拿大文学招魂：死去多年的鬼魂在招魂仪式的召唤之下，跨越生与死的界限，穿过长长的黑暗的时间隧道，来到人们的面前讲述事情的真相。

事实上，阿特伍德经常在作品中布下各类招魂术，把那些不安的鬼魂从黑暗的历史中召唤出来讲述自己的故事。如果说《珀涅罗珀记》是珀涅罗珀的这个来自远古欧洲的幽灵穿过数千年的历史长河来到现代的一场述说，那么《苏珊娜·穆迪日记》就是加拿大本土鬼魂的"历史招魂"：1885 年去世的穆迪夫人来到 20 世纪的多伦多发表对当代社会的感想。那么，阿特伍德的"历史招魂"究竟是出于何目的呢？她，还有其他当代加拿大作家到底想从自己短暂的民族"过去"中获得什么呢？或许证明鬼神的存在本身就是一种安慰：

> 在过去的十五年间，发生了不少掘尸事件，不管是文学中还是其他领域，这可以看成是考古学、恋尸癖或是重现历史，看你怎么看了。挖掘祖坟、召唤鬼魂、打开橱柜寻找骷髅，这些现象在很多文化领域都很突出——小说，这是不用说的，还有历史学甚至经济学——动机有很多，但有一点可以肯定的就是寻找一种安心感。我们想要确保祖先、鬼魂和骷髅都在那儿。作为一种文化，我们并不像我们曾经被诱导相信

---

① Atwood, M. *Writing with Intent*: *Essays*, *Reviews*, *Personal Prose*: *1983—2005*. New York: Carroll & Graf Publishers, 2005: 176.

② Atwood, M. *Negotiating with the Dead*: *A Writer on Writing*. Cambridge: Cambridge University Press, 2002: 171.

③ Atwood, M. *Negotiating with the Dead*: *A Writer on Writing*. Cambridge: Cambridge University Press, 2002: 178.

的那样扁平与匮乏。①

这种集体"挖祖坟""召鬼魂"的行为反映出加拿大知识界一种普遍的文化焦虑。这种焦虑就是当他们回头看向过去，试图为自己寻找历史文化根基却发现地表之下空无一物时产生的如履薄冰的恐慌感。对于加拿大历史，弗莱曾做过这样的假设："一个有趣的设想是：如果最初的挪威移民抓住了这块土地，使我们的发展有一个中古时期的根基，那我们会怎么样。但这并没有发生。"②即使是与美国历史相比，加拿大也缺少了18世纪启蒙主义与19世纪浪漫主义的积淀，其文化根基的匮乏是不言而喻的。但加拿大的文人依然试图从历史中挖掘出自身存在的定位与意义。作家们试图通过创作证明表面简短而苍白的加拿大历史其实也在"闹鬼"，从而重构自己的文化身份与民族认同。

综合以上分析可以看出，阿特伍德的鬼魂都不仅仅是外部世界的灵异现象的体现，还是人物内在黑暗自我的外化。无论是《浮现》里深埋在"地下"的鬼魂，还是《死于风景》中隐藏在"北方"的幽灵，抑或是《别名格雷斯》里来自"过去"的附身，本质都是相同的：表面上是女主人公不敢正视却无法摆脱的他者，实际上是其潜意识深处的另一个自我。

不管是"向下""向北"，还是向"过去"搜寻鬼魂，最终都可以归结为阿特伍德作品中反复出现的母题："潜入地下"。"地下"的实质就是阿特伍德经常强调的表面之下暗藏的"另一世界"（the otherworld）。"地下"是地理上的"下面"、方位上的"北方"，也是历史上的"从前"；既是地面之下、水下深处，也是冰雪尘封的内部；是人的潜意识世界，也是黑暗的过去，更是内心深处的被压抑的另一个自我的世界。很显然，"另一世界"是鬼魂的世界。鬼是人的影子，阴间是现实世界的镜像。现实与镜像的相互映照才能折射与构建出丰富而完整的文学展现空间。

---

①　Atwood，M. Canadian Monsters：Some Aspects of the Supernatural in Canadian Fiction. In Staines，D. （ed.）. *The Canadian Imagination：Dimensions of a Literary Culture*. Cambridge：Harvard University Press，1977：100.

②　Frye，N. View of Canada. In O'Grady，J. & Staines，D. （ed.）. *Northrop Frye on Canada*. Toronto：University of Toronto Press，2003：467.

正如阿特伍德所引用的里尔克的《致俄耳甫斯的十四行诗》(*Sonnets to Orpheus*)①第 9 首所表达的："只有在双重王国中/声音才能变得/轻柔而永恒。"②

现今的时代，弥漫于加拿大文坛的"无鬼焦虑"，即对于自身民族文学在厚度与历史积淀上的不足的担忧，开始越来越多地转化为作家力图在自己的作品中体现出民族文化丰富性的创作驱动力。正是出于这种驱动力，阿特伍德才会"上下求索"地搜寻鬼魂，并在现实世界之下挖掘出另一个"群魔乱舞"的"地下"世界。而"地下"是"根"之所在，没有根的文学必然是漂浮、平面、贫乏和浅薄的。可见，当代以阿特伍德为代表的加拿大作家已不满足于仅从英国及欧洲大陆文学传统中找寻自己文学之源的所谓"寻根文学"，而是试图建构立足于加拿大本土的并且赋予其民族之魂的"植根文学"。

第二节 "没有这里与那里之分"：小说中的故乡与他乡

诗人 P. K. 佩奇(P. K. Page)在《雪的故事》("Stories of Snow")一诗中描写了一场降落在热带雨林地区的想象中的大雪：

> 在那些叶子大如手掌的国家
> 花儿伸着肥厚的下巴
> 传唤着颜色

---

① Atwood, M. *Negotiating with the Dead*：*A Writer on Writing*. Cambridge：Cambridge University Press，2002：171-180. 阿特伍德在该书里多次引用里尔克的《致俄耳甫斯的十四行诗》，因为俄耳甫斯进入冥界又返回的旅程与阿特伍德的"潜入地下"理念异曲同工。在文学或艺术的呈现中，阴间是现实生活的镜像，现实与镜像的相互映衬才是丰富而完整的。事实上，俄耳甫斯本身也是阿特伍德甚为感兴趣的神话人物(阿特伍德自己也写过一首名为"俄耳甫斯"的诗)，这可能是因为从艺术表现层面上来看，乐手与作家的工作在本质上是相通的。她认为，俄耳甫斯在去过冥界以后才能弹奏出真正永恒的音乐，那么作家也必须进入黑暗的死者之界并返回才能写出垂世的篇章。

② Rilke, R. M. You Have to Have Been among the Shades. In Rilke, R. M. *Sonnets to Orpheus*. Young, D. (trans.). Hanover：Wesleyan University Press，1987：19.

> 一场幻想的大雪有时候会
>
> 落在百合花之间①

　　其实不止佩奇,加拿大的不少作家都喜欢构想热带雨林、火热夏季等与加拿大地理气候相反的场景:迈克尔·翁达杰(Michael Ondaatje)的《安尼尔的鬼魂》(Anil's Ghost)里的斯里兰卡夏夜闷热而潮湿;玛格丽特·劳伦斯(Margaret Lawrence)笔下的非洲阳光灼热又明亮;艾丽丝·门罗(Alice Munro)短篇中的"外来者"常常来自温暖的美国加利福尼亚州或者佛罗里达州。而阿特伍德也多次让自己的女主人公们去到太阳"明晃晃"的异域南方。

　　综观阿特伍德迄今为止创作的十多部长篇小说,虽然它们在风格、主旨、情节与时代等各方面都存在着巨大的差异,但细读之下依然可以发现这些作品中某些共同或反复出现的主题,其中"故乡"的意象就是贯穿阿特伍德多部小说的一个母题。从第二部小说《浮现》到第八部小说《强盗新娘》;从1979年的《神谕女士》到2000年的《盲刺客》;从表现当代人情感困境的《人类以前的生活》到自传体小说《猫眼》(Cat's Eye),阿特伍德笔下的女主人公似乎患有一种通病:"故乡恐惧症"。在她的小说里,"故乡"一词不复温暖与亲切,而是承载着负面和黑暗的情感色彩。与此同时,他乡则常常以故乡的对立面出现。那么,故乡与他乡分别有着什么样的寓意呢?阿特伍德笔下的主人公们在两者之间的徘徊说明了怎样的选择困境?

　　随着阿特伍德近几十年在国际文坛的声名鹊起,对阿特伍德研究的成果也不断发展壮大,其中民族主义是研究阿特伍德的几个主要视角之一。的确,阿特伍德是20世纪60年代以来与加拿大英语文学共同崛起的作家,从加拿大民族主义出发来研究她是一个很好的视角。而事实上,一直以来被评论界所忽视的故乡与异乡主题其实隐含了阿特伍德深刻的加拿大家园意识与民族主义主张。下面将以《肉体伤害》和《神谕女士》这两部作品为例来具体分析阿特伍德的故乡与异乡主题及其隐喻。

---

　　① Page, P. K. Stories of Snow. In Bennett, D. & Brown, R. (ed.). *An Anthology of Canadian Literature in English*. 3rd ed. Toronto: Oxford University Press, 2010: 518.

故乡与母亲

《肉体伤害》是阿特伍德发表于 20 世纪 80 年代的第五部长篇小说。女主人公雷妮因为患乳腺癌而切除了一只乳房，男友因此离她而去。为了治愈身心的双重创伤，她借撰写游记之名只身来到加勒比海的一个热带小岛国旅游。不料此时正值该国政治形势复杂动荡之际，雷妮不慎卷入了当地各派的权力争夺战的旋涡，纷乱之中与另一女性洛拉被关进同一间监狱。后经加拿大当局调停，雷妮才得以被释放而回到多伦多。

这部小说是一部典型的关于逃离故乡的作品。雷妮的故乡是安大略省的一个小镇。在她的眼中，这个小镇风气保守而沉闷，人们思想狭隘且故步自封，因此对其极为反感："大多数时候，她都试着完全不去想格里斯伍德（故乡小镇的名称）。她希望格里斯伍德只是某种自己想与自己完全相反的东西。"(*BH* 18)①故乡对雷妮来说相当于某种自己想极力摆脱的禁锢或是打在身上抹不去的丑陋烙印。

与这种"故乡恐惧症"相应的，是雷妮对于母亲的逃避，"我那个时候一心想着怎么离开格里斯伍德，我可不想像我母亲那样被困住"(*BH* 58)。雷妮对于母亲的逃避具体表现为她对于家族中的女性传统的厌恶。在她的家族中，外祖父早逝，父亲在别的城市另有家室，家中剩余的成员就是外祖母、母亲、姨妈们和她自己。阿特伍德在这里又一次构筑了一个男性不在场的纯女性世界。她的母亲承担起了照顾精神失常的外祖母的责任，雷妮却极力逃避家族中传承的女性责任，唯恐成为第二个母亲。

其实不止雷妮，阿特伍德笔下的女主人公们普遍地表现出对母亲的排斥、仇恨和逃避，以至于形成一种症候："惧母症"(matrophobia)。小说《神谕女士》对这种惧母症的描写尤为深入。女主人公琼的肥胖身体成了母女二人争夺的战场："我与母亲之间的战争开始白热化，争议的领地是我的身体。"(*LO* 65-66)②

---

① 引文由笔者译自以下作品：Atwood, M. *Bodily Harm*. New York: Bantam Books, 1982. 后文出自同一作品的引文，将随文在括号内标出原作名缩写及出处页码，不再另行加脚注。

② 引文由笔者译自以下作品：Atwood, M. *Lady Oracle*. Toronto: McClelland & Stewart, 1976. 后文出自同一作品的引文，将随文在括号内标出原作名缩写及出处页码，不再另行加脚注。

母亲想尽一切方法让女儿减肥,可是面对母亲的威逼利诱,琼的反应却是"再多吃一块玛氏巧克力,或来双份炸薯条"(*LO* 66)。她将自己"领地"的扩张看成是对母亲的反抗:"我眼看着自己膨胀起来,无节制的,就在她那双眼睛前面,我像面粉团一样鼓起来。在餐桌上,我的身体一寸寸向她逼近,至少我在这方面所向无敌。"(*LO* 66)最终,琼以自己 245 磅的体重宣告了这场母女之战的胜利。

表面上,琼这样做是出于青春期的叛逆心理。可是事实上,琼的肥胖还有一种精神分析学层面的隐喻,即通过自我增肥来抵消母亲的作用。母亲与女儿的关系原本就像上帝与人一样,是创造者与被创造者的关系。对于女儿来说,母亲是无法否认且不可更改的先天存在与既定事实。然而,在这部小说中,琼却试图用自己的方式来改变这一先天关系。她不断地给自己喂食,使自己的身体无限制生长,这可以看成是一种特殊形式的自我生产。就像她的姓氏福斯特(Foster,意为"养育者")所暗示的,琼是一个"自我养育者"。这种自我养育的行为本质上是对母亲的终极否认:她可以自己"生育"自己,换句话说就是她可以充当自己的"母亲",因此她便摆脱了与母亲之间的那种"生产者—产品"的关系,而解构了母亲作为"生产者"的功能,实际上也就从根本上抹去了母亲的存在意义。

从雷妮与琼身上可以看出,对故乡的排斥与对母亲的反感常常是交织在一起的。如果说"故乡"是她们挥之不去的梦魇,那么"母亲"就是阴魂不散的幽灵。"故乡"代表了女主人公们不愿意面对的过去,而"母亲"则代表了故乡。在阿特伍德的理念体系中,故乡是不可选择的过去,母亲是无法更改的存在。可以说,母亲是故乡的具体人物化表征,所以女主人公们都把对故乡的反感与敌意投射到母亲身上了。因此,故乡与母亲在本质上是同一的,对母亲的逃避实质上就是对故乡的逃避。这种逃避促使她们总是试图寻求一个"他乡"来忘却故乡与母亲,以求获得解脱。

这里与那里

雷妮选择去加勒比海度假是因为她要去一个"暖和又遥远的地方"(*BH* 16)来疗伤。表面看来,圣安托万这个热带小岛国与寒冷而空旷的加拿大是完全相反的地方。可是雷妮在这个小岛上的经历让她逐渐认识到这个地方与她的故乡并没有本质的区别。

在雷妮出发之前,一个神秘人物闯入她在多伦多的公寓后留下一条绳子:

> 绳子延伸到黑暗里,如果你一直拉绳子,会拉出什么来?那一头会是什么,终结?一只手,然后是一条手臂,一个肩膀,最后是一张脸。绳子的那一头是一个人。每个人都有脸,没有无脸的人。(BH 41)

绳子的另一头是什么?这个拿绳子的人的脸到底是什么样子的?这是雷妮从"这里"——加拿大发出的疑问。这个疑问直到她到了"那里"——加勒比小岛才得以解开。当她在圣阿加莎的监狱看到一个残忍殴打聋哑人的狱警时,"她看到拿绳子的男人了,现在她知道他的长相了"(BH 290)。她把这个狱警与当初私闯她公寓的人联系在了一起。她认为这两个男人在本质上是一样的:都是施暴者,所以他们有着相同的脸。绳子的这一头是那个无名闯入者,那一头是监狱里的强权分子;这一头是加拿大,那一头是加勒比岛国;这一头是"这里",那一头是"那里"。一条无形的绳子把"这里"与"那里"绑在了一起。雷妮此时终于明白:"这世上没有这里与那里之分。"(BH 290)

为了进一步证明"这世上没有这里与那里之分",小说再次使用了"手"这个叙事意象。小说中前面提到,在故乡时,雷妮一直试图不去触碰外祖母的手:

> 雷妮受不了这双摸索的手碰自己,那在她看来就像瞎子的手,傻子的手,麻风病人的手。她把手藏到身后,躲开,躲到角落里,沿着墙躲开,也许她可以从厨房门逃出,逃到花园里。(BH 297)

与她的母亲果断地握住外祖母的手不同,雷妮尽量逃避外祖母的手,这说明了她对家族中代代相传的女性传统与责任的逃避。与这种逃避的心理状态相应的是她"丢失"了她的手:"她(雷妮)在找她的手,她知道它们丢在这里的什么地方了。"(BH 116)"手"在这部小说里象征一种人与人之间深层联系的方式以及回归自我的能力。雷妮"找不到自己的手",说明她丧失了触摸与抓住他人的能力。阿特伍德研究专家瑞格尼说:"拒绝其他女人,是因为她看到了自己投射在她们身上的弱点。"①那么,逃避其他女性其实是在逃避自己。在阿特伍德的作品中,自我逃避会导致身体麻木甚至病变。这样说来,雷妮患乳腺癌就是逃避自我与女性身份的隐喻。

然而,当雷妮在圣阿加莎的监狱时,对故乡的记忆再一次回来。阿特伍德研究者亨根分析道:"在雷妮重新承认她的女性过去之前,她要先追忆起许多痛苦又复杂的与女性有关的记忆,而在圣安托万,当安全得不到保障时,她开始回忆起这些了。"②忆起了过去,也想起了自己那被遗忘的双手。所以,面对奄奄一息的狱友洛拉时,她伸出了自己的双手:

> 她将洛拉的左手握在她自己的双手之间,一动不动,一切都静止不动,但她在竭尽所能地拉住这只手。空气中有一个看不见的黑洞,洛拉在洞的那一端,她必须把她拉过来……她握着她的手,一动不动,用尽全力。(BH 298)

命运似乎跟雷妮开了个玩笑,她害怕被故乡的那个家所囚禁,却在异乡被关进了监狱;她竭尽全力逃避外祖母的手,却不得不紧抓住另一个萍水相逢的女子的手,并最终用自己的双手将她从死亡线上拉了回来。但是,与其说是她救了洛拉,不如说是这个异乡的女性给了她新生。因为雷妮这双伸出的手意味着她走出了自我封闭与逃避的状态,也象征着她对家族传统和对故乡的一种回归。回归故乡意味着正视自己的过去,从而接受自己本来的样子。这个举动仿佛是一个庄严又原始的仪式。雷妮通过这个仪式找回了自己的双手,也找回了自我。果然,此举成了雷妮思想的一个转折点。她不再仅仅是"看",而是用手"接触";不再是旁观者,而是参与者;不再是一个只关注生活表面的专栏作家,而是一名会报道真相的真正的记者。

①　Rigney, B. H. *Margaret Atwood*. Houndmills: Macmillan Education, 1987: 12.

②　Hengen, S. *Margaret Atwood's Power: Mirrors, Reflections and Images in Select Fiction and Poetry*. Toronto: Second Story Press, 1993: 3.

此岸与彼岸

如果说雷妮在异乡的经历反而使她认同了原本被她抛弃的故乡,那么琼也在意大利体会到了故乡所承载的过去是不可能被真正抹杀和遗忘的。当琼在多伦多的生活变得犹如乱麻一样错综复杂时,她为自己设计了一个溺水而亡的假象,然后偷偷地逃到了意大利小镇托瑞摩托。水在阿特伍德的理念体系中是无意识的象征,而"溺死可以作为进入无意识的比喻"(*SF* 45)。虽然琼并没有真的溺死,但她"潜入水下"的行为同样可以看作穿过一条无意识之水的疆界,从作为"此岸"的加拿大来到了"彼岸"的意大利。

然而,种种迹象表明,对于琼来说,彼岸不过是另一个此岸。首先,琼来到的意大利小镇的名字是"托瑞摩托",英文是"Terremoto",而她"生前"所在的城市多伦多是"Toronto",两者在发音和拼写上都有些类似,这多少暗示了托瑞摩托其实是另一个多伦多。其次,琼为了彻底告别过去,把自己标志性的红发剪短并染成其他颜色。但是,头发会生长,新长出来的头发还是她原本的深红色。再次,琼把残留着她过去气息的衣服埋到了地下,但是过了一段时间以后,"我能听见我掩埋的衣服自行长出躯体。那具身体几乎已完全成形:它正在挖掘出路……朝着阳台而来"(*LO* 321)。而事实也正如她所担心的:房东把她的衣服从土里挖出、洗净,并送还给她。最后,虽然琼身处托瑞摩托时早已成功瘦身,可是过去的胖女人形象却如幽灵一样回来找她:"我那如影随形的双胞胎姐妹在我肥胖时瘦削,在我瘦削时肥胖。"(*LO* 245)

可见,无论琼如何努力地掩埋过去从而开始新生活,过去的影子一再闪现,所以当母亲的鬼魂再一次出现在她面前时,琼"认命"了。她的母亲多年前就已死去,但是其鬼魂一直追随着她。而这一次,鬼魂跟着琼来到了这遥远的异乡小镇。此时,琼对于多年前自己对母亲的厌恶似乎早已释然:"我爱她……我们将共同走下那一道走廊,进入黑暗。"(*LO* 329 330)她终于意识到母亲其实从来没有离开过她:"我一直带着我的母亲,她就像蚀刻在我脖子上的信天翁。我常常梦见她,我那有三个脑袋的母亲,阴暗而冰冷。"(*LO* 50)《胖姑娘之舞:玛格丽特·阿特伍德的〈神谕女士〉》一书的作者玛杰里·费(Margery Fee)说:"从神话的层面看,琼的母亲是海克提——地下世界的女神。"①海克提是掌管预言力的女神,这样来理解的话,这部小说的题名"神谕女士"至少部分指的是琼的母亲。"生命是她的诅咒,我如何能绝弃她呢?"(LO 331)对于琼来说,母亲是一个无法摆脱的预言与诅咒,是她作为女性无论逃到哪里都逃不出的宿命。

阿特伍德在《给外祖母的五首诗》("Five Poems for Grandmothers")里写道:"再见,母亲/的母亲,老骨头/穿过我来的隧道。"②外祖母是母亲的母亲,与母亲本质上是相同的。这条神秘的黑暗隧道是我、母亲和外祖母共同的生命通道。三者之间有着共同的生命源头与命运暗码。当阿特伍德的女主人公们试图否定过去或回避自我时,母亲就会在某个黑暗的夜晚不期而至。所以,与其说是母亲在追随着她,不如说是她心中的母亲从来没有离开过。作为女性另一个黑暗自我的象征,母亲既然是无法规避的,那不如平静地面对她,或者将她召唤回来。阿特伍德的另一首关于母亲的诗《带母亲回来,一场招魂》("Bring Back Mom:An Invocation")就是对母亲的呼唤:

> 回来,回来吧,哦妈妈
>
> 从疯癫或死亡
>
> 或者从我们破损的记忆中
>
> 以你本来的样子出现③

从逃避母亲到回归母亲,阿特伍德的女主人公跨过了通向新生的重要一步。接受母亲即接受故乡,而接受故乡又意味着接受过去与自我。正如雷妮终于明白"这世上没有这里与那里之分",而琼也不得不承认,这个世界其实没有"此岸"与"彼岸"之分。故乡与异乡其实是一样的,试图通过逃到异乡来摆脱过去是徒然的。

---

①　Fee,M. *The Fat Lady Dances:Margaret Atwood's "Lady Oracle"*. Toronto:ECW Press,1993:50.

②　Atwood,M. *Selected Poems II:Poems Selected and New,1976—1986*. Toronto:Oxford University Press,1986:16.

③　Atwood,M. *The Tent*. New York:Bloomsbury,2006:109.

琼在多伦多时,生活突然变得犹如哥特式小说中的迷宫一般错综复杂,为了逃离这一切,她来到了托瑞摩托。但是最后,她原先所逃避的一切依然以另一种特殊的文本的形式让她体验到了:似乎是受一种神秘力量的牵引,她进入了自己正在写作的哥特式小说,并走进了小说中所描写的哥特式庄园的迷宫中心,发现了可怕的真相。所以说,这个世上无处可逃,逃不是出路,而必须面对和接受自己的过去,接受自己作为一个女性的自己,从心底里接受一个完整的、具有黑暗面和不光彩过去的自己,才能获得健全的人格,才能在这个基础上采取有效的手段自我拯救。

他乡与回归

《肉体伤害》的结尾,思绪万千的雷妮坐在由热带飞往北国加拿大的飞机上,而整个故事也就这样停留在故乡与异乡的航线上,停留在那一片无以依托的虚空之中。在阿特伍德看来,故乡与他乡是一对异质共同体,两者固然是对立的,又是相互映衬的。在故乡总是做着他乡梦,而他乡又不断渗进故乡的影子。但归根到底,他乡永远不可能是一处完全独立于故乡的世外桃源,它不可避免地会打上故乡的印记。

雷妮与琼不约而同地选择了一个地理与气候都与加拿大截然相反的温暖且阳光充沛的地方,可见她们远离故乡的决心。但事实证明,异国他乡无法成为她们的避难所。反而正是因为身处异乡才使她们意识到:故乡是她们逃到天涯海角都无法摆脱的,这促使她们承认故乡、面对自我。虽然异乡之梦破碎了,可是她们却在这个过程中看到了自己的根之所在。故乡,虽然留有那么多她们不愿面对的过去,却保存着她们最初的真实和自我。除了雷妮与伊莱恩,阿特伍德笔下不少女主人公都是在故乡找回自我的,比如《浮现》的无名女主人公回到故乡的原始丛林以后才逐渐唤醒了沉睡的记忆和真实的自己。阿特伍德曾表示过她喜欢塑造带有"普遍缺点"的普通女性,而这些加拿大女性往往挣扎在故乡与异乡之间,其根源还在于她们的自我逃避。阿特伍德的多部小说似乎都在反复述说着这样一个主题:一个人真正的出路不是在外面,而是在自己的心里。

从以上分析可以看出,故乡是阿特伍德的女主人公们永远无法摆脱的生命印记。它虽然有着各种各样的缺点,但是也暗藏着她们的自我以及无限的能量。

从这个角度看,故乡与她们的祖国加拿大在本质是上一样的:不美好却无法抹去。20世纪的加拿大人依然有着一种挥之不去的民族自卑意识,比之美国及欧洲等其他西方发达国家和地区,加拿大相对沉寂和落后,所以加拿大人也以自己的出国经历为荣:一个在美国等地生活过的加拿大人就获得了其他加拿大人所没有的优越感。更重要的是,由于加拿大的历史很短,其民族身份的认同仍缺乏文化上的积淀,所以不少加拿大当代作家依然存有一定程度的身份焦虑。因此,这批作家都致力于在作品中建构加拿大民族性。他们认为,加拿大人首先应该接受自己的民族性,接受作为一个加拿大人的本质,这是接受自我最根本的前提之一。

阿特伍德本人的民族使命感是毋庸置疑的。可以这样说,阿特伍德的所有作品背后都暗藏着一个若隐若现的白雪茫茫的加拿大版图。所以,阿特伍德的故乡其实是一个更大的空间与身份隐喻:加拿大。在她看来,加拿大民族性是渗入每个加拿大人血液里的无法更改的特性。试图否认自己的加拿大性就是否认自己。因此,如果一个加拿大人在没有认清自己的加拿大属性的基础上,就贸然地把异乡作为自我救赎之地,他(她)一定难逃魂断异乡的噩梦。所以,琼的意大利、雷妮的加勒比岛国都不能拯救她们。阿特伍德实际上是在呼吁加拿大人真正承认和接受自身并不完美的加拿大性。就像雷妮、伊莱恩等许多阿特伍德的女主人公一样,她们真正的救赎地其实在自己的故乡,而加拿大人真正的归属地也应该是加拿大。

故乡与他乡,这里与那里,此岸与彼岸,过去与现在,绝大多数阿特伍德的主人公无法摆脱两者之间的困境,而最终她们几乎无一例外地选择回归前者。她们的心路历程都经过了这种从故乡到他乡又回归故乡的螺旋式路线。从这一过程中可以解读出阿特伍德的观点:故乡、过去与自我是三位一体的。故乡代表了(往往是女主人公的)过去,而黑暗的过去深藏着女主人公的另一个自我。阿特伍德小说中的故乡主题其实反复地传达出这样一个主旨:逃避过去的结果是麻木与空洞的人生,正视自我才能走向新生。故乡是"从哪里来"的问题,异乡回答的是"到哪里去"。阿特伍德认为,"从哪里来"的问题更本质更关键,一个人首先必须明确和接受自己的身份根源,才能无论"到哪里去"都不会迷失自我。

再回到弗莱的"这里是哪里"的问题。其实阿特伍德也有类似的描述:"一个迷路的人需要的是这片土地的地图,标记着他自己所处的位置,这样他能看清他与周遭事物所处的关系的地方。"①对于弗莱与阿特伍德来说,回答"我是谁"这个问题的前提是回答"这里是哪里"。认识脚下的土地、认同自己的故乡是找寻自我身份的前提。炎热的他乡不可能成为阿特伍德笔下人物的逃离之地,她们只能回归寒冷的加拿大来重新认识自己。

"冷"也许可以说是加拿大文学的主基调之一,不仅是因为大量描写风雪的气候与寒冷感觉的作品(诗歌中光以"冬天"或"雪"为题的作品就不计其数),而更在于"冷"的文化与身份隐喻。这种寒冷的体感似乎渗进了文字肌理的最深处。"冷"既渗透在早先的拓荒体验中,弥漫于各种地域书写中,也沉淀在移民文学里,最终铸进了加拿大人的身份认同感中。然而加拿大作家又常常试图通过与之截然不同的热带体验来反证自己的身份认同,雪国的作家们身上似乎常常有一个不能"克服"的热带。

第三节 "与死者协商":作者的死亡与复活

《这是一张我的照片》是阿特伍德发表于 1967 年的一首短诗。诗中这张"我"的照片里看不见"我",而只是一张"我"淹死的地方的照片,也就是说,诗的讲述者"我"是一个已经死亡的人。看来这首小诗已隐含了一点"作者死亡"的味道。实际上,"作者死亡"的理念贯穿阿特伍德的作品、创作观和接受观,是个很值得研究的内容。

《这是一张我的照片》(收于诗集《圆圈游戏》)发表后的第二年——1968 年,罗兰·巴特提出了惊世骇俗的"作者死亡"口号。他在《作者的死亡》("The Death of the Author")一文中说:"一旦事实已被陈述……这个声音就失去了它的起源点,作者进入了他自己的死亡,写作开始。"②他认为作品一旦开始就脱离

---

① Atwood, M. *Survival: A Thematic Guide to Canadian Literature*. Toronto: House of Anansi Press, 1972: 18.

② Barthes, R. *Image-Music-Text*. Heath, S. (trans. & ed.). London: Fontana Press, 1977: 142.

了与作者的关系："是语言在说，而不是作者。"①巴特从结构主义的立场出发，认为文学作品不是靠作者，而是由其语言的运动来推动和完成的。根据索绪尔的观点，语言是可以根据自身的差异性原则而自动运行的系统，那么由语言组成的文学作品也相应地具备这种内在的运动规律和驱动力。因为所有的文学作品都是由语言写成的，靠着语言的运动，作品与作品相互联系、作用和渗透，形成了一个巨大的文本世界。

阿特伍德作为当代西方文坛具有影响力的后现代作家，对后现代理论一直保持着相当高的灵敏度："她（阿特伍德）具有明显的文化和理论意识，既使用也挑战文化中的流行观点。"②从她的作品中可以看出从女性主义理论到后殖民思想等多种当代西方理论的印记，其中巴特的"作者死亡"理论对她有着深刻而广泛的影响。

作者之死

阿特伍德的小说中就有一系列"死掉的作者"。《珀涅罗珀记》的讲述者本身就是已死去几千年的人；《神谕女士》一开始就是女主人公琼为自己设计的"死亡"，以此消灭她作为通俗哥特式小说作者和史诗《神谕女士》作者的身份；《盲刺客》的主人公艾丽丝完成讲述自己家族史和生平的写作以后便死去了；《使女的故事》的讲述者奥芙弗雷德将自己的故事录制到录音带中以后便生死未卜，不知去向。这是对"作者死亡"观点最彻底和极端的表现。死去的作者当然不可能再对作品有任何的控制能力，只能任由读者阐释和解读了。

巴特的"作者死亡"理论自然不是指写作者个人生理意义上的死去，而是对作者作为一个文本制造者和拥有者这一群体的存在的否定，它从根本上切断了作者与作品之间原本的那种"生产者—产品"的关系，彻底否定了作品对作者的依附性。从这个观点出发，也可以看出阿特伍德的小说中常常出现作者与作品两者之间的断层和疏离。

琼不止一次地提到她创作哥特式小说时从来不看打字机，都是"闭目撰稿"，

---

① Barthes，R. *Image-Music-Text*. Heath，S.（trans. & ed.）. London：Fontana Press，1977：143.

② Tolan，F. *Margaret Atwood：Feminism and Fiction*. New York：Rodopi，2007：1.

以至于当在意大利不得不用笔写作时，"不得不看自己写的东西会抑制文思"（*LO* 129）。而且她作为哥特式小说作者的身份非常隐秘。她以各种理由逃避与出版商的见面，而且提供给后者的信息，包括姓名、照片等都是虚假的。除了琼自己和她的旧情人保罗，没有任何人知道她是那些在街角小书摊上出售的哥特式小说的作者，包括她的作品的读者。阿特伍德长篇小说中另一位"作者"——《盲刺客》中的艾丽丝在书写的过程中不断地强调自己对自己的手失去了控制：

> 说到手头上的工作，"手头"这个词很恰当：有时候似乎只有我的手在写，而不是我身体的其他部分；我的手有了自己的生命，即使从我身上砍下来也会继续写，像是某些抹过香料、被施了魔法的埃及崇拜物，或者那种风干的兔爪子，人们将之悬挂在车子后视镜来图个吉利。尽管手指有关节炎，我的这只手最近却表现出异乎寻常的灵活性，像是将束带扔向狗。如果让我来评判的话，它确实写下了很多不该写的东西。（*BA* 457）①

是"手"在写而不是作者在写，其实就是暗示了文本的自主和自足性，也说明了文本与作者本人的脱离。而琼创作史诗《神谕女士》的过程更是体现了作者对作品的这种不可控制性：整部史诗《神谕女士》都是"无意识书写"的结果。无意识书写是琼少年时代随姑母参加一个灵异组织时被鼓动尝试的，就是在鬼魂的控制下书写，而写下的文字就是死者提供给活人的信息。琼写作史诗《神谕女士》的过程犹如被鬼魂附身一样充满了巫术般的神秘感：在黑暗的房间里点上蜡烛，蜡烛前面放置着一面镜子，琼坐在镜子前面盯着镜子，手里握着笔，然后开始逐渐进入镜子中那个黑暗的神秘世界：

> 我会有走下狭窄坡道的感觉，心里很笃定只要能在下一个岔口或

---

① 引文由笔者译自以下作品：Atwood, M. *The Blind Assassin*. London：Virago Press, 2001. 后文出自同一作品的引文，将随文在括号内标出原作名缩写及出处页码，不再另行加脚注。

再下一个岔口转弯(因为我愈走愈远),便能找到我追寻的东西,得到始终在等待我发现的真相、字句或人。……我回过神后(我想那大概可以叫恍神),面前的笔记本上通常会有一个字,有时是几个字,偶尔甚至有一句……(LO 230-231)

琼对于通过这种方式写下的文字是"完全不明白",但还是将它们结集成书,最终发表了这首使她名噪一时的史诗,而《神谕女士》这个书名也是由出版商定的。无论是艾丽丝不受控制的手还是琼的"无意识书写",阿特伍德似乎都在印证古希腊关于文学创作过程的"缪斯附身"说,以一种超自然的神秘性来解构作者与作品之间原本明确而现实的关系,强调作家写作是在某种外在的神秘力量控制下的所为,而不是作家本人思想的体现。

"作者之死"观与传统的作家观看待作品的不同之处在于,传统的观点把作品看成是一个已完成的成品,而以巴特为代表的当代哲学家和作家们更倾向于把作品作为一个过程来看待。他们认为文学作品并不是由作家加工完成的、已成定论的终结品,而是一个流动的、不断运动着的过程。在这个过程中,不仅作者在操纵人物,而且作品中的人物会反过来作用于作者,阿特伍德在《谁创造了谁:书中人物的反驳》中说:"如果作者过分随心所欲,她所创作的人物就会提醒她,尽管她是他们的创造者,他们在某种程度上也是她的创造者。"[1]琳达·哈琴(Linda Hutcheon)认为,"阿特伍德在她的每一部小说里都强调了从产品到过程的转变,或者说意识到了她的主人公不仅仅是被控制的客体,而是动力主体"[2]。

另一种有点极端但又并非罕见的现象是,作品的情节发展和人物行动有时候会脱离作者的控制。《神谕女士》中作为哥特式小说作者的琼在写作《被爱追踪》这部小说时,情节发展至后来完全脱离了琼的控制。本来琼按照一般哥特式小说的情节模式为这部小说设计的情节是这样的:作为次要人物的芙丽西雅必

---

① Atwood, M. Who Created Whom? Characters That Talk Back. *New York Times Book Review*, 1987-05-31(36).

② Hutcheon, L. From Poetic to Narrative Structures: The Novels of Margaret Atwood. In Grace, S. E. & Weir, L. (ed.). *Margaret Atwood: Language, Text and System*. Vancouver: University of British Columbia Press, 1983: 17.

须死去,而主角莎洛特进入迷宫后,在遭遇危险时被雷蒙英雄救美,最后取代芙丽西雅成为雷蒙的妻子。可是小说中的人物好像具备了自己的意志,各自朝着与琼设计的情节不同的方向运行着。芙丽西雅取代莎洛特成了小说的主要人物,并且进入了庄园的迷宫,以至于后面的情节发展更加诡异和恐惧,使该小说从通俗哥特式小说演变成了荒诞小说。

小说中的"作者"是如此,阿特伍德本人的创作也同样存在着作者与作品分离的现象。在谈到自己的创作过程时阿特伍德承认,一方面,有时候她并不是一开始就安排好整个情节框架,而是会在写作时根据作品中人物性格和情节的发展来决定,也就是说,有时候不是作者在操纵人物,而是作者在跟着笔下人物走;另一方面,作品中人物的行动和情节的走向有时候会与她当初的构思不符,比如在创作《神谕女士》时:

> 《神谕女士》一开始的设计更具悲剧性——由一场假死最后演变成真死。就像你知道的,结果发生了改变……这是个形变的问题。我开始时设计了一个声音和一个人物,而她在写作过程中变了,她变成了另一个人。无法解释这是怎么发生的。[①]

阿特伍德的小说大多是开放性结局,当被问及小说中的人物的最终结局时,阿特伍德的回答常常是不知道。比如《可以吃的女人》中的玛丽安最后与邓肯在一起了吗?《浮现》中的浮现者是不是最终选择回归都市?《神谕女士》里的琼在小说结束之后又做了什么? 对于这些问题,阿特伍德说她也不知道她的人物最后做出了什么样的选择。如此看来,阿特伍德的开放性结局不仅仅是给读者提供猜想,其实也是因为作家确实不知道接下来会发生什么。行进至小说结尾的主人公们似乎已经具备了自身的行动规律,作者虽然在小说结尾处暗示了某种可能,但人物具体的选择,是她所不能控制的。

可见,阿特伍德以她作品的内容和创作过程说明,文学作品确实有其自身的运行规则,其情节和人物有时候会脱离作者的控制而向其他方向发展。这与巴

---

① Sandler, L. A Question of Metamorphosis. In Ingersoll, E. G. (ed.). *Margaret Atwood: Conversations*. Princeton: Ontario Review Press, 1990: 45.

特所说的作品本身的动力非常接近。在《与死者协商：一位作家论写作》一书中，阿特伍德再次强调了作家与其所写的文字的分离，并对于自己写的文字发出了这样的疑问："是谁写出上面这这句冷血评语的？……绝对不是我写的，我可是个心地善良的好人，有点心不在焉，对饼干很在行，深受家中动物们的喜爱，还会打袖子太长的毛衣。"[1]阿特伍德由此提出作家双重性的观点，即在写作时的作家和平时的作家是两个不同的人，所以"作者是书上的那个名字，我是另外一个人"[2]。

读者之生

作者与作品的分离不仅仅发生在创作过程中，更体现在作品的接受上。巴特在宣布了"作者死亡"之后又提出了"读者诞生"的口号。他将读者对于文本的作用强调到了无以复加的地步，文本本身的驱动力、文本与文本之间相互的作用和抗争最终都汇集到读者处。也就是说，读者是作品的最终完成者。阿特伍德也认为，读者对作品的接受在某种程度上决定着作品，甚至对其有着决定性的作用。《使女的故事》的最后一部分"史料"是在使女生活的年代两百年以后的一次关于基列政权史料研讨会上，皮艾索托教授对奥芙弗雷德留下的录音带所做的分析。此时，奥芙弗雷德早已死去，历史学家皮艾索托及其同事获得了对录音带的解读权。他从历史实证主义的角度考量录音带的内容，甚至对录音带的真实性提出了质疑，一旦这种质疑成立，他可以从根本上否定整个"使女的故事"。录音带的内容就是《使女的故事》这本书的内容，而决定这本书的真伪和价值的不是作者（讲述者）奥芙弗雷德，而是两百年后的男性历史学家们，他们一句话就可以宣布整本书的内容是无效（伪造）的。

巴特说："读者的诞生应以作者的死亡为代价。"[3]他认为如果不切断作品的源头——作者，认为是作者创造了作品，作者对作品有决定作用，作品就无法挣

---

① Atwood，M. *Negotiating with the Dead*：*A Writer on Writing*. Cambridge：Cambridge University Press，2002：37.

② Atwood，M. *Negotiating with the Dead*：*A Writer on Writing*. Cambridge：Cambridge University Press，2002：43.

③ Barthes，R. *Image-Music-Text*. Heath，S.（trans. & ed.）. London：Fontana Press，1977：143.

脱作者这只虚假的手而汇聚到读者处。作者是横亘在读者和作品之间的障碍。也就是说作者不死,读者不生。《盲刺客》的结尾集中体现了"作者死亡,读者诞生"这种交替性过程。小说中艾丽丝一直想念、牵挂着外孙女萨布里娜,却始终没有办法接近后者;她渴望获得萨布里娜的原谅、理解和认可,但一直没有机会向她诉说。萨布里娜这个潜在读者始终处在她可望而不可即的位置。似乎艾丽丝不死,萨布里娜就不会归来。直到艾丽丝完成讲述并死去以后,在小说的最后一节"门槛"中,萨布里娜才跨过那道门槛,走进艾丽丝的世界。虽然这一切只是艾丽丝的幻想,但是将这部分内容放在小说的最后,依然有着强烈的暗示和决定性的意味。该小节的题名"门槛"本身就暗示了一种"交接"过程,这是死者与生者、作者与读者的交接。通过这个交接仪式,读者(萨布里娜)进入了死者(艾丽丝)的世界:

> 我将邀请你进来。你会进来。我本不建议一个年轻女孩跨过这样的一个门槛,里面还有像我这样的一个人——一个老妇人,一个比你老很多的女人,独自一人住在僵化的小屋里,头发像燃烧的蜘蛛网,一个杂草丛生的花园里全是上帝才知道的东西。(BA 431)

这里对艾丽丝的家的描写比较虚,是她真实的住处还是象征性的文本世界,一时难以说清。似乎艾丽丝的文稿对于萨布里娜来说,比艾丽丝这个"独自一人住在僵化的小屋里,头发像燃烧的蜘蛛网"的老妪要有吸引力和说服力得多。

巴特的"作者死亡"观点对于文学评论最大的影响是反对从作家的生平经历、思想性格和创作理念等角度去进行作品批评。巴特认为传统的作家传记式批评将作品看成是作家思想的产物,且作品的思想、内容和语言等各方面都被打上了作者个人的烙印。巴特质疑这种批评方法不但阻碍了作品汇入它本该进入的世界——语言的海洋,而且通过作品来研究作家的思想,是一种本末倒置的批评方式。巴特的观点从根本上扭转了文学批评的指向性。作者传记式批评将文学作品指向作者,认为作品是作者思想的体现;而巴特旨在将作品推向其他的文本和更广泛的作者。在这一点上,阿特伍德与巴特非常一致。她对传记式批评、寻找她的作品与她个人生活相似性的蛛丝马迹的行为极为反感,甚至宣布可能永远不会写自传。对于读者将她本人的生活与作品联系起来的做法她也反复进行了否定和反驳。

阿特伍德认为，一个作者和他创作的作品之间并没有内在的气质上的联系："喜欢某作者的作品而想见他本人，就好像因为喜欢鹅肝酱而想见那只鹅。"①她再三表示："文学批评应该将作者与（书中）人物区别开来。"②在访谈、专著和随笔中，她都反复强调了这一观点。首先，阿特伍德去掉了作者头上的光环。她常常说作者的生活是乏味的，"他们所做的就是坐着写东西，我想不比坐着涂你的脚趾甲更有吸引力"③。其次她也反对认为作品是作者表达和宣泄自己思想和情感的方式的观点："我如果要表达自己，我可以出去到后院空地上喊一声。那省事儿多了。"④再次，阿特伍德认为作者不应随着作品成名而自己也成为名人。她说："我并不太喜欢当一个公众人物。"⑤她反而很羡慕莎士比亚：其作品流传千古，被广泛阅读和评论，本人却可以神秘地躲在黑暗处。阿特伍德发出这样的感慨，很大原因是自己的个人生活受到公众和媒体极大的干扰。作为雄踞加拿大文坛半个世纪的风云人物，一直以来她都处在舆论的风口浪尖；作为一名女性，她更是要承担来自各方的压力。

因此，阿特伍德的"作者死亡"理念在文学批评上主要体现为强调将文学作品本身作为一个相对封闭的世界来考察，把作品中的人物放置在这个世界里来研究，而反对牵强附会地把小说中的人物与作者或其身边的人画上等号。她认为评论者不应该总是试图在作品中寻找作者的影子，或者作品中的人物与作者自己或其身边人物的对等性，也就是说一方面作者不该参与到其作品中，另一方面也不能让作品中的人物走进作者个人的世界。

---

① Atwood, M. *Negotiating with the Dead*: *A Writer on Writing*. Cambridge: Cambridge University Press, 2002: 37.

② Sandler, L. A Question of Metamorphosis. In Ingersoll, E. G. (ed.). *Margaret Atwood*: *Conversations*. Princeton: Ontario Review Press, 1990: 44.

③ Ingersoll, E. G. Introduction. In Ingersoll, E. G. (ed.). *Margaret Atwood*: *Conversations*. Princeton: Ontario Review Press, 1990: Introduction.

④ Sandler, L. A Question of Metamorphosis. In Ingersoll, E. G. (ed.). *Margaret Atwood*: *Conversations*. Princeton: Ontario Review Press, 1990: 48.

⑤ Sandler, L. A Question of Metamorphosis. In Ingersoll, E. G. (ed.). *Margaret Atwood*: *Conversations*. Princeton: Ontario Review Press, 1990: 41.

阿特伍德对于作者与作品的脱离的强调还有一个重要的原因，那就是她认为作品对作者的依附性可能会限制作品的世界性和普遍性，以至于作品无法获得更广泛的读者群。因为作者对于作品来说，常常是一种限制，就好像阿特伍德这个名字可能会给她的作品加上这样一些限定性说明："加拿大的""女性的""中产阶级家庭出身的""受过高等教育的""已婚的""作为母亲的"等。阿特伍德觉得自己的作品并不仅仅是自我表达："我想将之像蟑螂一样用脚碾死的东西之一是认为艺术是自我表达的观点。你可以说它是关于世界普遍性的东西。"①她并没有因为自己是加拿大女性，就仅仅为加拿大女性写作：

> 我为喜欢读书的人写作。他们不一定必须是加拿大读者，他们不一定必须是美国读者，他们不一定必须是印度读者，虽然有些是的。我的作品到目前为止已被翻译成十四种文字②，而且我肯定有些人在读这些书的时候对于书中涉及的一些背景并不完全明白，因为他们对环境不熟悉。我也不完全明白威廉·福克纳书中的背景。这并不意味着我不能享受这些书，或者不能理解它们。你可以从上下文中推敲出很多东西。③

阿特伍德的意思很明显：她虽然是加拿大作家，写的是加拿大的故事，但并不希望因此将作品的接受人群限定在加拿大。她希望作品能超越自己的加拿大属性而具有世界普遍性。居里夫人说科学没有国界，但科学家有；阿特伍德却重在强调文学的无国界性：作家是有国界的，但文学作品没有。阿特伍德对自己作品的定位是准确的，作为一个世界级的作家，她的作品确实超越了国籍、性别和种族等的限制，而拥有了世界范围的读者。如今，阿特伍德的作品在世界各地的不同种族不同语言的读者手中传阅。

---

① Freedman, A. Happy Heroine and "Freak" of Can Lit. *Globe and Mail*, 1980-10-25 (E1).

② 当时是1982年。

③ Howells, C. A. *Margaret Atwood*. London: Palgrave Macmillan, 1996: 13.

形变:作者向文本转换

阿特伍德一直对"变形"(metamorphosis)的现象很感兴趣:"这(变形)是我始终不变的兴趣:从一种状态变成另一种,从一样事物变成另一样。"[①]阿特伍德解释说,她对变形的浓厚兴趣可能来自身为昆虫学家的父亲,后者使她常常有机会目睹昆虫在生长的各个阶段在外形上的变化,另外还有她儿时阅读的童话故事,其中不乏变形的元素。而在现代社会中,作者创作的文本也面临着各种形式的"变形"。目前,阿特伍德的作品已被译成三十多种语言,这些语言中除了法语以外都是她所不理解的符号系统。再加上翻译过程总是会不可避免地会伴随着误译和误读现象,对于这些在异域以异国文字发表的作品将会被怎样解读和处理,阿特伍德自然无法控制,甚至也无从知晓。此外,阿特伍德也一直在尝试创作一些广播剧、电视和电影剧本。而剧本经由导演的理解、演员的表演以及大量的后期制作,其"变形"程度更甚于翻译,作者与最终在电视或银幕上放映的最终形式的作品的距离也进一步拉远了。

再换句话说,巴特的"作者死亡"预言对于个体作者来说永远是准确的,因为作者作为一个人总难免一死,而作品是可以永恒的,它终将脱离作者的手而进入巴特所谓的文本的海洋中。一个不可否认的事实是,现存的文本世界中有一大部分就是由死去了的作者的文本构成的。阿特伍德深知这一点,她知道自己一定会比自己的作品先死去。事实上,正是对死亡的恐惧才促使她不停地写作:"不只是部分,而是所有的叙事体写作,以及或许所有的写作,其深层动机都是对死亡的恐惧与惊迷。"[②]而人们之所以选择用写作来对抗对死亡的恐惧,原因在于写作"看来似乎能持续永远,并能在书写的动作结束之后继续存在"[③]。这也是《盲刺客》的女主人公艾丽丝写作的动机,她不希望自己死去以后一生的印记即被抹去,从而断了蔡斯家族的传统。她希望外孙女能在她死后读到她写的内

---

① Sandler, L. A Question of Metamorphosis. In Ingersoll, E. G. (ed.). *Margaret Atwood: Conversations*. Princeton: Ontario Review Press, 1990: 45.

② Atwood, M. *Negotiating with the Dead: A Writer on Writing*. Cambridge: Cambridge University Press, 2002: 37.

③ Atwood, M. *Negotiating with the Dead: A Writer on Writing*. Cambridge: Cambridge University Press, 2002: 37.

容,从而继承蔡斯家族的传统。所以在她生命的最后时光里,她孜孜不倦地写作,直到完成书稿:

> 我的胳膊肘旁是一堆稿纸:我月复一月辛勤积累起来的文稿。当我完成之后——当我写完最后一页——我将把自己从这张椅子上拖出来,走到厨房,去翻寻一根橡皮筋,或一段绳子,或一条缎带。我将把这些文稿扎起来,然后掀开我行李箱的盖子,把这捆文稿放在其他东西之上。它将在那里等待你旅行归来,如果你确实回来的话。律师持有箱子的钥匙和我的指令。(*BA* 430)

艾丽丝找出来的绳子或缎带,是用来捆扎文稿的还是用来结束自己的生命的? 如果仅仅只是捆扎文稿,为什么等待萨布里娜回来的是文稿而不是艾丽丝,她为什么写完文稿之后就死去了? 笔者认为,这根绳子既终结了艾丽丝的生命又作为文稿捆扎之用。只是前者是虚写,后者是实写,为的是营造这样一种亦实亦虚的假象:艾丽丝用结束了自己生命的绳子捆扎了她的文稿。这根绳子是连接艾丽丝的生命和文稿之间的纽带。小说对艾丽丝的死因写得虚虚实实。据小说后文的一则"新闻"所报道,艾丽丝死于心脏病。从理性层面来理解,已是风烛残年的艾丽丝没有必要也确实不曾自杀,她是死于年老体衰和心脏病,属于自然死亡。但艾丽丝之死刚好在她完成全部文稿之时。小说如此安排其实是暗示艾丽丝的生命形式发生了转变:从肉体生命变成了文稿。这是一种"形变"。艾丽丝把自己的一生写进了文稿里,就像《强盗新娘》里的查丽丝把自己的名字从卡伦改为查丽丝以后,便把卡伦当成一个皮袋:"收集所有她不喜欢的东西,将其塞进这个名字,这个皮袋里,并打上死结。"(*RB* 297-298)[①]艾丽丝把自己的人生一点点地转变成文字,塞进她的文稿里,然后用绳子扎好。这样,她的存在便由肉体形式转变成了文本形式,完成了如蛹变蝶的"形变"过程。所以等待萨布里娜归来的将是这堆文稿,而不是艾丽丝。因此,全书的最后一句话是:

---

① 引文由笔者译自以下作品:Atwood, M. *The Robber Bride*. New York：Doubleday, 1998. 后文出自同一作品的引文,将随文在括号内标出原作名缩写及出处页码,不再另行加脚注。

然而,我把自己交到你的手中。我还能有什么选择呢?当你读到这最后一页时,那里——如果我在什么地方的话——将是唯一的我存在的地方。(*BA* 431)

艾丽丝临终时唯一的念想和希望是萨布里娜,她渴望被威妮弗蕾德抢走的萨布里娜理解并使萨布里娜回归到蔡斯家族的传统上来。她认为这是自己残喘的生命唯一的使命——向萨布里娜诉说。当她完成自己的讲述时,发现她的文稿已经包含了蔡斯家族的历史和自己与劳拉的一生,换句话说,她通过书写把自己的生命转换成文本了。艾丽丝把书写看成是生命向文本的形变,那么既然文本已经生成,那作为文本前生的生命也就没有存在的必要了。艾丽丝也许与阿特伍德一样是出于对死亡的恐惧而创作。当她完成了创作以后便明白她留给世界唯一的存在标记将是这份记录她的家族和生命的手稿。人的肉体生命不可避免地会消逝,但这份手稿将会代替人的肉体形式存在和进行讲述。这正体现了阿特伍德本人对创作冲动的理解:写作是对抗死亡的行为。

阿特伍德认为,作者不甘于让死亡将自己的存在完全抹去,而希望借由自己所写的文字在世间留下一点存在的印记。从这个角度看,作者死亡是必然的,当昆虫由蛹变蝶以后,蛹自然就不存在了。

阿特伍德的创作观受"作者死亡"理念的影响是很明显也很深远的,但她对以巴特为代表的"作者死亡"理论有接受和继承,两者的观点也存在着一定程度上的分歧。首先,巴特是从哲学层面提出这个观点的,作者的死亡是与尼采的"上帝死了"和福柯的"人之死"一脉相承的反柏拉图式"主体-对象"二元论的哲学理论;而阿特伍德更多的是从作者双重性的观点出发来看待这个问题的。其次,巴特从他当时所处的结构主义立场出发,认为文本的自足性在于语言自身的运动规律,语言这样一个具备自身运动规律的系统是不需要源头的;但阿特伍德认为文学作品之所以具备自身的驱动性,是因为作品中所包含的诸因素,包括情节发展、人物行动和人物相互作用等所形成的张力使得作品成为一个具有自身行动能力的相对独立的文学世界。也就是说,巴特认为文本的自足性在于语言,而阿特伍德觉得是作品的内容构成这种自足性的。再次,阿特伍德信奉作者的双重性,即创作之时的作者与生活中的作者是两个人,她更强调作者与作品的分离,而不是像巴特一样完全抹杀作者的存在。最后,对于文学创作所涉及的三个元素,即作者、作品和读者,巴特将写作的终极意义指向读者,而阿特伍德认为写作的终极意义存在于作品本身,如果确实有这个终极意义存在的话。

说到底,阿特伍德的作者死亡观与巴特的"作者死亡"最大的不一致在于阿特伍德并不完全否定作者的存在,而重在否定作品对作者的依附性以及作者对作品的限定性,强调作品是独立于作者的存在。另外,巴特的理论中结构主义语言学的色彩过于浓厚,将文学作品看成一个语言符号系统构成的能指的世界,而阿特伍德是在社会学的大语境中来理解和阐释这个问题的。阿特伍德对于文本独立性的理解是认为它具备了超越作者个人限制的深度和普遍性,而巴特认为文学作品的语言符号决定了它对于作者的封闭性和与其他的符号系统(其他文学作品)之间的融汇和交互作用。

从女性主义的立场来看,文学史一直以来都充斥着单一的男性的声音,即使在现今世界文坛上,男性声音依然占据主流。女性文本一旦如巴特提倡的那样"去作者化",这些文本会被默认是男性的。因此有女性主义者担心,作者的死亡可能会淹没刚刚开始在文坛上发声的女性的声音。所以说,阿特伍德对待作者死亡的观点是矛盾的。一方面,她极力反对读者和评论界模糊作者与作品的界限,而提倡在解读作品的过程中"去作者化";另一方面,她又不愿意放弃自己在文坛上发出的女性的、加拿大的声音,因为这两种声音分别作为一种性别和一个国家在文学史上长期失声。更何况加拿大女性一直被阿特伍德看作"受害者"的代名词,她自己也不止一次地提到作为一个加拿大女作家所面临的重重困难。"加拿大女性"一词始终是她时刻意识到的身份标签。玛格丽特·阿特伍德这个名字的存在本身就意味着当今世界文坛的多元化和多样性。一方面她讨厌自己的私生活被干扰,另一方面她又乐意看到自己名字的影响力。一方面她不希望因为过于强调自己的身份属性而失去"世界性",而是希望她的作品能突破她这个生产者的限制而具备一种普遍的价值;另一方面她又不希望自己的"加拿大女性"的声音淹没在巴特所谓的匿名的文本世界中。

第四节　左手书写:重述加拿大历史

《盲刺客》开卷的第一句话就是:"战争结束十天以后,我妹妹劳拉驾车坠下了桥。"(*BA* 3)也就是说,在整部书中,劳拉都是作为死者存在的。关于创作与死者的关系,阿特伍德在《与死者协商:一位作家论写作》第六章"向下行:与死者协商"中认为,所有写作行为产生的深层原因都是对死亡的恐惧。[①] 对于作者与死者的关系,阿特伍德具体谈了以下观点:其一,死者不会消失,他(她)会经常来找寻生者;其二,死者具有被表述的欲望;其三,文学创作的目的之一是让作者潜入冥界将死者带出。[②]《盲刺客》主人公艾丽丝与阿特伍德小说的其他不少女主人公一样,也被死人所纠缠,劳拉虽然已死去多年,但艾丽丝始终生活在她的阴影里。而劳拉作为死者"想要被表述。他们不想变得没有声音,不想被推开、被抹去"[③],艾丽丝在《盲刺客》中说:

> 不能忘却。记住我。我们向你伸出我们的枯手。这是那些渴望关怀的鬼魂的呐喊。(*BA* 421)

死者不但渴望被表述和铭记,并且掌握着过去,"死者控制过去,也就控制了故事,以及某些真相"[④],所以艾丽丝发现"再没有比无视他们(死者)更危险的事了"(*BA* 421)。她要想将劳拉从"又饥又渴"的状态中释放出来,就必须"去到

[①] Atwood, M. *Negotiating with the Dead*:*A Writer on Writing*. Cambridge:Cambridge University Press, 2002:156.

[②] Atwood, M. *Negotiating with the Dead*:*A Writer on Writing*. Cambridge:Cambridge University Press,2002:155-180.

[③] Atwood, M. *Negotiating with the Dead*:*A Writer on Writing*. Cambridge:Cambridge University Press,2002:163.

[④] Atwood, M. *Negotiating with the Dead*:*A Writer on Writing*. Cambridge:Cambridge University Press,2002:178.

'很久很久以前'，必须从这里去到那里，必须向下走到故事保存的地方"①。而过去是一个黑暗的世界，那里由死者把持着。艾丽丝进行写作，就是进入这个劳拉所在的黑暗世界里把秘密带出，也就是阿特伍德所谓的"前去死者的国度，将某个已死之人带回人世"②。通过艾丽丝的讲述，劳拉获得了另一种形式的复活。

阿特伍德认为创作过程就是作者与死者的交易过程：作者满足死者的欲望——嗜血或者是被讲述的渴望，死者告知作者常人所不知的知识或真相。这个交易过程发生在写作的过程中，写作一结束，与死者的交易也就完成了。艾丽丝和劳拉年少时，为了完成拉丁文作业，她们俩曾合力翻译维吉尔（Virgile）《埃涅阿斯纪》（Aeneid）中狄多死亡的一段。"狄多之死并非别人所为，而是在绝望中被一个疯狂的冲动所驱使，走上了死亡之路。"（BA 412）而前来将她从死亡的痛苦中解救出来的彩虹女神（Iris）的名字与艾丽丝一样，很明显，这里的狄多和彩虹女神分别暗示劳拉和艾丽丝。彩虹女神解除狄多的痛苦的方式是割下她的头发："我奉命来取走这个属于死亡之神的神圣之物。"（BA 412）彩虹女神的这个带有祭祀色彩的举动象征着艾丽丝与死去的劳拉之间的交易：前者讲述后者的秘密，使后者得以安息。

艾丽丝写作书中书《盲刺客》也是她与劳拉交易和对话的过程。阿特伍德认为死者掌握着不为人知的秘密，而劳拉的秘密是她被理查德强奸、被关进精神病院并被强迫流产的事实。劳拉死后，艾丽丝获知了这个写在劳拉年少时用过的笔记本上的秘密。她破解了这份如外星文般的由"X"和"O"组成的信息，终于真相大白。正是这个关键的信息使她彻底看清了理查德和威妮弗蕾德的虚伪与邪恶，促使她拿起笔写下自己的故事即书中书《盲刺客》，并在她的故事里将这段丑闻公诸天下，使之毁了理查德的政治前途，为劳拉报了仇。

书中书《盲刺客》的引子和尾声都是"她"凝视着那张被剪去三分之一的照片，而艾丽丝和劳拉各有一张剪去了对方的与亚历克斯的合照，且书里似乎特意没有提到"那只手"是左手还是右手，所以艾丽丝和劳拉都有可能是这个看照片

---

① Atwood, M. *Negotiating with the Dead: A Writer on Writing*. Cambridge: Cambridge University Press, 2002: 178.

② Atwood, M. *Negotiating with the Dead: A Writer on Writing*. Cambridge: Cambridge University Press, 2002: 171.

的人。结合阿特伍德认为写作是作者和死者交易过程的观点,读者也可以这样理解:书中书《盲刺客》的引子里的"她"是艾丽丝,她找出了那张她与亚历克斯的照片以及照片中那只劳拉的手,并以此为引子,讲述了一个既是她自己也是劳拉的故事。而这个故事完成后,劳拉因为被讲述而获得了另一种形式的存在,"另一种形式的生命可以由写作带来"①,她在某种程度上以某种形式复活了。所以尾声中看照片的人是劳拉,她看的是自己与亚历克斯的合照。如果把首尾的这两个情节合在一起,引子里艾丽丝和亚历克斯的照片与结尾里劳拉与亚历克斯的照片就能合成那张原本完整的照片,原来的那两只孤零零的手也就不再落单,而是可以回归它们原本的身体中。照片再次拼合,艾丽丝和劳拉又团聚了,她们的故事也就完整了。

可见,劳拉虽然没有直接参与书中书《盲刺客》的写作,但她作为小说一开始就已死了的人物,依然设法用自己的语言向艾丽丝讲述自己,揭露和控诉了理查德和威妮弗蕾德的暴行,而她所透露的信息正是阿特伍德认为的作者所必须从死者那里获知的秘密。从这个角度来看,劳拉其实是以另一种方式参与了书中书《盲刺客》的写作。正如艾丽丝说的,"劳拉像天使般写作。也就是说,写得不多,但写到了点子上"(BA 411)。阿特伍德认为写作过程是由生者/作者与死者共同完成的,那么在这部小说中,书中书《盲刺客》就是由艾丽丝和劳拉一起写的。

作者的双重性问题在《与死者协商:一位作家论写作》的另一章中有比较详细的阐释。该书第二章"双重性:一手杰基尔,一手海德,以及滑溜的化身"中阿特伍德这样写道:

> 我们归在"作者"这个名字下的那双重身份,彼此之间的关系为何?我所谓的双重,是指没有写作活动在进行时存在的那个人——那个去遛狗、常吃麦片、把车送去洗的人——以及存在于同一具身体里的另一个较为朦胧、暧昧和模糊得多的人物,在大家不注意的时候,是这个人

---

①　Atwood, M. *Negotiating with the Dead: A Writer on Writing*. Cambridge: Cambridge University Press, 2002: 172.

物掌大局,用这具身体来进行书写。①

也就是说,在阿特伍德看来,写作时的作者就像脱下凡人服装的超人,与平常的他是两个不同的人:"因为写作这一举动本身就把人一分为二。"②作者一开始写作,就不再是那个生活中"遛狗、常吃麦片、把车送去洗"的人,而会像被魔鬼或神灵附身一样说出连自己都吃惊的话:"是哪只莫名其妙冒出来的手还是哪个隐形怪物? 绝对不是我写的,我可是个心地善良的好人……"③所以说,每个作者都有一个不为人知的化身,这个化身在他开始写作时控制他,说出化身自己想说的话:"是我邪恶的双胞胎姐妹或者滑溜的化身。"④

艾丽丝来到家族的墓地时,看到墓园的拱门上刻着这样一句话:"虽然我穿越死亡的幽暗之谷,但我不害怕凶险,因为有你陪伴着我。"(BA 55)她进而思忖:"这个你是个滑溜的家伙,我所知道的每一个你都有一种消失的方式,他们或者跳出镇子,或者翻脸不认人,要么就像飞虫一样殒命,但你又在哪呢? 就在这墓地里。"(BA 55)这里的"你"显然是指安葬在此处的劳拉。劳拉和艾丽丝本是相互陪伴的,但劳拉已死,死者来去无踪,所以是"滑溜"、难以捉摸的。这里的"滑溜"(slippery)与阿特伍德在《与死者协商:一位作家论写作》中论及化身时用的是同一个词。由此看,劳拉对于艾丽丝来说,就是阿特伍德所谓的那个在作者创作时附于其身上并控制其写作的神秘而滑溜的化身,而书中书《盲刺客》就是阿特伍德的化身写作理念在具体作品中的体现。

原来,艾丽丝说书中书《盲刺客》是自己与劳拉共同所写并不是"信口胡说",这句话的背后其实隐含了艾丽丝与劳拉之间的复杂关系和阿特伍德的创作理念等一系列问题。而通过以上三个方面的分析,我们终于可以回答这个令许多读

---

① Atwood, M. *Negotiating with the Dead: A Writer on Writing*. Cambridge: Cambridge University Press, 2002: 35.

② Atwood, M. *Negotiating with the Dead: A Writer on Writing*. Cambridge: Cambridge University Press, 2002: 32.

③ Atwood, M. *Negotiating with the Dead: A Writer on Writing*. Cambridge: Cambridge University Press, 2002: 35.

④ Atwood, M. *Negotiating with the Dead: A Writer on Writing*. Cambridge: Cambridge University Press, 2002: 36.

者困惑不已的问题。其一,阿特伍德出于女性集体主义立场,将艾丽丝和劳拉这一对有着错综复杂的联系的姐妹处理成一个共同体,两人互为对方的化身,劳拉是艾丽丝的另一个自我。也正因为此,书中书《盲刺客》中的女主人公"她"本身的所指很模糊,"她"既可以是艾丽丝,也可以是劳拉。这是本该属于劳拉的故事,或者说是艾丽丝希望劳拉拥有的故事。其二,阿特伍德认为创作过程是作者与死者交易的过程,作者进入黑暗的过去,说出死者的秘密,使之在文本中复活。那么在《盲刺客》中,艾丽丝的创作就是她与死者劳拉之间相互协商的结果,而通过艾丽丝的讲述,劳拉获得了另一种形式的生命。其三,阿特伍德本人对于写作活动双重性的理解是:真正进行创作的不是作者本人,而是其化身,由此读者即可以明白劳拉作为艾丽丝的化身,是真正写出书中书《盲刺客》的人。

综上所述,《盲刺客》中的女主人公艾丽丝将她所写的小说说成是自己与劳拉共同完成的这在表面上不符合实际的说法,背后其实隐含了作者阿特伍德对于文学创作的理解和她对于当代女性的寻求自我行为的主张。只有先搞清楚作者的这些创作理念和思想,才能真正理解作品的内涵。

小说中艾丽丝自我忏悔、惩治罪人理查德、纪念劳拉等种种行为都指向一个词:书写,或者说讲述。艾丽丝/劳拉通过写作书中书《盲刺客》完成以上行为,最后艾丽丝也得以在讲述中与已死去的劳拉再次会合。其实,对于信奉"我说,故我在"的阿特伍德来说,讲述就是存在本身。孙女萨布里娜也只能通过艾丽丝所写下来的文字来了解祖母。讲述是体现女性权力并与男权社会对抗的方式,是一种超度亡灵的手段,即使肉体已经死亡,也应该继续用那只魔力之手书写自己的故事。如果能设法发出自己的声音,讲述自己的故事,那就是另一种形式的存在。而劳拉借用自己并不存在的左手与艾丽丝一起完成了《盲刺客》这本书,那她就是存在的。她存在于艾丽丝身上,存在于自己的文本中。艾丽丝与劳拉两者合二为一的结合点正是她们的"左手",结合的方式是书写。艾丽丝用书写的方式复活了劳拉,并使两人最终再次在书写中结合。讲述,或者说书写超越了肉体的限制,跨越了生死的界限,书写是对生命存在的最好注解。

《与死者协商:一位作家论写作》里提到左手和右手时用的不是最常见的

"left"和"right"，而是"sinister"和"dexter"①，这两个词既有一般意义上的"左"和"右"之意，同时也分别是"邪恶"和"吉利"的意思。所以右手是"吉利"的、被认可的、可以用来书写之手，而左手则是被这个社会的正统观念所嫌恶的、被视为"邪恶"的手。可见，阿特伍德的"左手"概念并不是一般意义的生理构造上的左手，而是对作家挑战社会和自我的另类书写的一种隐喻。

从这个观念出发，可以想见，作者的"右手"属于作者身体的一部分，是由作者本人所控制的；"左手"不受作者身体的控制，而是被她的"邪恶双胞胎姐妹"所掌控的。用"右手"所写的文字是温和、正统以及容易被接受的，而"左手"写出来的文字是邪恶大胆、不为社会所容的。现在我们可以回答"所谓的左手"的问题了：左手就是那只具有魔力的、不受控制的（或者说被另一股神秘力量所控制的）、能独立书写和讲述的"邪恶"的手。

那些不由作者控制的文字都是由这只"邪恶"的左手写的。因此可以说，劳拉的"遗书"并不是用一般意义上的右手所写的遗书，而是由她那只自作主张的左手写成的。劳拉用自己的左手写下了她生前不愿透露的秘密，而艾丽丝也被那只不由她做主的"左手"牵引着写下了那些讲述她生平的文字。而艾丽丝写作时与托尼一样，也被"孪生姐妹的左撇子"的那一半——劳拉所控制。劳拉作为死者，她可以摆脱时空的束缚，这就使她具有了某种神秘的操控别人的"手"的能力。艾丽丝看到洗手间的涂鸦文字时甚至臆想这是已死的劳拉"在远方通过女孩子们的胳膊和手写上去的"（BA 345）。所以说她的《盲刺客》也是用"左手"——艾丽丝和劳拉的左手写作的。这也是为什么书中书《盲刺客》的内容也与所有用"左手"书写的书一样离经叛道、引起社会舆论的哗然。既然"右手写作"指的是传统的、符合社会一般观念的书写，而"左手写作"是在一定程度上颠覆传统的另类书写，那么，阿特伍德本身就是一位用"左手"写作的女性作家。在历史上，男性书写一直是主流，女性书写只是这个主流之外的杂音。"history"是"他的故事"（his story），也就是说长期以来人类的历史都是男性的历史，这不仅仅是说历史是以男性构建的，也说明历史是以男性的立场和眼光书写的。从这个角度看，那些用"右手"来写作的作家基本是正统的男性作家，而女性作家总是

① Atwood，M. *Negotiating with the Dead*：*A Writer on Writing*. Cambridge：Cambridge University Press，2002：37.

试图以另一种眼光、从不同的角度来审视历史和现实,所以可以说,女性作家是用"左手"写作的。

阿特伍德倡导"左手"写作,是希望男性/右手记录的历史书写领域加进女性/左手书写的不一样的声音。就像她把《强盗新娘》中的女历史学家托尼设置成左撇子,就是暗示女性将会以不同于习惯使用右手的男历史学家的独特的视角审视历史。此处并不是说女作家、女历史学家都是左撇子,而男作家、男历史学家就一定用右手写字。上文已指出,"左撇子"只是对反传统的另类写作的一种隐喻。在阿特伍德成长的 20 世纪 50 年代的加拿大,女性写作是不被认可的。"女人,我被告知,不能写作除讣告和女装内容以外的东西"①,但她还是从事了普遍不被认可的写作事业。从这个意义上看,阿特伍德自身也是一个"左手"书写者。

从《盲刺客》这部作品中我们就可以很明显地感觉到女性的左手写作与一般的讲述的区别。阿特伍德大量地运用元小说的叙事方式,不断地在讲述过程中插入对自己所写文本的看法,比如"回头看看迄今写下的东西,似乎显得有点不恰当"(BA 509),"原谅我把话扯远了"(BA 583),等等。这种独特的讲述方式在一些习惯于现实主义明确性的读者看来"导致了整部小说叙述失去了重心,冗长拖沓,杂乱无章"②。事实上,《盲刺客》本身就不是一部正统的、一般意义上的历史小说,而是一部后现代的、充满元小说元素的女性书写史。

综上所述,"右手"写作是正统的、现实主义的、男性的写作,而"左手"写作是非传统的、后现代的、女性的带有叛逆和反常规特点的写作。肖沃尔特曾评论说:"玛格丽特·阿特伍德的《盲刺客》是一部描写不同历史时期女性牺牲的历史小说。"③根据阿特伍德的二元受害理论,加拿大与美国的对立和女性与男性的对立是一致的。也就是说,加拿大是美国的受害者,而女性是男性的受害者,那么加拿大女性就是双重受害者。所以说,作为双重受害者的加拿大女性发出的声音更为可贵。《盲刺客》中的蔡斯家族的第三代艾丽丝和劳拉就是理查德"美

---

① Atwood, M. *Second Words*: *Selected Critical Prose 1960—1982*. Toronto: House of Anansi Press, 1982: 398.

② 潘守文. 论《盲刺客》的不可靠叙述者. 天津外国语学院学报,2005(2):59.

③ Showalter, E. Virgin Suicide. *New Statesman*, 2000(10): 129.

国式"掠夺天性的受害者。劳拉死后，艾丽丝作为蔡斯家族幸存的受害者，拿起笔来讲述了自己与劳拉的故事。她用这支笔惩治了理查德，劳拉也在她的讲述中获得了另一种形式的复活。

个人的历史是如此，一个国家的历史也是一样。既然书写是重建历史的过程，文本是过去的存在方式，那么，阿特伍德觉得，加拿大如果想改变自己在与美国关系中的弱势局面，使加拿大的年轻后代继承她的传统，想在世界民族之林发出属于加拿大自己的声音，就必须有人像她一样去挖掘加拿大的历史，去记录、讲述、传承。

也许阿特伍德有意地选择在 20 世纪结束时，借《盲刺客》将家族与国家的命运、个人与民族性格联系起来，书写一段加拿大历史。豪威尔斯说："加拿大和加拿大性生成于阿特伍德小说的文本空间里。每个作家都植根于某个地方，而阿特伍德的地方是加拿大。"[1]如果说 19 世纪的现实主义作家们是用正统的右手记下了他们的家族和社会的历史，那么阿特伍德这位后现代主义作家是用不同于现实主义作家的另一只手——左手书写了加拿大历史。她用左手书写加拿大的历史和现在。再扩大来看，阿特伍德自己的文学创作从 20 世纪 60 年代延续至今，而这段时间正是加拿大民族主义兴起和加拿大文学发展壮大的关键时期。阿特伍德通过自己的作品在国际文坛上发出了加拿大女性的声音。

---

① Howells, C. A. *Margaret Atwood*. London: Palgrave Macmillan, 1996: 20.

第二章　从神话到历史

　　阿特伍德在一次访谈中说道:"我们与我们的社会神话被如此割裂开来,以至于我们都不知道它是什么,而这是应该去发现的事。"①此外,她曾是弗莱的学生,后者的原型批评理论对于她的文学创作有较大的影响。这些因素促使她用文学创作来"发现"社会神话原型。她的作品(包括长短篇小说和诗歌)中经常出现各类神话、传说、童话等"前文本",她对这些故事原型进行戏仿或改编等处理后,将其重新融入她的创作中,既丰富了作品的内涵和韵味,也与主题产生了多重应和。

第一节　拉普索的塔楼:《神谕女士》中的三个隐文本

　　阿特伍德的第三部长篇小说《神谕女士》就是这样一部"穿行于神话的旅行"②。《神谕女士》的表层内容之下暗含了三个隐文本:《夏洛特姑娘》("The Lady of Shalott")、《拉普索》("Rapunzel")和《蓝胡子的蛋》("Bluebeard's Egg")。这三个隐文本像潜藏在显文本之下的暗流,始终在《神谕女士》的表层叙事之下流淌,与小说的主题有着若隐若现的联系和暗示性。

　　《夏洛特姑娘》是丁尼生 1883 年发表的叙事诗。长诗讲述了一位叫夏洛特

---

　　① Gibson，G. *Eleven Canadian Novelists*. Toronto：House of Anansi Press，1973：14-15.

　　② Rosowski, S. J. Margaret Atwood's *Lady Oracle*：Fantasy and the Modern Gothic Novel. In McCombs，J.（ed.）. *Critical Essays on Margaret Atwood*. Boston：G. K. Hall，1988：197.

的美丽女子被囚禁在孤岛上的一座塔中,受到魔法的诅咒,只能从镜子里看大千世界。于是她将自己与世隔绝,终日将镜中的景象织入绸缎中。有一天她从镜中看到圆桌骑士兰斯洛特,终于按捺不住爱慕之情,离开织机,来到窗前,亲眼看到了真实的世界,于是诅咒应验,镜子破碎,织机断裂,她被丝线缠住。随即她乘小舟去找兰斯洛特,船首刻着夏洛特的名字。可这是一艘死亡之舟,载着她顺水流向了静谧的死亡。最后当兰斯洛特看到她的尸体时,感叹她"面容娇美"①。

虽然《神谕女士》里只有一次明确提到丁尼生的这首诗,但实际上小说的行文中时不时地会暗示夏洛特这个被关在塔里的女子,而琼的母亲身上其实就隐含了夏洛特的影子。在小说里,琼将母亲描绘成一个冷酷、残忍、严厉的"长着三个脑袋的怪物"(*LO* 71),乍一看似乎是和《拉普索》中的女巫、《白雪公主》中的邪恶皇后同一类型的人物。可实际上母亲自身也是一个被囚禁的女人,她的房子就是关押她的塔楼,家庭事务是她的"织机"。伊丽莎白·E. 吉特(Elisabeth E. Gitter)说夏洛特"如蜘蛛般在圆形织机中间"②。蜘蛛织着网却也困于网,它是网的制造者,最后却被自己编织的网所囚禁。这是蜘蛛的"悖论"。夏洛特也逃不出这个悖论,终日织布却被困于织机中。当她朝窗外看了一眼、诅咒应验时,身体就被纠缠不清的丝线束缚住了。母亲与家务的关系也同样如此。她精于持家,将家整理成她所希望的中产阶级家庭的样子:整洁、高雅。然而母亲最后也只能困于家居生活中。她之所以对家居的整洁有种近乎苛刻的偏执,也许就是因为她只能将自己的精力和才干用在家居摆设和整理上,而不能从事家庭以外的工作。

虽然母亲内心充满了失望和愤慨,但始终没有越雷池半步,她将社会对家庭妇女的期望内化成了自己的标准:"我妈妈不希望她的起居室与众不同,或者比别人好,她要它们可接受,和别人的一样。"(*LO* 67)也正因为此,她不可能像琼或者拉普索和夏洛特一样,总有一天会设法离开囚禁她的塔楼,而是自始至终都留在了那个"家"里。她是没有出逃的夏洛特。

有评论者说丁尼生的《夏洛特姑娘》这首诗"最明显、最普遍的反讽在于这位

---

① Tennyson, A. *The Poems of Tennyson*. London: Longman, 1987: 169-170.

② Gitter, E. G. The Power of Women's Hair in the Victorian Imagination. *PMLA*, 1984, 99(5): 939.

小姐从一种囚禁走向另一种,她所设想的自由其实是死亡"①。离开了塔的夏洛特注定会死,那如果她留在了塔里呢? 她的结局恐怕是同样的难逃一死。琼的母亲就是选择留在塔里的夏洛特。母亲的死乍看起来有点莫名其妙:突然在家里地下室的楼梯上摔断了脖子。琼试图从母亲的过去中寻找答案,发现母亲相册里的男子的脸都被割除了,她明白了母亲的愤怒:"因为那些过去演变成了现况,又背叛她,令她困在这幢房子里,待在这覆盖塑胶的坟墓中,无路可出。"(LO 187)家成了坟墓,最终埋葬了母亲。或许我们因此推论是这个"家"本身谋杀了她,被房子困住的母亲最终死在了房子里。母亲表面上是房子/家的女主人,但实际上房子才是母亲的主人,母亲只是被房子囚禁的囚犯。房子代表了社会对女性的限制权,对母亲实行了终身监禁。在母亲生活的年代,整个社会就是一个禁锢女性的大房子。

所以说,虽然琼自认为是与母亲格格不入的人,但其实她们的本质是一样的:都是被囚禁的女人。"琼并没有真正认识到她与母亲的复杂关系:她邪恶的后母般的母亲是她的另一个自己,是她镜中的影像,她也没有能够成功地从母亲的旋涡中逃脱出来……"②只是相比之下,琼是幸运的,至少她可以离家出走。她和母亲本来都属于同一座房子,她一个人出逃了,留下另一个女人死在房子里,这在某种程度上说就是背叛,以至于出逃者始终被笼罩在死者的阴影里:"一股罪恶感涌上心头……我离开了她,撇下了她,无视于我清楚她并不快乐。"(LO 185)而死者也一直追踪着出逃者:"母亲从来没有放过我,因为我从来没有放过她……她也需要她的自由,她作为我的影像已经太久了。"(LO 330)母亲生前没有逃出家的笼牢,死后却可以任由灵魂游荡,就像乘着死亡之舟去看兰斯洛特的夏洛特:"她曾是船上——死亡之舟上的姑娘,那有着飘逸长发和忧郁眼睛的姑娘,塔中的姑娘。她无法忍受窗外的风景,生命是她的诅咒。我怎能抛弃她呢?"(LO 330)

《神谕女士》的另一个隐文本是《拉普索》,也译为《长发公主》《长发姑娘》或《莴苣姑娘》。该隐文本的主要情节是:一个女巫将邻居家刚出生的女孩拉普索

① Kincaid, J. *Tennyson's Major Poems*: *The Comic and Ironic Patterns*. New Haven: Yale University Press, 1975: 32.

② Rigney, B. H. *Margaret Atwood*. London: Macmillan Education, 1987: 65.

据为己有,并把她关押在森林里的一座孤塔中。"在森林中间,将她锁在一座没有楼梯也没有门的塔里,只有塔的上方有一扇小窗。"①拉普索只得每天以唱歌度日。女巫来探望时就对着窗口喊道:"拉普索,拉普索,快把你的长发放下来。"等拉普索将她美丽的长发从窗口放下来之后,女巫便顺着长发爬上塔楼。有一天这景象被一个流浪在森林里的王子看到,他被拉普索的美妙歌声吸引,所以效法女巫,在窗下面喊:"拉普索,拉普索,快把你的长发放下来。"当王子爬进拉普索的塔里并取得拉普索的信任后,他便常常用这种方式与她相会。没过多久,两人相爱并秘密结了婚。就在两人策划着如何使拉普索出逃时,女巫发现了他们的秘密,盛怒之下,她弄瞎了王子的眼睛,把拉普索放逐到森林里。几年以后王子和拉普索在森林中相遇,拉普索已生下他们的孩子。当她的眼泪滴到王子的眼睛里时,王子又重见光明了。最后他们回到王子的国家永远过着幸福的生活。②

与《夏洛特姑娘》一样,《拉普索》也是关于少女被囚禁的故事原型。阿特伍德曾总结过文学中的"拉普索综合征"③的四大元素:"拉普索,主要人物;关押她的邪恶女巫,常常是她的母亲;囚禁她的塔——社会的态度,经常以她的房子和孩子为代表;还有营救者——没有多少实体的英俊王子,在'拉普索综合征'里,营救者的作用不是很大。"④而琼的生活也具备这些元素:被关押者——琼;关押者——母亲;囚禁她的塔——加拿大中产阶级的生活语境和"没有多少实体的英俊王子"——亚瑟。琼的人生经历似乎是对拉普索的拙劣戏仿。

因此,当我们将《神谕女士》结尾处琼与陌生男子的相逢同《夏洛特姑娘》做对比时,会发现颇有讽刺和戏谑的味道:兰斯洛特骑士英俊潇洒,陌生男子却是

---

① Grimm, J. & Grimm, W. *Grimms' Tales for Young and Old: The Complete Stories*. Manheim, R. (trans.). New York: Doubleday, 1977: 47.

② Grimm, J. & Grimm, W. *Grimms' Tales for Young and Old: The Complete Stories*. Manheim, R. (trans.). New York: Doubleday, 1977: 47.

③ "拉普索综合征"本是医学名词,即毛石肠梗阻综合征,是一种罕见的肠内结有大捆发球的疾病。"拉普索综合征"即由拉普索(长发姑娘)而得名。这里阿特伍德将《拉普索》的童话原型所包含的几个基本元素戏称为"拉普索综合征"。

④ Atwood, M. S*urvival: A Thematic Guide to Canadian Literature*. Toronto: House of Anansi Press, 1972: 209.

"鼻子不太好看"（*LO* 334）；骑士身穿盔甲骑着马，陌生男子则裹着绷带躺在床上；骑士英勇善战，陌生男子却在被琼袭击后需要她的照料。就像夏洛特带着她一生的作品——她所织的绸缎，驾舟划向死亡的彼岸后最终得到兰斯洛特对她容貌的赞美——"她有一张娇美的脸，上帝仁慈地给了她优雅"①，琼在多伦多湖假死后坐飞机来到意大利，其实是搭乘了另一种形式的"死亡之舟"来到"彼岸"，然后将自己的全部人生故事讲述给一个陌生男子听，得到他的理解和认可。

在童话故事《拉普索》中，王子顺着拉普索的头发爬进她的塔楼与之幽会。《神谕女士》开头处琼的阳台幻想就是对《拉普索》中这个经典情节的戏仿："音乐会响起，阳台下会出现一道轻灵黝黑的人影，朝着我攀爬上来；而我忐忑不安，满怀希望，风姿绰约地倚着铁栏杆颤抖。"（*LO* 11-12）露丝·波提海默（Ruth Bottigheimer）说："童话在大众脑子里唤起的最深入人心的一个画面可能是一个忧伤的少女倚在塔楼的窗前，搜寻营救者。"②琼是个耽于幻想的女性，她把具有"拜伦式英雄"气质的亚瑟幻想成来营救她的白马王子，但是婚后的亚瑟从英俊王子变成了蓝胡子，况且此时的琼已经来到了"彼岸"——意大利。于是琼剪断了自己标志性的长发，这不但意味着销毁过去的各种身份，也因为他的"王子"被她抛在了"此岸"，不会再有人循着她的头发爬进她的塔楼了。她剪断的不仅仅是头发，而且是与她的"王子"——亚瑟的联系。这个举动也表明琼认为自己已逃出了亚瑟的囚禁，不再需要长发这个象征性的逃离媒介。

夏洛特和拉普索都在囚禁她们的塔楼里遇见了她们的白马王子并因为他们而离开塔楼，两者的不同在于，童话中的拉普索最终与王子"永远幸福地生活在一起"，诗人笔下的夏洛特却逃不出命运的诅咒，在寻找爱人的路上死去了。表面看来，拉普索似乎是幸运的，因为她后来去了王子的城堡与他一起生活。但是王子的城堡是不是另一个囚禁她的塔楼呢，只是关押者从"母亲"变成了丈夫？而这正是《蓝胡子的蛋》的故事。

《蓝胡子的蛋》是在西方社会中流传甚广的一则童话，讲述了这样一个故事：从前在一座远离人烟的古城堡中住着一个富有的贵族，因其长着一脸骇人的蓝

---

① Tennyson，A. *The Poems of Tennyson*. London：Longman，1987：91.

② Bottigheimer，R. *Grimms' Bad Girls and Bold Boys*：*The Moral and Social Vision of the Tales*. New Haven：Yale University Press，1987：101.

色胡子而得名"蓝胡子"。他先后娶了一个农夫家美丽的三姐妹。与大姐刚结婚不久，蓝胡子就要出远门，临行前交给妻子一串钥匙和一个蛋，告诫她绝对不能打开城堡地下室尽头的那个房间，并且要保管好这个蛋，不然会大祸临头。可是大姐在逛遍了所有允许进入的房间之后还是按捺不住好奇心来到地下室，用那把小钥匙打开了那扇禁忌之门。随着门的打开，可怕的真相赤裸裸地展现在她的面前：小房间里堆着蓝胡子神秘失踪的前几任妻子被肢解的尸体。原来蓝胡子谋杀了他的前妻们，并将她们的尸体藏在这间阴暗的小屋里。恐惧万分的新婚妻子被这情景吓坏了，失手把那个蛋掉在了地上。蛋沾上了前妻们的血，无论如何也擦不掉。因此，当蓝胡子回来看到了蛋上的血迹以后即明白新婚妻子犯了禁忌，于是将大姐杀死，然后同样把肢解后的尸体锁在密室里。二姐与蓝胡子结婚后的命运与大姐一样，最后她的尸体也被放入了密室。但是小妹比两个姐姐聪明，在进入密室前先把蛋放在门外。最后她把两个姐姐的尸体拼好并使她们复活，然后抢在蓝胡子动手前飞奔回家取得了她的兄弟的帮助，从而刺死了蓝胡子，并继承了他的城堡等家产。

死去的夏洛特结束了被囚禁的生活，而幸运地活下来的拉普索却从"母亲"的塔楼来到了丈夫的城堡，她依然无法摆脱被囚禁的命运。所以《蓝胡子的蛋》可以被看作《拉普索》的续篇。摆脱了肥胖禁锢的琼也像拉普索一样找到了自己的白马王子——亚瑟，而且也跟拉普索一样与王子一起生活，可是亚瑟却从"王子"变成了蓝胡子。表面上，亚瑟似乎是一个单纯的热衷于政治活动的当代"拜伦式英雄"，可是因为亚瑟自恃崇高的理想和人生哲学，琼费尽心思地向他隐瞒了自己的其他几个身份："为什么我不告诉他？主要是因为恐惧。"（LO 37）为了不让他知道自己以前是个肥胖的女人，她用谎言重新编织了自己的过去；为了不暴露哥特式小说写手的身份，她只在亚瑟不在家时偷偷写作；她自然也隐瞒了她与"皇家刺猬"的婚外情。亚瑟在获知琼发表史诗《神谕女士》后，漠然地表示不赞成以后就没有再提这件事，这样他便用沉默抹杀了琼作为史诗作者的这个身份。最后琼只能保留作为亚瑟妻子和家庭妇女的身份。从某种程度上讲，亚瑟扼杀了以前肥胖的琼、哥特式小说作家露薏莎·K. 德拉寇、《神谕女士》作者琼·福斯特和"皇家刺猬"的情人。而这些身份对于琼来说是她的另一些自我，只有这些变体都合而为一才是完整的她。然而亚瑟却用无言的方式使琼的其他身份都处于地下。这种行为就相当于蓝胡子杀死了前几任妻子。

按照这个推论,我们就可以解释当琼进入《被爱追踪》的故事情节中,看到雷蒙/亚瑟几位死去的前妻的情景了,她们一共有四个人:"其中两人外貌酷似她,红发绿眼小白牙。第三位是中年妇人,穿着古怪……最后一位极度肥胖。"(LO 360)评论家库克认为这四个人都是琼的变体①,我们可以进一步认为她们其实也是琼被压抑的四个秘密身份。两个外貌与她很相像的红发女人分别是《神谕女士》的作者和"皇家刺猬"的情人,那位身着古怪服装的中年妇人是哥特式小说的作者(琼曾提到她故意做出作者是个深居简出的古怪中年女子的假象),而最后一名胖女子毫无疑问是过去的琼。她们都已是被谋害者的鬼魂。而杀死她们的凶手雷蒙此时却突然"斗篷消失",变成了"圆领毛衣"的亚瑟。此处显然是暗示亚瑟其实是谋杀琼其他身份的人。

《神谕女士》的叙述线索和内容比较庞杂,从最外层的宏观叙事层面来看,一共有三个叙事维度:第一个是琼在托瑞摩托的当下的现实生活;第二个是她讲述的过去,这部分内容宏大而驳杂,包括琼过去的生活经历和诸多身份;第三个是她正在撰写的小说《被爱追踪》中的哥特世界。这三个世界,包括过去和现在、真实和幻想,如蒙太奇般相互穿插和切换,最后这三条叙事线索在《被爱追踪》的故事中集中在了一起。三个叙事层面统一到了一起,过去和现在、真实和幻想的界限都消失了。现在的琼、过去的胖女人和哥特式小说中的芙丽西雅成了同一个女人:

> 灌木丛中一阵翻动,一个人从里面走了出来,挡住了他的路。这是一个巨胖的女人,穿着一条湿透了的蓝色天鹅绒礼服,胸口开得很低;胸部从束衣里耸出来,如两轮圆月。几缕湿答答的红头发缠绕着她肿胀的脸垂下来,如流淌的鲜血。
>
> "雷蒙,你不认识我了吗?"女人用嘶哑的声音说着,他惊恐地认出来,是芙丽西雅。
>
> "嗯,"他的语气很明显地缺乏诚意,"我当然很高兴你没有淹死。

---

① Cooke, N. *Margaret Atwood*: *A Critical Companion*. Westport: Greenwood Press, 2004: 87.

但你这两个月去哪儿了?"(*LO* 323)

    此处,身材肥胖的女人是过去的琼,但服装和声音是芙丽西雅的,而她又显然是经过水淹死后重又站到亚瑟面前的现在的琼。因此这个女人既是琼不愿承认和面对的过去的胖女人,也是现在的琼,同时也是哥特式小说中的芙丽西雅。红发是她们共同的特点。这三个女人都拥有鲜明的火红头发,都是浪漫、爱幻想、不切实际的女性,这一共同点将她们统一在一起。

    与此同时,雷蒙也不仅仅是哥特式小说中的男主角,而是小说中的雷蒙、蓝胡子和亚瑟的共同体:"他的脸上长出一个白色口罩,继而是一副淡紫色镜片的眼镜,再来是红胡子与八字胡,而后胡须变淡,露出燃烧的眼眸与冰柱般的牙齿。接着他的斗篷消失,站着悲伤地望着芙丽西雅;他穿着圆领毛衣。"(*LO* 362)这个男人的外形经过了一系列的幻化,读者可以从这快速变化的形貌中依稀找到琼生命中几个男人的影子:父亲(琼的父亲是医生,所以白色口罩是外表表征之一,也暗示了父亲具有隐藏的另一面)、保罗(眼镜、八字胡)、雷蒙(燃烧眼眸和冰柱般的牙齿)、"皇家刺猬"(斗篷)以及亚瑟(圆领毛衣)。琼于是觉得她熟悉的每一个男子都具有不可告人的另一面:

    琼于是觉得她熟悉的每一个男子都具有不可告人的另一面。此时,她创作的哥特式小说《被爱追踪》已完全失控:男主角变成了……(*LO* 311-312)

    此时,《被爱追踪》已完全失控,男主角成了雷蒙、亚瑟和生活中其他男人的集合体,女主角从莎洛特变成了红头发的芙丽西雅之后,又同时是作为胖子的琼和现在逃到异域的琼。《被爱追踪》男女主角的这种多重性,使得《神谕女士》的三个叙述层面,即过去、现在、哥特式小说(《被爱追踪》)都统一到了一起。整部小说的叙述结构就像一座复杂的迷宫:最外围的是琼自己所讲述的过去,中间是琼在意大利托瑞摩托的当下生活,最里面一层是琼正在创作的哥特式小说《被爱追踪》,而《被爱追踪》的中心叙述点是小说中的迷宫中心。当芙丽西雅/胖女人/琼进入迷宫的中心点时,整部小说也进入了高潮,而这迷宫的中心点其实就是蓝胡子的密室的哥特式翻版:芙丽西雅在这里看到了雷蒙已死的前几任妻子,明白了凶手正是她们共同的丈夫。到了这个叙述点上,事情才真相大白:琼之所以从一个男人逃向另一个男人,是因为内心深处"蓝胡子的妻子式"对男人的恐惧和不安感;琼之所以不时地被胖女人的形象和母亲的鬼魂所纠缠,是出于对再次被自己身体囚禁的恐惧和对其他被囚禁女人的愧疚感。不管是母亲、芙丽西雅还是琼,都逃不过被囚禁和谋害的命运,她们都是蓝胡子的妻子。所有的男人,包括"水仙花男子"、父亲、保罗、"皇家刺猬"、亚瑟和雷蒙,不管表面上多么不同,本质上都是蓝胡子。

每个男人都和蓝胡子一样拥有不为人知的凶险的黑暗面。不管外貌如何千差万别,皮肉下面的东西是相同的:一颗要谋害她的心。"皮肉从他的脸孔剥落,露出里面的骷髅;他走向她,伸手探向她的喉咙……"(LO 362)皮肉之下所有的男人骨骼都是一样的,他们都是蓝胡子。

在这里,阿特伍德将男人和女人分成两个阵营。男人是蓝胡子,是站在迷宫中心的门外谋害女人的人,是施害者。女人们坐在迷宫中心,她们已被蓝胡子杀害,将被永远囚禁在这里。她们是受害者,是蓝胡子的妻子。阿特伍德作品中反复出现的主题之一——施害与受害再一次出现,两者之间的关系可以列出如下:

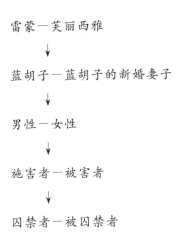

就像夏洛特把她看到的镜中景象织进绸缎一样,阿特伍德也将《蓝胡子的蛋》《拉普索》和《夏洛特姑娘》三个"潜文本"织入了《神谕女士》繁复的叙事结构

中。它们的共同主题即被囚禁的女性，这似一条主线将三者统一起来，并纳入小说总主题——女性的被囚禁与逃离中。"任何真实或虚构的故事、反复出现的主题，或是人物类型都是通过体现它的文化理想或表达深层、普遍的情感来引起人们的注意。"①阿特伍德正是通过这三个文本所蕴含的女性被囚以及男女两性的权力政治来体现她所一直关注的男女两性的权力之争。她在她的多部小说中都一再重申了这样的态度，即女性逆来顺受、试图取悦男性、作为男性的镜子的结果是被男性驾驭、控制、囚禁甚至谋害。在阿特伍德看来，男女两性的关系常常是权力的争夺，是控制与反控制、迫害与反迫害的过程，充满了争斗和血腥。而处于这权力两极的双方中，如果有一方没有意识到自己的被害处境或者以爱的名义放弃了斗争——这一方往往是女性，那么这一方不但不能获得另一方的爱或同情，反而不可避免地将被奴役和囚禁。

如果说《夏洛特姑娘》和《拉普索》中的塔楼象征了社会对女性的压抑和限制，那么《蓝胡子的蛋》则是男性对女性的控制和谋害。而像拉普索那样坐等男人来营救，是不可能真正摆脱被囚禁的处境的，结果只能是从被社会所囚的空间进入更为狭窄的男性权力空间。女性要想真正走出囚禁空间，必须采取行动，正如她在小说《浮现》中所说的"最重要的是，不要让自己成为受害者"（SF 229）。和许多当代女性作家一样，阿特伍德也拒绝被贴上"女性主义者"的标签，但是细读她的作品，读者无法否认她对女性生存境地的关注以及她在大学时代"关起门来读"的 20 世纪六七十年代美国和法国女性主义理论对她的影响。被囚禁的女性之所以在阿特伍德的诗文中一再出现，是因为她想借这个主题来表现女性身处男女权力分配不平衡的社会中的不自由和受害性（victimhood）。而要摆脱这种限制和受害性，女性要如法国女性主义者埃莱娜·西苏所呼吁的"用身体写作自己"②。只有通过自我写作或自我讲述，女性才能找到自己的真正身份，从而走出被囚禁的塔楼，而这正是阿特伍德在很多作品中所暗示和大力提倡的。

---

① Morris, W. *American Heritage Dictionary of the English Language*. Boston: Houghton Mifflin, 1976: 59.

② Cixous, H. The Laugh of the Medusa. In Warhol, R. & Herndl, D. *Feminisms: An Anthology of Literary Theory and Criticism*. New Brunswick: Rutgers University Press, 1991: 337.

第二节 蓝胡子的城堡:男性的权力空间

上一节中提到的《拉普索》和《蓝胡子的蛋》都来自德国著名童话集《格林童话》。阿特伍德曾经提到《格林童话》是她读过的对她影响最大的一本书①,她的作品集中不少反复出现的故事原型都来自《格林童话》,而《蓝胡子的蛋》恐怕是她最钟爱的一则童话。

有学者考证,《蓝胡子的蛋》有其真实的历史原型——西欧 15 世纪因谋杀和巫术被处死的封建主吉尔·德·雷(Gilles de Rais)。而故事的文本最早可以追溯到欧洲早期的民间歌谣体叙事诗,但真正成形是在 1697 年夏尔·佩罗(Charles Perrault)的《历史故事集》(*Histoires ou contes du temps passé*)中。这一版本的《蓝胡子的蛋》具备了这个著名的西方传说的几个最基本的情节元素:富有的城堡主、好奇的妻子、一扇禁止开启的门、被残害的女性尸体以及那把无法洗掉血迹的钥匙。到了著名的德国童话集《格林童话》中,该故事演变成了《费切的鸟》(*Fitcher's Bird*),与前文提到的《蓝胡子的蛋》略有不同,情节是这样的:蓝胡子先后掳获了三姐妹,在娶她们之前他分别对未来的妻子进行测试。他说自己要出远门,临行前在交出钥匙的同时将一个珍贵的蛋交给他的未婚妻保管。前两个姐姐都违反禁令打开了密室,而且都不慎将蛋摔在血泊中,蛋上的血渍无论如何清洗都无法去掉。蓝胡子回来以后一看到沾上血迹的蛋就明白了发生的一切,于是两姐妹先后都成了密室中的尸体。最小的妹妹比较聪慧,她没有把蛋掉在房间的血泊中,而是将之留在了门外。后来她将自己化装成鸟成功逃脱并在父母的帮助下烧死了蓝胡子。

蓝胡子的故事中的囚禁与征服主题以及对人类阴暗心理的表现都具有一定的普遍性,这使得这个故事的魅力经久不衰。正如乔治·斯坦纳(George Steiner)所说的:"打开那扇门是我们的悲剧性特质。"②因为人们总会像潘多拉

---

① Peterson, N. J. Bluebeard's Egg: Not Entirely a "Grimm" Tale. *Short Story Criticism*, 2001(46): 53.

② Steiner, G. *In Bluebeard's Castle*. London: Faber and Faber, 1971: 106.

打开她的盒子一样打开蓝胡子的禁忌之门，所以蓝胡子的故事原型获得了很多人的共鸣。在现代西方文学中，蓝胡子改头换面，以各种不同的方式出现在不少大师的作品中。比如贝拉·巴托克（Béla Bartók）的歌剧《蓝胡子公爵的城堡》（*Duke Bluebeard's Castle*）侧重于表现男性阴暗的精神世界，而约翰·福尔斯（John Fowles）的著名小说《收藏家》（*The Collector*）则可以看作是对《蓝胡子的蛋》的后现代改写。《收藏家》采用第一人称讲述了主人公克莱格把一位中产阶级青年女子米兰达绑架至一座偏远的乡间别墅并将其关押在阴暗的地下室的过程。在克莱格对她精神和肉体的双重囚禁和折磨之下，米兰达最终死于肺炎。而克莱格却又开始跟踪下一个受害者，因为他将女性身体当成蝴蝶标本一样收藏："我只想拥有她，将她永远保存。"①福尔斯的小说在《蓝胡子的蛋》的基础上进一步挖掘了男女两性心理世界中最深处的阴暗部分，表现了蓝胡子疯狂征服和占有欲中的悲剧特质，是蓝胡子的故事在当代欧美文学的改写中很成功的一部作品。

《蓝胡子的蛋》的童话原型也在阿特伍德的作品中一再出现。1983 年出版的短篇小说集《蓝胡子的蛋》中的同名小说就是对《蓝胡子的蛋》的现代改编，而《神谕女士》中琼创作的《被爱追踪》正是哥特式小说版的《蓝胡子的蛋》。阿特伍德与福尔斯等当代作家一样，也忽略了原童话情节中有些不太协调的"大团圆结局"，而是侧重于使用这个原型来表现她的女性被囚主题以及人性的阴暗心理和男女两性的权力控制。综观阿特伍德的作品，男性对于女性的迫害是一再出现的主题，尤其是在其早期的诗歌与小说中，男女两性的关系往往表现为"男性/女性＝施害者/被害者"的模式。

阿特伍德的诗集《权力政治》（*Power Politics*）表现的就是男女永无休止的权力争夺：一男一女在外就餐的场景会演变成一场血腥屠杀（"They Eat Out"）；一个人将爱情当成生物学研究，对自己的爱人说"你死去吧，这样我可以记录你"（"Their Attitudes Differ"）；特别是下面这首著名的小诗《你进入我》（"You Fit into Me"）：

你进入我

---

① Fowles, J. *The Collector*. St. Albans：Triad Panther, 1976：104-105.

如钩入眼

　　　　一个鱼钩
　　　　一只张开的眼①

　　"钩"(hook)与"眼"(eye)另有服饰上的搭扣之意,钩入眼,即表示搭扣合上了,这本是引发舒适感的细节。但是第二小节马上笔锋一转,读者被告知:此处的"眼"是鱼的眼睛,"钩"是鱼钩,这里的"钩入眼"完全是一场两性之间的阴谋与迫害。

　　而这一切都是在爱的名义下进行的。诗歌《爱一词的变体》("Variations on the Word Love")就对爱进行了全面的嘲讽与解构。此诗开篇第一句就是"这个词我们用来填补/一些洞"②,原来"爱"这个词不过是用来填补空缺的,而且"只有四个字母"③,无法填补你我之间的巨大距离……三言两语就把"爱"给解构了。"爱"在阿特伍德笔下从来就不宁静美好,而是充满了战争与厮杀,难怪恋爱中的人会问:"我爱你,这到底是个事实还是一件武器?"("There Are Better Ways of Doing This")

　　战争与厮杀也同样延伸至小说里。阿特伍德的长篇小说,特别是早期的一些作品中,男主人公常常是女性的潜在施害者,比如彼得之于玛丽安(《可以吃的女人》)、前情人之于无名女主人公(《浮现》)、亚瑟之于琼以及雷蒙之于芙丽西雅(《神谕女士》)、杰克之于雷妮(《肉体伤害》)、理查德之于艾丽丝(《盲刺客》)、奥德修斯之于珀涅罗珀(《珀涅罗珀记》)。阿特伍德也许是在为这种两性迫害模式寻找一个最初的故事原型,而早年阅读体验中一些难以磨灭的记忆就开始浮出水面。《蓝胡子的蛋》似乎可以提供一切叙事元素。

　　从情节发展模式来看,《蓝胡子的蛋》的故事刚好与阿特伍德的"受害理论"四个阶段相吻合。阿特伍德在《生存:加拿大文学主题指南》中系统论述了受害者自我认识过程中的四个发展阶段:

---

①　Atwood, M. *Selected Poems*, 1965—1975. Boston: Houghton Mifflin, 1976: 141.

②　Atwood, M. *True Stories*. New York: Simon and Schuster, 1981: 82.

③　Atwood, M. *True Stories*. New York: Simon and Schuster, 1981: 82.

阶段一：受害主人公(往往是女性)否认自身的受害性；

阶段二：逐渐开始意识到自己是一个受害者；

阶段三：明确认识到自身的受害处境(往往是从其他受害者或受害动物身上得出受害认同感)；

阶段四：采取行动,试图摆脱受害处境。

《蓝胡子的蛋》的故事比较典型地体现了这种"无知→意识苏醒→受害认同反抗"的发展模式：一开始故事中新婚燕尔的妻子还享受着蓝胡子的"爱"和财富,完全没有意识到与她同床共枕的丈夫是杀害几位前任的凶手；接下来她发现了小屋的秘密,看到前几位妻子的尸体,这才明白了自己的危险处境；最后她设法逃离了蓝胡子的城堡,并在其兄弟的帮助下杀死了蓝胡子。

仔细分析,可以发现阿特伍德早期的几部长篇小说中的女主人公的性格发展和行动基本都离不开《蓝胡子的蛋》的情节模式,这从表 2-1 的受害认识过程归纳中可见一斑：

表 2-1　阿特伍德早期几部长篇小说女主人公的受害认识过程

女主人公 (作品)	受害认识过程		
	没有认识到受害性	受害认同(由其他受害者或受害动物认识到自己的受害性)	反　抗
蓝胡子的新婚妻子 (《蓝胡子的蛋》)	享受新婚的幸福和财富	由被杀害的前几任妻子认识到自己的受害性	从蓝胡子的城堡逃走并在自己兄弟的帮助下杀死蓝胡子
浮现者 (《浮现》)	失忆,给自己编织虚假的过去,不愿面对自己的受害处境	由被宰杀的苍鹭认识到自己的受害性	潜入水下汲取能量,采取行动摆脱受害地位
玛丽安 (《可以吃的女人》)	答应彼得的求婚,决心众人所期望的家庭主妇生活	由被猎杀的兔子和牛认识到自己的受害性	从彼得的公寓逃走,制作人形蛋糕并将其吃掉
芙丽西雅 (《被爱追踪》)	渴望得到雷蒙的爱	在迷宫中看到被困的前几任妻子才意识到雷蒙是谋害她们和即将杀害自己的凶手	结果未给出

《蓝胡子的蛋》中那座隐藏着秘密地下室的巨大城堡是构成蓝胡子的故事的
基本意象元素之一，就像谢里尔·E. 格雷斯(Sherrill E. Grace)所说的，《蓝胡子
的蛋》里"有三个角色——蓝胡子、妻子和城堡"①。蓝胡子要是没有他的城堡就
无法实现对历任妻子的控制和囚禁，他就不是蓝胡子。在巴托克的歌剧《蓝胡子
公爵的城堡》中，城堡是蓝胡子阴暗的心理世界的象征。从更普遍的意义上看，
城堡是以蓝胡子为代表的男性的权力象征。蓝胡子的妻子们一进入他的城堡，
就进入了他的权力控制范围，成了他的囚徒。所以她们的受害性是从她们踏入
城堡的那一瞬间开始的。蓝胡子在与新妻子结婚后，他依然是这座城堡的绝对
主人。妻子想要进入城堡的房间必须得到蓝胡子的授权，蓝胡子出门前交出的
那串钥匙是他给予新妻子权力的象征，但这个权力是十分有限的：她不能打开那
扇秘密之门。这样，蓝胡子与他的城堡共同构成了施害的权力和空间，而新妻子
与被囚禁的前几任妻子都属于女性被害群体。

　　小诗《门外的迟疑》("Hesitations Outside the Door")中，阿特伍德以诗的形
式再一次表现蓝胡子的故事主题。诗的讲述者原来以为"这是我们共同住着的
房子"，只要她愿意就可以打开这扇门，然后当她真正决定"做点什么"即打开门
之后，"你"便凶相毕露：

　　　　你要从我这儿得到什么
　　　　你，向我走来，穿过长长的地板，
　　　　你双臂展开，心
　　　　明晃晃的，透过肋骨

　　　　你的头上套着一顶
　　　　闪着血光的冠冕

　　　　这是你的城堡，这是你的金属大门
　　　　这些是你的阶梯，你的

---

　　① Grace，S. E. Courting Bluebeard with Bartók，Atwood，and Fowles：Modern
Treatment of the Bluebeard Theme. *Journal of Modern Literature*，1984，11(2)：254.

> 骨头，你将一切可能的维度
>
> 扭进了你自身①

　　原来这并不是"我们的房子"，而是"你的城堡"。蓝胡子的禁忌之门象征了男权社会中女性的权力限度。如果女性只在城堡中的这扇门以外的地方，也就是在女性权力所允许的范围之内活动，那她是安全的，而一旦她越过权力限度，也就是打开禁忌之门，那她将面临灭顶之灾。这扇门是男性心底最后一道防线，是男性死守的最高权力之地，是绝对禁止女性进入的。

　　蓝胡子的城堡作为囚禁空间的象征，在阿特伍德的多部小说中都出现过。《神谕女士》的书中书《被爱追踪》的结尾处的情节很显然是《蓝胡子的蛋》这则童话的哥特式翻版。这部小说原来拟定的两个具有通俗哥特式小说特色的书名是《雷蒙庄园之主》和《雷蒙庄园惊魂记》。其实不管是哪个书名都强调了男主人公对庄园的所有权。男主人公雷蒙与蓝胡子一样，也是富有、拥有自己庄园的贵族，娶过的几任妻子也都神秘失踪。与《蓝胡子的蛋》中幽暗的地下室相对应的是雷蒙庄园阴森的迷宫。迷宫是雷蒙庄园的中心意象。莎洛特一来到雷蒙庄园就被告诫不能靠近迷宫，因为雷蒙的前两任妻子就是在迷宫里失踪的。莎洛特也始终与蓝胡子的新妻子一样，按捺不住对禁区的好奇心："情不自禁地向迷宫靠近，明知进入迷宫将会有祸事降临，却只能拂逆内心，停不了脚步。"（LO 196）与所有的神话传说和童话情节及读者所期待的一样，莎洛特最终步入了迷宫，虽然后来她幻化成了芙丽西雅。虽然莎洛特和芙丽西雅是完全不同类型的人，但就同为女性和雷蒙的妻子（她们都是或将是雷蒙的妻子）这一点来讲，她们在本质上是相同的。将来的莎洛特就是现在的芙丽西雅。雷蒙所有的妻子都将面临共同的命运，即被雷蒙杀害并永远囚禁在迷宫的中心。

　　所以说，《被爱追踪》中的迷宫中心点毫无疑问就是《蓝胡子的蛋》里的密室。阿特伍德巧妙地运用哥特小说中经常出现的迷宫意象来象征男性用来囚禁女性的隐蔽而神秘的空间。就像《蓝胡子的蛋》的童话里那位年轻妻子走过一扇扇

---

　　① Atwood, M. *Power Politics*. Toronto：House of Anansi Press，1971：49.

门,最后找到那间最隐蔽的小房间一样,莎洛特/芙丽西雅穿过一条条迂回曲折、神秘莫测的迷道,最后来到迷宫的中心,而这里正关着雷蒙的前几任已死的妻子:

> 忽然间,她觉察自己到了迷宫中心的空地。空地一边有一张石制长椅,椅子上坐着四个女人。其中两人外貌酷似她,红发绿眼小白牙。第三位是中年妇人,穿着古怪……最后一位极度肥胖。
>
> ……那些女人交头接耳。"我们在等你。"她们说。第一位女人挪了挪,腾出空位给她。"看得出来,现在轮到你了。"
>
> "你们是谁?"她问。
>
> "我们是雷蒙的妻子。"中年妇女悲伤地说,"我们都是。"
>
> "这一定是误会。"芙丽西雅反驳,"我才是雷蒙的妻子。"
>
> "噢,我们知道。"第一位女人说,"但每个男人都有不止一位妻子……"(*LO* 360)

也如同《蓝胡子的蛋》中打开禁忌之门的新妻子一样,芙丽西雅这时才恍然大悟:这几个女人都是被雷蒙杀死的前几任妻子的鬼魂,而雷蒙马上也将杀死她。这是蓝胡子的城堡在阿特伍德的小说中最直接、最明显的体现,可是事实上,蓝胡子的城堡在阿特伍德其他多部小说中都有暗示。

因为阿特伍德认为男女两性的关系往往是权力斗争且男性是其中的权力施加者,而城堡是男性对女性行使权力的空间象征,所以,在阿特伍德的长篇小说中,与其他反复出现的主题一样,蓝胡子的城堡在她的长篇小说中也一再出现,只不过有时是哥特小说中的神秘迷宫,有时候是 20 世纪 60 年代多伦多的豪华公寓(《可以吃的女人》),有时候是加勒比岛国权势男子的别墅(《肉体伤害》)。在她的十几部长篇小说中,除了有意颠倒男女权力配置的《强盗新娘》,其他的小说中往往都是男性拥有自己的房子,而女性单枪匹马地进入这个男性权力的象征性世界。男性由于坐拥自己的城堡,使自己在双方的权力关系中占有绝对优势。

在阿特伍德的小说中,男人的房子里常常藏有他们的"武器",比如彼得公寓里的相机，保罗住处的左轮手枪和望远镜。他们的房子并不会因为女性的加入而有所改变，相反，它依然是男性的权力王国。对于女性来说，房子始终是代表了男性权力的异己力量。《神谕女士》中的波兰伯爵保罗认为女人如果答应去他家过夜就是表明愿意做他的情妇。《别名格雷斯》中金尼尔先生的乡下大房子是格雷斯遭遇悲剧命运的场所。《盲刺客》中艾丽丝与理查德结婚后住进了后者的房子里，第一次进门时，她便被告知房子在由理查德的姐姐威妮弗蕾德装修——这暗示了在这个家中，艾丽丝没有丝毫自主权。"这就是我要逆来顺受的地方——这张我从来没铺过的，却必须睡在上面的大床。"(BA 253)由小及大，艾丽丝对床乃至整个理查德的宅第都没有自主权。由此可见，她与理查德的婚姻完全是不平等的，她只是理查德操控和囚禁的对象。

在阿特伍德的第一部长篇小说《可以吃的女人》中，彼得的公寓就俨然是一个男性权力世界的象征空间。在这部小说中，玛丽安没有自己的房子，她与另一个年轻女子恩斯丽合租一间公寓，且在房东的严密监控下，她们俩对其都没有多少自主权。而彼得是他的公寓的绝对主人。他的公寓整洁气派，一丝不乱，处处体现出彼得的个性和喜好，玛丽安在这里常常会觉得有些手足无措，"整整齐齐地挂在这里的这些衣服，却默默地给人一种看不见的权威感"(EW 253)[①]，以至于让她产生一种"近似于气愤的感觉"(EW 253)。在这间公寓里，彼得将玛丽安放在浴缸里与之发生性关系，把她按在床上对她进行拍照。小说的高潮也是设在这间公寓里。彼得的告别单身晚会在这里举行，而作为彼得的"准夫人"的玛丽安却在热闹的人群中产生了不真实的幻觉：

> 这可是一番长长的找寻。她透过时间的走廊，一个个房间地追寻过去，这都是一些长长的走廊，大大的房间。
>
> ⋯⋯⋯⋯⋯⋯
>
> 她打开右面一个房门走了进去。彼得在里面；他四十五岁，头顶已经有些秃了⋯⋯她仔细地在花园里寻找自己，但是她不在那里，这一结

---

① 引文由笔者译自以下作品：Atwood, M. *The Edible Woman*. Toronto：McClelland & Stewart, 1969. 后文出自同一作品的引文，将随文在括号内标出原作名缩写及出处页码，不再另行加脚注。

果令她大为沮丧。

　　不，她想，一定是走错了地方，肯定还有其他的房间。现在她又看
到在花园另一边的树篱上还有一扇门。她穿过草地朝那里走去，在经
过那个纹丝不动的人影身后时，她看到他另一只手上拿着一把砍肉的
大刀；她上前推开门走了进去。（EW 269-270）

　　站在婚姻门槛上的玛丽安试图搞清楚她与彼得的婚姻到底是什么。她在自
己想象的如迷宫般的时间长廊里寻找自己的未来，如蓝胡子的新妻子一样，她一
个房间一个房间地找，可是却迷失在这番搜寻之中，找不到自己。她为什么找不
到自己呢？因为还有一扇隐秘之门隐藏在某个不易被发现的角落，而那个在这
扇门前拿着砍肉的大刀的男子不正是将自己前任妻子的尸体剁成碎片的蓝胡子
吗？！玛丽安推开那扇门走进去之后却"又回到了彼得的起居室"。在这里，现实
和虚幻的界限模糊了，玛丽安恍惚中想象出来的虚幻的"蓝胡子的城堡"与彼得
的公寓如蒙太奇般被拼贴在一起。玛丽安"长长的找寻"的结果是打开了蓝胡子
的城堡中的那扇禁忌之门，真相令人震惊地展现在她面前：她的身体将被肢解。
这也正从一个侧面回应了小说的题名——可以吃的女人。小说以虚写实，暗示
玛丽安在潜意识里恐惧婚姻是因为她认为走入婚姻犹如走入阴森的蓝胡子的城
堡，而她的命运将会如蓝胡子的妻子一样，被杀害和囚禁在一间无人知道的密
室里。

　　如果说玛丽安、艾丽丝等人在她们的未婚夫或丈夫的城堡中感觉到了异己
的势力，那么《使女的故事》里的使女们在大主教家中更是毫无地位可言。使女
们在大主教家里只是作为生育机器为基列政权繁衍后代。使女如果为主教生下
孩子，孩子将被交给主教夫人，而使女自己在哺乳期结束后将被送往另一个主教
家继续履行生育机器的使命；如果她没能在规定时间内生育，也将会被送到其他
主教家。如果连续在三个主教家里服务都没有生育，她就会被送到如二战时的
集中营一样恐怖的"隔离营"。也就是说不管发生什么情况，使女在任何一个主
教家的时间都不会超过两年。基列国通过这种方式进一步限制使女在主教家的
地位：她自然永远不可能成为女主人，而且甚至永远成不了"小妾"，因为不管她
有没有完成生儿育女的使命，都必须离开。因此对于一名使女来说，她所服务的

主教的家是她的全部空间,可是对于这个空间来说,她只能在时间上存在一会儿。这样,一个使女死去或离开之后,就会有另一个使女接替她的名字,代替她的位置,所以上一任的使女的存在可以被轻而易举地抹去。正如奥芙弗雷德自己所说的:"一条狗死了,再弄一条。"(*LO* 217)使女们在大主教家的地位其实与动物无异。

同样与动物一样,使女们也没有自己的身份。名字是身份的代码,可是《使女的故事》中的使女们却没有真正属于自己的名字,与她们的身份同时被剥夺的是她们的名字。基列国的使女是根据所服务的主教而命名的。她们的名字是在主教的名字前加上表示所有权的前缀"奥芙",即英文"of",小说的主人公的现任主人是弗雷德(Fred),因此她的名字是奥芙弗雷德(Offred),意思是"弗雷德的"。小说中出现的其他使女的名字包括奥芙格伦(Ofglen)、奥芙沃伦(Ofwarren)等,也都无一例外地姓"奥芙"。这样的名字首先抹杀了使女们的身份和自我,使她们成为生育机器;也剥夺了她们作为人的独立性和个体性,转而强调她们与大主教们的从属关系。同时,她们的名字不是固定的,而是根据她们所在的"家"的改变而改变的。小说的女主人公在弗雷德主教家时是奥芙弗雷德(Offred),而在这之前是"奥芙"加上前一个主教的名字。使女在哪个主教家服务就被贴上这个主教的标签,这就强调了她们与主教和主教的家的从属关系。只有"奥芙"这个前缀,对于个体的使女来说,是她始终不变的"姓氏",也是贴在所有基列国使女身上的共同标签。

在《蓝胡子的蛋》中,城堡的主人蓝胡子只有一个,蓝胡子的妻子却有多个。在这里,主教弗雷德只有一个,而奥芙弗雷德却可以有许多个。在蓝胡子的故事原型中,前任妻子都是已死的,不管是蓝胡子的前任妻子还是雷蒙的前任妻子,都已不在人世。但是她们死后都被聚集在了一起,等着那位新妻子的加入。在《蓝胡子的蛋》中,这一个聚焦的点是新妻子打开禁忌之门的那一刹那;在《被爱追踪》里,则是芙丽西雅到达迷宫中心的时候;而在《使女的故事》中,是奥芙弗雷德在柜子底下发现前任奥芙弗雷德自杀前留下的那一行拉丁文字。奥芙弗雷德之所以会为这几个她并不认识的字而欣喜若狂,固然有被囚禁的生活过于枯燥的原因,但更重要的是她与那一位奥芙弗雷德有着共同的名字,这似乎是她的前任留给她的信息密码。奥芙弗雷德渴望认识那一位或另几位奥芙弗雷德,渴望和她们有所交流,不为别的,就因为她们都是奥芙弗雷德。所以,奥芙弗雷德这个名字就像蓝胡子的妻子、雷蒙的妻子一样,是一个群体的名字,代表了她们共同的身份和命运。本来这些群体的每个个体在纵向的时间线上是先后出现的,她们虽然有着一样的名字和身份,却并不知道彼此的存在。也就是说这些女子在空间上是有交集的,在时间上却是错开的。但故事最后还是会让她们在时间和空间上都聚集在一起。

《猫眼》中伊莱恩儿时玩伴们的家从某种角度来看也都是蓝胡子的城堡。她的三个小伙伴都只有姐妹而没有兄弟,平常只有包括她们的母亲在内的女性在家,而家里真正的主人、唯一的男性——她们的父亲到了晚上才回来:

> 所有的父亲白日里都不见影子;白天是母亲的世界。但一到夜晚父亲们就出现了。黑暗将做父亲的带回了家,一起带回的还有他们那真正的、难以用言语表达的力量。(CE 169)[①]

在这个女性世界里,男性数量少、在场的时间短,却是真正的权威,他们具有某种无言的黑暗的力量。这种情况在科迪莉亚家表现得更明显,父亲俨然是统治家庭其他女性成员的"李尔王",而科迪莉亚在与两个姐姐向父亲争宠的过程中是失败者,她被家中唯一的而又最有权威的男性否定了。她无法讨父亲的欢心,后来也不能在同龄男孩面前表现恰当,成了整个男性世界中的失败者。在父亲面前得到的挫败感促使她在女性世界中扮演强者的角色,在她与伊莱恩的早期关系中,她成了自己的父亲,伊莱恩则是她自己。在这个阶段中,她一再地来找伊莱恩,这是因为她需要伊莱恩,需要伊莱恩充当她的父权制牺牲品的被转嫁者。因此科迪莉亚虐待伊莱恩的本源是她被父亲虐待,伊莱恩是男性施害的间接受害者。从这个角度讲,她们都是父权制的牺牲品。阿特伍德又以科迪莉亚为例来强调了这一观点:女性间的嫉妒和战争的根本原因是男性。

雷妮是阿特伍德笔下少数拥有自己房子的女性,可是她的公寓被她的男友

---

① 引文由笔者译自以下作品:Atwood, M. *Cat's Eye*. Toronto: McClelland & Stewart,1988.后文出自同一作品的引文,将随文在括号内标出原作名缩写及出处页码,不再另行加脚注。

杰克根据自己的意愿随意改造。这与对她身体的改造实质上是一样的,都体现为一种男性权力对女性空间的侵入和控制。而女性空间不受保护更为直接的体现是她的房子被强行闯入。在小说里,陌生闯入者在雷妮的卧室里留下了一根绳子。绳子既是男性对女性身体行使暴力犯罪的工具,也可以被看成是闯入者"圈地"行为的标记,意在暗示这个区域是自己的领地。

《肉体伤害》出版的 1981 年距弗吉尼亚·伍尔夫(Virginia Woolf)提出著名的"一个自己的房间"已有半个世纪。可是阿特伍德笔下的女主人公们大多还是生活在男性的城堡中,而拥有自己房子的女性是不是就一定能在这个男性权力泛滥的世界中建立属于她自己的不受侵犯的空间呢?雷妮的例子似乎说明女性即使有了"一个自己的房间",依然很难保证对这个空间的拥有权,并避免它遭受男性的监视和侵犯。那么女性怎样才能走出蓝胡子的城堡的权力控制,而建造真正属于自己的空间呢?这部小说又一次开出了"回归身体,回归自我"的药方。

第三节　夏洛特的诅咒:女艺术家的命运

阿特伍德作为加拿大当代一位极具后现代主义色彩的作家,经常在写作中运用各类后现代叙事策略与隐喻,以至于她的作品中常常出现一些看似荒诞与非理性的情节。比如小说《可以吃的女人》的主人公玛丽安在吃牛排时突然患上了厌食症,从此不能正常进食,直到她吃掉以自己为原型制作的人形蛋糕之后才痊愈;另一部小说《神谕女士》中的女主人公琼在创作哥特式小说时莫名其妙地失控,进入自己的作品中与作品人物合为一体……为了理解这些表面上匪夷所思的描写,我们可以从《神谕女士》这部作品的书名谈起。

破碎的镜像:女艺术家的困境

Lady Oracle 是阿特伍德出版于 1976 年的一部长篇小说。虽然本书依然沿用目前中国大陆地区通行的中文译名"神谕女士"①,但是笔者认为这个翻译

---

① 　中国台湾地区通行的中文译名为"女祭司"。

并不十分贴切。"Lady Oracle"这个题名与丁尼生的长诗《夏洛特姑娘》[1]有着千丝万缕的联系。阿特伍德用隐喻和互文的方式将《夏洛特姑娘》的意象编织进《神谕女士》的叙事纹理中。虽然小说自始至终没有正面描写这首长诗,却在行文中多次直接或间接地提到,使之成为小说"正文本"之下的一个"隐文本"。《夏洛特姑娘》就像一股暗流,无声地在小说的表层叙事之下流淌。小说的女主人公琼始终无法摆脱夏洛特的影子,后者就像一个如影随形的幽灵追随着她:

> 她这一次走得非常近,几乎就要成功了。她从来没有真正放过我,因为我从来没有放过她。在镜子中站在我后面的人就是她,她是那个在每个拐角处等着的人,她轻声细语。她曾是船上——死亡之舟上的姑娘,那有着飘逸长发和忧郁眼睛的姑娘、塔中的女子。她无法忍受窗外的风景,生命是她的诅咒。我怎能抛弃她呢?她也需要自由,她作为我的影像已经太久。魔咒到底是什么?如何才能让她自由?(LO 330)

这个"无法忍受窗外的风景"的"船上的姑娘"和"塔中的女子"很显然就是夏洛特。那么,她为何从来不肯放过琼呢?这个美丽而哀婉的女子走出丁尼生的诗歌,来到这个现代加拿大女性的故事里,到底在"轻声细语"什么呢?

在丁尼生的诗歌里,夏洛特所受到的诅咒是虚幻的命运,似乎她就死于这种不可抗拒又无法捉摸的神秘力量之手。可是阿特伍德却把夏洛特的悲剧与女艺术家的困境联系了起来。她所谓的女艺术家指的是从事传统职业与角色定位以外的,带有艺术创造性质工作的女性,包括作家、画家、记者、雕塑家等。在此处,阿特伍德把夏洛特这个进行编织的姑娘也看成是一个女艺术家,她认为夏洛特的悲剧是生为女性和作为艺术家两者结合的必然结局。女性身份本身就已经是产生悲剧的必要条件,当这一身份遇上艺术时,悲剧便不可避免了。《神谕女士》中同样身为艺术家(作家)的琼道出了这样的真相:"你可以年复一年待在塔楼望着镜子编织,但看一眼窗外的真实生活,就一切都毁了,诅咒,宿命。"(LO 313)所以,夏洛特的悲剧在于她只能安于在方寸天地里当一名女艺术家(编织者),一

---

① 关于该诗的介绍详见本章第一节。

且想追求现世的幸福,结果便是死亡。

无独有偶,小说中多次提到的英国电影《红菱艳》(*The Red Shoes*)也具有同样的寓意:女主角佩吉视舞蹈为生命,可是却面临着艺术与婚姻的两难抉择,最后当她毅然离开舞台去追寻离去的丈夫时,却被迎面而来的火车轧死。对于这个故事,小说得出了非常类似的结论:"你可以唱歌跳舞,或者可以快乐,但你不可能两者都拥有。"(*LO* 313)在阿特伍德看来,夏洛特想在艺术之外追寻现实生活的爱情但结果殒命死亡之舟,佩吉试图实现艺术与婚姻的双重圆满却葬身车轮底下,两者的性质是一样的。她们的悲剧是所有想献身艺术的女性的共同命运。作为女艺术家,她们不可能在从事艺术工作的同时拥有现实生活的幸福。不管是夏洛特还是佩吉,抑或是所有的女性,都无法实现艺术与现实的两全。艺术与现实之间不可调和的矛盾是所有女艺术家们面临的两难处境,这是她们生为女性不可避免的命运。这就是夏洛特的预言。

"Lady Oracle"实际上暗示了该小说与丁尼生的 *The Lady of Shalott* 之间的互文关系。这个如鬼魅般在文本底下穿梭且在"每个拐角处"等待琼的人就是丁尼生笔下这位"塔中的女子"夏洛特。而她之所以如此阴魂不散是因为她的悲剧是后代包括琼在内的女艺术家命运的预演,任何女艺术家都难逃夏洛特式的结局。说得更简单一点,Lady Oracle 其实就是 Lady Shalott,两个 Lady 是同一个人。那么,阿特伍德的 *Lady Oracle* 与丁尼生的 *The Lady of Shalott* 的译名保持一致比较合适。既然后者的通行翻译是"夏洛特姑娘",那么阿特伍德的 *Lady Oracle* 就应该被译为"预言姑娘",这个译名相对来说更符合阿特伍德的本意和小说的主旨。

夏洛特的预言是如此强大,从佩吉到琼,还有其他许多阿特伍德笔下的女艺术家们都无法逃避,其至连阿特伍德本人也是这个预言的受害者。在阿特伍德长达六十多年的作家职业生涯中,身为女艺术家的尴尬始终困扰着她。1950年,当她立志成为女作家时,当时的加拿大风气依然保守而陈旧,"女艺术家"这一个词还并不存在:"'艺术家'指的是男性画家,任何轻率地拿起画笔的女人只会被当作一时兴起的业余爱好者。"①人们对从事艺术工作的女性怀有很深的偏

---

① Atwood, M. *Curious Pursuits: Occasional Writing 1970—2005*. London: Brown Book Group, 2006: 174.

见,阿特伍德的传记作者库克引用阿特伍德本人的话说:"如果你写诗,你就不是一个好女孩,你应该以某种方式被惩罚。"①阿特伍德用不无自嘲的口吻这样评价自己当初的职业选择:"如果我对想要从事的职业有半点了解的话,不仅仅是作家,而是女作家——多么在劫难逃——我会把我那支漏水的蓝色圆珠笔甩到房间另一头,或者用一个'密不透风'的笔名把自己塑封起来……"②这种个人的亲身经历与体会使得阿特伍德对女艺术家这个身份有诸多自己的思考,这也是她塑造一系列女艺术家形象的原动力之一。阿特伍德的"女艺术家小说",除了上文提到的《神谕女士》,还有《浮现》(小说中没有出现姓名的女主人公是个插画家)、《猫眼》(女主人公伊莱恩是一名画家)、《肉体伤害》(女主人公雷妮是一个女记者)等。可以说,女艺术家系列小说是阿特伍德的创作中很有特色的一块内容,而且自成体系,有着相通的主题与结构,很值得研究。

"逃跑的艺术家":女艺术家的分裂

就像夏洛特编织绸缎的素材来自镜子而不是现实,阿特伍德笔下的女艺术家们的艺术创作也都不敢触及生活的本质。琼创作的所谓文学作品是在街头小店出售的供无聊的主妇们消遣的哥特式小说;《浮现》的无名女主人公为一些通俗书刊配上图画或封面;《肉体伤害》的女主人公雷妮的文章只关注女性穿着打扮、吃喝玩乐方面的信息……她们的"艺术工作"都是对社会现实浮光掠影式的再现。夏洛特编织的对象来自镜子,而镜子是对现实的反映,所以她的艺术品实际上与现实"隔着三层"。同样地,琼的通俗哥特式小说、《浮现》女主人公的"王子与公主"插画、雷妮撰写的关于女性穿衣打扮的文章等,这些所谓的"艺术作品"的实质都是夏洛特的绸缎,也都与现实隔着三层。麦克弗森评论说这些女艺术家"与其说是一个'真正的艺术家',不如说是个业余的"③。在阿特伍德眼中,她们也只能是伪作家、伪画家和伪记者。

———————————

①　Cooke, N. *Margaret Atwood：A Biography*. Toronto：ECW Press. 1998：16.

②　Atwood, M. *Negotiating with the Dead：A Writer on Writing*. Cambridge：Cambridge University Press，2002：15.

③　Macpherson, H. S. *Women's Movement：Escape as Transgression in North American Feminist Fiction*. New York：Rodopi，2000：101.

与这种工作性质相对应的是她们对生活现实的逃避。以《浮现》女主人公为例,她身心麻木,生活在自己编织的虚假记忆中,不肯正视自己与过去。雷妮则是一个"外表的专家",她总是生活在"表面",惧怕任何表面之下的东西。有评论家说:"雷妮的任务似乎就是逃避各种生理与心理的威胁而寻找安全感。"[1]再看琼,麦克弗森指出,"阿特伍德的琼·福斯特实际让自己陷于各类逃跑剧情和奇异的幻想中"[2];而《神谕女士》台湾译本的导读撰写者伍轩宏把这部小说总结为一个"逃脱的故事"[3]。琼的整个人生就是从一个地方逃往另一个地方,从一种身份逃向另一种身份。正像很多评论家所指出的,逃避是阿特伍德的女主人公的共同特征,她们总是刻意与现实保持着安全的距离。所以说,阿特伍德所塑造的女艺术家们个个都是"逃跑艺术家"。她们实际上与夏洛特一样,都是通过镜子看世界的人。

那么,女艺术家们到底在逃避什么呢?她们为何如此惧怕窗外的真实世界?她们内心深处的恐惧到底是什么?实际上,女艺术家们真正害怕的是自己,她们害怕移开镜子之后与镜子后面的自己面对面。因为说到底,所有的艺术工作的本质都是如夏洛特把看到的景象编织成艺术品一样的。而艺术家历来基本为男性,女艺术家的身份则一直比较尴尬。一方面固然是因为她们侵占了原本属于男性的领域,使得她们脱离了传统"好女人"的标准;另一方面,还有一个更深层也更根本的原因——女艺术家颠覆了艺术的表现者和表现对象的性别配置。传统艺术行为的模式是:作为艺术表现者的男性与作为被表现者的女性。这是男女两性"看与被看"关系的艺术化变体。沙利文说出了女性在艺术中的传统定位:"显然女人注定只能是缪斯,而不是艺术家。"[4]女性,或者女性的身体,历来是艺术家表现的对象,而不是表现者。

① Tolan, F. *Margaret Atwood: Feminism and Fiction*. New York: Rodopi, 2007: 119.

② Macpherson, H. S. *Women's Movement: Escape as Transgression in North American Feminist Fiction*. New York: Rodopi, 2000: 131.

③ 伍轩宏. 红头发与绿蜥蜴:《女祭司》导读//阿特伍德. 女祭司. 谢佳真,译. 台北:天培文化有限公司,2009:3.

④ Sullivan, R. *The Red Shoes: Margaret Atwood Starting Out*. Toronto: HarperCollins Publishers, 1998: 6.

然而,女艺术家的出现打破了"男艺术家－女艺术对象"的模式,而使得传统的艺术表现对象变成了表现者。这样一来,女艺术家的表现对象又应该是什么呢? 小说《猫眼》中的女画家伊莱恩就面临着这个尴尬,在被问及"为什么你画的全是女人"时,她回答:"我应该画什么? 男人吗?"(CE 89)可见,女艺术家的出现不可能让传统意义上的艺术家(男性)变成艺术的表现对象,她的表现对象依然是女性,说到底其实就是她自己。但是,当女艺术们把自己当成艺术表现对象时,便要把自己分裂成艺术表现者和表现对象两部分。正是因为这个原因,她们才需要在艺术与表现对象之间隔一面镜子,这样才能使得她们不需要面对自己。

　　由上可知,女性艺术家的出现使得原来明晰的"男艺术家－女艺术对象"的关系发生了错乱,艺术表现者与表现对象之间的关系不再是传统的"生产者－产品"这么简单的二元关系。所以说,女艺术家之所以逃避现实而选择从镜中看世界是因为她们身为艺术表现者的主体身份无法面对同时又作为艺术客体的自己。换言之,艺术创作意味着女性要分裂成表现者和被表现者两部分,而这种自我分裂是女艺术家们在内心深处感到最为恐惧的。

女艺术家自我回归

　　女艺术家分裂的自我怎样才能重新组合在一起呢? 或者换言之,夏洛特的预言到底应该如何破除呢? 让我们再次回到《神谕女士》的女主人公琼身上来。琼是通俗哥特式小说作家。这一类型小说的情节、人物等都具有一套比较固定的模式,通常都是美丽的女主角在历经种种冒险和困难之后,最终获得男主人公的爱、步入婚姻殿堂。琼正在创作的一部名为《被爱追踪》的作品就是这样一部典型的通俗哥特式小说。女主角莎洛特美丽、纯洁、安静、完美无瑕;女配角芙丽西雅则刚好相反——放荡、忌妒心强、热情,甚至邪恶。琼根据她所熟知的通俗哥特式小说行文模式,打算在作品中让芙丽西雅死去,然后让莎洛特取代她的位置成为雷蒙新的妻子。然而,与琼一样有着一头红发的芙丽西雅身上却有着琼自己的影子,实际上是琼另一个自我的投射。似乎是受着另一个自我的无声召唤,面对着已拟好的小说"一贯的结尾",琼开始有些"失控"了,她开始讨厌女主人公莎洛特,转而同情配角芙丽西雅,并情不自禁地越来越同情芙丽西雅。最终,琼改写了《被爱追踪》的结尾,使得这部小说的情节完全"误入歧途":剧中男主人公雷蒙突然抖落了哥特式斗篷,幻化成了穿着圆领毛衣的亚瑟——琼的丈夫。而琼自己也进入了小说,与芙丽西雅合二为一。很显然,这个红头发的胖女人是现实中的琼与虚构的芙丽西雅的合体。

从哲学层面来讲,琼的失控行为从根本上改变了她与作品的关系性质。在她进入自己的小说之前,艺术家与艺术对象的界限是清晰明了的:琼是作家(艺术家),芙丽西雅是被创造者,是艺术的对象。但是当琼与芙丽西雅合二为一以后,艺术家与艺术对象合成了一体。这个人既是艺术家也是艺术对象,既是主体也是客体。

那么,这种合体对于艺术表现和人物的成长来说到底具有什么象征意义呢?要回答这个问题,我们可以联系阿特伍德的另一部小说《可以吃的女人》来分析。《可以吃的女人》表现的是消费社会中消费者与消费品的二元对立关系,这两者的对立与矛盾集中体现在女主人公玛丽安身上。如小说的题名所暗示的,在消费主义社会中,女性也成了消费的对象,是"可以吃的"。但同时,作为一个人,她又必须依靠消费食物才能生活下去。于是,她身上就集中了"吃者"与"被吃者"的冲突。这种冲突终于在她与未婚夫彼得一起进食牛排时爆发了出来。一方面,她发现自己既是彼得的消费品,同时又是她正在吃的牛排的消费者。也就是说,在与男性的关系中,她作为女性是消费对象,而在与其他生活消费品的关系中,她又是消费主体。"玛丽安越来越将自己认同于被消费的物品,导致她成为自己的受害者。"[①]玛丽安的厌食症由此被引发。

不难看出,玛丽安患厌食症的根本原因依然是自我的分裂。自我被分裂成吃食物者(消费者、主体)与食物(消费对象、客体)两部分。而玛丽安的厌食症的治愈方式也颇具象征意味:她制作了一个与自己一模一样的人形蛋糕。当她吃了这个蛋糕以后,厌食症便痊愈了。阿特伍德本人在谈到这个人形蛋糕的寓意时说:

> 我一直奇怪人们为什么要制作一些东西的复制品然后又吃掉它
> 们,比如新娘和新郎,或者米老鼠。这似乎是一件很神秘的事情。但是
> 对于我的女主人公来说,为自己做一个人形蛋糕然后吃掉它,这个情节

① Palumbo, A. M. On the Border: Margaret Atwood's Novels. In Nischik, R. M. (ed.). *Margaret Atwood: Works and Impact*. New York: Camden House, 2000: 74.

放置在这个故事中是完全合理的。①

吃掉自我的复制品这件"很神秘的事情"到底有什么寓意和深层的隐喻呢？首先，制作自己的复制品相当于艺术创作中的自我表现，而吃掉这个复制品意味着一种特殊方式的自我回归与重合。正如阿特伍德自己所说的，这个人形蛋糕是玛丽安"自我的替代物"②，玛丽安吃掉蛋糕的行为与琼和芙丽西雅合二为一的性质是一样的，都是分裂的自我的重新融合。所以说，女性自我重合的关键在于用艺术来表现自己，或者说以自己为对象来创作艺术品，或者再换言之，将自己融入艺术品中。那么，女性分裂的主体与客体都统一到了这件艺术品中。这就是为什么玛丽安吃了以自己为模型制作的人形蛋糕以后厌食症会痊愈，也是为什么琼与自己塑造的人物合二为一以后能以文本的形式发现生活的真相。

也许女性就是这样一种主客体并存的存在。阿特伍德用琼与玛丽安的故事说明，女性单独地强调自己的主体或客体身份，都会导致自我认同或行为上的障碍。阿特伍德表示："最本质的是找到两者的融合点，而不是单独强调一极。"③如果只承认自己的主体身份而忽略自己同时也是客体，那就会导致自我迷失；而如果只强调客体身份，又会造成女性主体性的丧失，进而又导致普遍存在于阿特伍德笔下女性的通病：逃避。阿特伍德的长篇小说反复述说着一个共同的主题：逃避不是办法，正确的做法是勇敢地面对自己。而面对自己的方法就是自我表达和自我讲述，只有这样，女性自我在艺术表现过程中处于"表现者—表现对象"的两极时才能达到再次融合。联系阿特伍德的其他小说，可以看出，在她的作品中，自我讲述的女主人公们最终都达到了某种程度的自我升华或自我圆满。豪威尔斯说，《使女的故事》中，"在这种要被抹去的威胁下，奥芙弗雷德通过讲述自

①　Oates，J. C. Dancing on the Edge of the Precipice. In Ingersoll，E. G.（ed.）. *Margaret Atwood：Conversations*. Princeton：Ontario Review Press，1990：75.

②　Gibson，G. Dissecting the Way a Writer Works. In Ingersoll，E. G. *Margaret Atwood：Conversations*. Princeton：Ontario Review Press，1990：15.

③　Oates，J. C. Dancing on the Edge of the Precipice. In Ingersoll，E. G. *Margaret Atwood：Conversations*. Princeton：Ontario Review Press，1990：75.

己的故事来求得精神与情感的生存"①。同样,《别名格雷斯》的女主人公格雷斯"在讲述自己的故事的过程中,设法形成了一种统一的权威和多种声音的拼凑"②。这是因为,自我讲述是自我表现的一种,自我讲述使得原本分裂的两个自我实现了再次统一。

综上所述,夏洛特的预言是针对女艺术家的诅咒,而破除夏洛特预言的方法也在于艺术本身,即用艺术自我表现。关键在于,女艺术家们必须直面自己,用艺术塑造真正的自我。根据这个逻辑,我们甚至可以进一步假设丁尼生笔下的夏洛特如能将自己的影像编织进绸缎里,她就可以解除命运的诅咒,从而避免死亡的命运。

虽然阿特伍德一直反对贴在她身上的"女性主义者"的标签,但这种自我表述的倡议与西方第二次女性主义思潮奠基作之一的《美杜莎的笑声》("The Laugh of the Medusa")异曲同工。西苏在这篇著名的女性主义宣言里声称在女性开始自我写作之前,她的身体"被变成供陈列的神秘怪异的病态或死亡的陌生形象"③,这当然指女性是被男性作家他者化与对象化的后果。因此女性必须写她自己:

> 女性必须写她自己,必须写女性并把女性带入写作中。就像女性被粗暴地驱逐出自己的身体,她们也从写作领域被驱逐——出于同样的原因,依据同样的律法,为了同样致命的目的。女性必须把自己写入文本——就像把自己写入世界和历史中——通过她自己的行动。④

---

① Howells, C. A. Margaret Atwood's Dystopian Visions: *The Handmaid's Tale* and *Oryx and Crake*. In Howells, C. A. (ed.). *The Cambridge Companion to Margaret Atwood*. New York: Cambridge University Press, 2006: 165.

② Tolan, F. *Margaret Atwood: Feminism and Fiction*. New York: Rodopi, 2007: 224.

③ Cixous, H. The Laugh of the Medusa. In Warhol, R. & Herndl, D. (ed.). *Feminisms: An Anthology of Literary Theory and Criticism*. New Brunswick: Rutgers University Press, 1991: 350.

④ Cixous, H. The Laugh of the Medusa. In Warhol, R. & Herndl, D. (ed.). *Feminisms: An Anthology of Literary Theory and Criticism*. New Brunswick: Rutgers University Press, 1991: 347.

西苏"用身体写作"的实质就是呼吁女性通过把自己作为写作对象来实现自我回归。这与阿特伍德创作女艺术家小说的初衷是一致的。她们的观点都基于这样一种认识：在包括写作在内的艺术领域，女性一旦无法成为主动的艺术家，就不可避免地会被男艺术家客体化。她只有设法使自己成为艺术家才能掌握主动权，而用艺术表现自己才能达到女性的主客观统一，并进而实现自我升华。

综合以上分析可知，导致阿特伍德笔下的女艺术家生存困境的并不仅仅是外部的社会观念，而是内在的主客体冲突。因为女艺术家是一个特殊的群体，她们的艺术活动涉及主体、客体以及自我的三重关系。主体与客体二元对立是以笛卡尔理性主义为代表的传统哲学的主要观点之一。上帝—人、人—自然、精神—身体、男性—女性、生产者—产品、艺术家—艺术对象、作者—作品等，这些二元对立关系都强调了前者对后者的支配、表现、生产等的主动关系，而现代主义对传统哲学的反叛之一就是颠覆这种主客观的二元关系。当代西方哲学家们用各种惊世骇俗的言论推翻一直以来高高在上的支配者——上帝、人、艺术家等，并旨在将处于被动地位的人、自然与艺术对象等从前者的支配下解放出来。如果说尼采与福柯相继喊出了"上帝死了"和"人死了"的口号，那么，阿特伍德又提出了"艺术家之死"，以形而上的方式隐喻女艺术家出现以后，艺术家与表现对象之间二元对立关系的终结。

第四节　海伦的归来：《强盗新娘》中的神话性别原型

如果说阿特伍德创作于20世纪60—80年代的小说与诗歌普遍反映出女性相对于男性的强势地位的受害处境，那么90年代的长篇小说《强盗新娘》则可以在某种程度上被看成是对前期小说在男女性别权力配置上的一种反叛。这从小说的题名"强盗新娘"中就可以看出来。该名称来源于《格林童话》中的《强盗新郎》，讲述的是一个男强盗假扮富有的青年男子骗娶年轻女子去他的黑暗城堡并将新娘吃掉的故事。阿特伍德玩了一个文字游戏，将原题中的"新郎"改成了"新娘"。如此一来，强盗从男性变成了女性，被抢者则是男性。"强盗新娘"暗示书中的两性关系，至少在表面上会与传统的男强女弱格局有所不同。

不同于以往小说中的女性角色，《强盗新娘》中的三位女主人公——托尼、查丽丝与洛兹都拥有自己的事业以及一种独有的"能力武器"：托尼是大学教授，擅长理性思维；查丽丝具有一种超自然的精神力；洛兹更是坐拥可观的商业与财富王国。阿特伍德曾经说过，男性使用工具和武器，而女性只用她们的身体，男性的破坏力在工具理性的辅助下更具毁灭性。在前几部小说中，工具的使用者都是男性，比如《可以吃的女人》中的彼得很善于使用猎枪、相机、汽车等工具，《肉体伤害》里的保罗拥有高倍望远镜。

而在这部小说里，工具的使用者都是女性。书中提到，在托尼家中："韦斯特不是使用工具的那种类型：家里唯一的一个锤子也是托尼的。"(RB 19)洛兹更是能驾驶豪华汽车、雇用私人侦探，而且，托尼、查丽丝和洛兹都是房子的主人。前文提到，在阿特伍德的早期创作中，拥有城堡的"蓝胡子"们是所有男性的代表，城堡是他们的权力空间象征。但在《强盗新娘》中，男性成了被收容者。托尼、查丽丝与洛兹都将她们的男性情人收留在自己家中。

最后，这部小说还颠覆了男女两性看与被看的关系，男性从原先的看者变成了被看者，而女性从被看者变成了看者，比如：

> 托尼端详着他熟睡的脸，棱角分明的下颚线条因放松而显得很柔和，神秘的隐士式的蓝眼睛如此轻柔地合着。她庆幸他依然活着：女人比男人活得久，男人的心脏虚弱，有的时候会直接倒下……(RB 7)

与托尼一样，《强盗新娘》中另外两个女主人公查丽丝与洛兹都会凝视她们睡梦中的男性伴侣。"看"是一种权力象征，传统男女两性关系中男性的"看"与女性的"被看"，体现了两者在权力与性别角色定位上的不平等。看与被看的对换，是这部作品性别权力反置的另一表现。

洛兹的双胞胎女儿是一对值得玩味的人物形象。这对双胞胎更像是一个整体，她们形影不离，说话一唱一和，以至于洛兹"始终很难分辨是她俩共有一个生命还是各有一个生命，或者是两个之中的一个"(RB 79)。相对来说，她们的哥哥拉里就显得孤独和脆弱得多："她们（双胞胎）强壮而结实，而且具有自我修复能力……但是拉里看上去像个流放者，一个迷失旅人的样子。"(RB 91)前文论述过阿特伍德的"双身共体"主题,而双胞胎就是一种特殊的"双身共体"。阿特伍德认为通过这种存在方式,女性可以变得更为强大与坚韧。在小说中,双胞胎女儿的强大与儿子的虚弱形成了对比,似乎在暗示一种新的两性权力分配格局:女性通过化身的方式获得了力量,而男性则孤独而脆弱。

正如威尔逊所说的:"《强盗新娘》挑战了对性别与性别角色的常规看法。"[①]结合阿特伍德之前的创作中的两性关系的模式,可以看出她在有意颠倒传统男女角色的分配。这种转变与西方女性主义思想潮流的更迭有直接的关系。实际上,以阿特伍德早期几部比较重要的长篇小说为例来看,可以说每一部作品都是对当时女性主义思潮的文学总结。

阿特伍德的第一部长篇小说《可以吃的女人》(实际成书于 1965 年)被她本人称为"前女权主义作品",其时代背景是 20 世纪西方第一次女权运动前夕。在这部小说中,虽然玛丽安逃出了彼得的公寓,但小说对于女性的最终出路依然没有给出明确答案。接下来的七八十年代是女性主义第二次浪潮在西方如火如荼地掀起的时期,在这个过程中,女性主义从各个角度揭露女性在社会上以及与男性的关系中各种显性的和隐性的不平等处境,从阿特伍德的《浮现》《肉体伤害》等小说中都不难看出与这股思潮之间若隐若现的联系。而到了 90 年代,第三次女权主义浪潮席卷而来,同时女性在社会生活中的地位也获得了提高,在包括加拿大以内的西方社会中,女性在一定程度上获得了与男性相当的权力地位,甚至在某些领域的地位超过男性。正是在这样的时代背景下,创作于 1993 年的《强盗新娘》中出现了阿特伍德以前作品中都不曾有的强势女性和弱势男性。在这部小说里,女性掌握了理性、工具和财富,男性则成了凝视、收容甚至争夺的对象。

然而,这种新的两性格局是否意味着西方女性彻底摆脱了长期以来的受害者处境而真正地获得了精神上的自主权?阿特伍德没有直接给出是或否的回答,只表示答案是复杂的。托尼、查丽丝和洛兹三人都是所谓的"战争婴儿",即在战争期间出生的孩子,这意味着她们的出生是偶然的,是因为战争这样特殊的时代背景她们才得以来到世上。另外,她们的成长经历有一个共同的特点,就是

---

① Wilson, S. R. *Myths and Fairy Tales in Contemporary Women's Fiction: From Atwood to Morrison*. New York: Palgrave Macmillan, 2008: 22.

没有得到过父母无条件的爱。三个出生于战争年代的女性,面对一个不在场的父亲、一个冷漠疏远的母亲,这种出生与成长经历首先造成了她们对自己身份的不确定性。

再从族裔与宗教的角度来看,三人也都处于身份定位的矛盾与冲突中。托尼的父亲是加拿大人,母亲是英国人,因此她对于父母双方来说都是"外国人"。查丽丝在儿童时期辗转于三种拥有完全不同的价值观的家庭环境中:作为无神论者的母亲的家、信奉混杂着原始巫术和超验主义的基督教的外祖母的农场与世俗且自私的姨父母的家。洛兹的母亲是虔诚的天主教徒,父亲则是犹太人。就像"在过去,洛兹天主教徒的表现不够充分,现在又不是个十足的犹太人。她是个怪人,一个混合物,一个奇特的半人"(*RB* 380-381),《强盗新娘》中的三个女主人公的身上都上演着多重身份与信仰的撕裂。这种复杂性和摇摆性导致她们无法拥有一个坚定的身份阵地。

更重要的是,她们三人都有着不为人知的另一个阴暗面,那就是她们的过去。她们每个人都曾有另外一个名字。托尼从小就喜欢使用左手:"左手运用自如,右手倒是有些笨拙。"(*RB* 153)她用左手将自己的名字"托尼·弗雷蒙"(Tony Fremont)拼写成"蒙雷弗·尼托"(Tnomerf Ynot),并觉得后者"是她的另一个孪生姐妹的名字"(*RB* 153)。托尼"右手的那一半"是根据母亲和社会的要求所呈现的正常的、中规中矩的、别人眼中所看到的托尼,而"左撇子的那一半"是她性格中不为人知的另一面,是她在"右手的那一半"下面暗藏的另一个不被社会正统观念所认可的、古怪却真实的托尼。"左撇子的那一半",即蒙雷弗·尼托,象征着她被压抑的另一个叛逆的自我,而她在私底下使用的特殊的"回文"就是"右手的那一半"和"左撇子的那一半"的分裂处。

查丽丝曾经是卡伦,年幼时出于逃避被姨父性侵的痛苦,在意识中使自己的身体里分化出了另一个人——查丽丝:"她所有能做的事就是分裂成两个,转向查丽丝,飞出自己的身体,看着卡伦。"(*RB* 291)长大以后,她干脆将自己的名字"卡伦"改为"查丽丝",而"卡伦"这个名字则成了一个承载黑暗记忆的容器:

> 卡伦是个皮袋,灰色的。查丽丝收集所有她不想要的东西,塞进这个名字、这个皮袋里,并打上死结。她尽可能多扔掉老的伤痛和毒害,

只保留她喜欢的或者需要的东西。(RB 294)

再来看洛兹。如她的两个名字罗沙琳达·格林伍德和洛兹·格朗沃尔德所暗示的,她也具有双重身份,这两个身份分别来自她的母亲和父亲:"现在洛兹的生活被分割成两部分。一边是洛兹母亲,还有公寓房,以及学校的修女和其他女孩子……另一边是她的父亲……"(RB 367-368)母亲的这一半是以母亲为代表的女性世界,洛兹在这个世界里的身份是天主教徒;父亲的这一半包括那两位和父亲一起经历战争的叔叔,是一个男性的世界。与托尼和查丽丝一样,洛兹成年以后也抛弃了以前的名字,而使用了另一个名字、另一个身份。

在《与死者协商:一位作家论写作》中,阿特伍德曾以自己的两个名字为例来谈作家的双重性问题。在她的创作理念中,不同的名字代表不同的身份主体,而一个人如果拥有不止一个姓名即表明她具有多重身份。《强盗新娘》中,托尼、查丽丝和洛兹三人的另一个名字都代表了她们想要忘却的过去,而过去其实又是她们潜藏的另一个黑暗自我。她们的故事再一次印证了精神分析学的核心观点之一。弗洛伊德说:"人可以通过逃离外界的危险来拯救自己,可是逃开自己内心的危险是一件很难的事。"①这部小说中的女性也始终无法逃离那个黑暗自我的纠缠。

查丽丝象征性地在自己的意念里将代表着过去的名为"卡伦"的袋子沉进了安大略湖里。本书前文论述过,水底常常象征潜意识深处。根据弗洛伊德精神分析学的观点,潜意识虽然被深压在意识之下,却既不会消失,也不会永远沉寂,它始终以微妙的方式影响着表层意识,并总有一天会浮出水面。藏在水底的卡伦也一样,这个被查丽丝用意念掩埋的另一个黑暗自我其实一直都在,而且随时等待召唤以便现形。当托尼将母亲的骨灰筒扔进湖中时,金属筒始终没有沉没,而是一直漂浮在水面上。这个细节又从反面印证了潜意识理论。在阿特伍德的文学世界中,沉入水底的东西总会再次浮现,而无法下沉的东西则是挥之不去的心理阴影。

也正是因为三个女主人公都具有不为人知的过去与另一个自我阴暗面,泽

---

① Freud, S. Anxiety and Instinctual Life. In Perter, G. (ed.). *The Freud Reader*. London: Vintage, 1995: 776.

尼亚才得以乘虚而入,走进并毁坏她们的生活。阿特伍德自己在访谈中说:"这三个女人在人格上都有弱点。如果不打开这扇门,泽尼亚就无法进入。我必须把每个人物都塑造成有一扇门在她们的个性中,能够打开并让泽尼亚进去。"①而泽尼亚取得她们信任的方式无一不是从她们的过去进入现在的世界:对于曾经被母亲抛弃的托尼,泽尼亚谎称自己也是被自己母亲卖掉的人;在查丽丝面前,泽尼亚又变成了同样被男性虐待且虚弱无助的女子;面对一直对自己金钱的来源耿耿于怀的洛兹,泽尼亚又将自己设计成是被洛兹父亲救助的战争婴儿。

就这样,托尼、查丽丝与洛兹三个女性因为内心深处的另一个黑暗自我而先后向泽尼亚敞开了门,而泽尼亚的进入又将她们各自的那一个被掩埋的自我带出了黑暗的记忆表层。在泽尼亚的诱使下,三人都打开了自己尘封的记忆:托尼小时候被母亲抛弃,父亲酗酒并最终自杀;查丽丝年幼丧母,寄养在姨母家时被姨父性侵;洛兹的金钱来源于父亲在战争期间做的不法勾当。

虽然泽尼亚在三人面前扮演的身份不同,但其实都是以对方的黑暗面出现的。"扮演另一个女人想象中的自己是泽尼亚屡试不爽的方法。"②这就是她们无法拒绝泽尼亚的原因:后者唤醒了她们的黑暗自我。泽尼亚在表面上看来是一种异己的力量,给托尼她们三人带来了某种不可抵挡的"妖怪般的恐惧"③,实际上则是她们内心自我不确定与恐惧心理的外化。这也是为什么三人都从泽尼亚身上看到了自己的影子。

对于托尼来说,泽尼亚好像并不陌生:"她似乎早已熟悉了,这是她那个不曾出生的双胞胎姐妹的愤怒。"(RB 211)或者说,泽尼亚是她被压抑的左手:"托尼将成为泽尼亚的右手,因为泽尼亚无疑是托尼的左手。"(RB 187)对于查丽丝来说,泽尼亚所做的事是将深埋在水底的卡伦召唤了出来:"她撕开腐烂的皮袋,她浮出了水面,她穿过了卧室的墙……她看上去不像卡伦,而像泽尼亚……她走向查丽丝并且屈下身体,融入了查丽丝,现在她在查丽丝的体内。她带来了古老的

① Atwood, M. & Beaulieu, V.-L. *Two Solicitudes: Conversations*. Aronoff, P. & Scott, H. (trans.). Toronto: McClelland & Stewart, 1998: 90.

② Tolan, F. *Margaret Atwood: Feminism and Fiction*. New York: Rodopi, 2007: 206.

③ Tolan, F. *Margaret Atwood: Feminism and Fiction*. New York: Rodopi, 2007: 218.

羞耻感,暖暖的感觉。"(RB 295)似乎是当年的卡伦在湖底长大了,变成了泽尼亚的模样,又回来找到查丽丝。对于洛兹来说,尽管泽尼亚是她的敌人,但"有时候——至少有一天时间,甚至是一个小时,如果其他条件无法达到,那五分钟也行——她想要变成泽尼亚"(RB 435)。

换言之,泽尼亚就是她们三人另一个深藏着的自己,是她们各自的镜像,也是她们内心恐惧的具象。这一结论是不少阿特伍德研究专家达成的共识。凯伦·斯坦(Karen Stein)认为泽尼亚是"阴影自我,黑暗面的镜像,每个人物内心深处隐藏的焦虑"[1];珍妮弗·伊诺斯(Jennifer Enos)表示"泽尼亚是她们三人的复合体"[2];德布拉·拉施克(Debrah Raschke)和莎拉·艾普尔顿(Sarah Appleton)断言"泽尼亚的确是这三个她所背叛的女人的镜像"[3];豪威尔斯也提出,"看起来,泽尼亚的可怕并不是因为她是这几个女人的他者,而是因为她是她们的化身,迫使她们看到自己身上被压抑的异己面"[4]。她们之所以无法抗拒泽尼亚的诱惑,之所以如此害怕和憎恨她,她之所以具有如此巨大的破坏力,根本原因就在于泽尼亚存在于她们的内心,是她们的那个黑暗自我。

阿特伍德本人在访谈中说:"(泽尼亚)是女人的影子……她是这三个女人中每一个人的一个方面。"[5]《强盗新娘》中有多处细节暗示泽尼亚的实质相当于一面镜子。小说中镜子、影像(shadow)等词反复出现,而泽尼亚第一次在书中出现就是在镜子中:"在烟雾中,在镜子里。"(RB 34)小说借托尼之口说:

① Stein, K. *Margaret Atwood Revisited*. New York: Twayne, 1999: 99.

② Enos, J. What's in a Name? Zenia and Margaret Atwood's *The Robber Bride*. *Newsletter of the Margaret Atwood Society*, 1995(15): 14.

③ Raschke, D. & Appleton, S. "And They Went to Bury Her": Margaret Atwood's *The Blind Assassin* and *The Robber Bride*. In Perrakis, P. S. (ed.). *Adventure of the Spirit: The Older Woman in the Works of Doris Lessing, Margaret Atwood and Other Contemporary Women Writers*. Columbus: Ohio State University Press, 2007: 136.

④ Howells, C. A. Margaret Atwood's Discourse of Nation and National Identity in the 1995s. In Steenman-Marcusse, C. (ed.). *The Rhetoric of Canadian Writing*. New York: Rodopi, 2002: 205.

⑤ Atwood, M. You Can't Do Without Your Shadow: An Interview with Margaret Atwood. In Staels, H. (ed.). *Margaret Atwood's Novels: A Study of Narrative Discourse*. Tubingen: A. Francke Verlag, 1995.

> 泽尼亚的故事没有实体,没有主人,只是一段谣传,从一张嘴流向另一张嘴,不断地变化着。与所有魔术师一样,你只看到她想让你看到的东西,她是用镜子来达到这一点的。镜子展现任何在看它的人,但在那二维影像的后面什么也没有,只有一层薄薄的水银。(RB 509)

泽尼亚本身没有多少实体性,她的美丽外表可以说都是别人赋予她的。小说几乎没有正面描写泽尼亚,她通常只出现在第三人称的讲述与回忆中;她也从来没有单独出现过,而总是处于与她们三人或其中一个的关系中。泽尼亚就像一面童话故事里的魔镜,镜子如果失去被照者,就失去了存在的意义。同样,泽尼亚如果没有他人的映照,便只是一片空白。这就是为什么最后当三个女性都拒绝再次接纳她时,她就死去了,而且死时"没有形状,是破碎的马赛克;她的碎片在托尼手中"(RB 509)。她的死亡就像童话故事中失灵了的魔镜,自己破碎了。

在阿特伍德的理念中,每一个人都具有双重自我,有时候甚至是多重的。这另一个自我就像她本人的影子,如影随形,或者是镜像,照出你自身不为人知的另一面。更多的时候,这个自我就是你没有出生的另一个黑暗双胞胎兄弟/姐妹。从这个角度看,人人都有双胞胎兄弟/姐妹,只是大多数双胞胎都共用一具身体罢了。所以,她们身上都携带着至少一个她那不具肉身的双胞胎姐妹。因此,与其说是泽尼亚来找她们的,不如说是她们自己身上的缺陷像黑洞一样将泽尼亚吸了进来;与其说泽尼亚是有别于她们的"他者",不如说其实是她们每个人的另一个自我;与其说泽尼亚来自某种她们所不知道的神秘地方,不如说她就在她们心中;与其说泽尼亚是一股外在的破坏势力,不如说这股势力就是她们本身;与其说是泽尼亚伤害了她们,不如说是她们自己的黑暗面将她们毁害了。

泽尼亚这面"镜子"一方面照出精神分析学层面的黑暗心理,另一方面也折射出西方女性史中一些文化渊源。小说写泽尼亚来自"很久以前的遥远时空"(RB 3),又"像是从古希腊克里特王宫里挖掘出来的古老的小雕像"(RB 519)。她从远古的硝烟中一路走来,她到哪里,哪里就烽烟四起。而她只是嫣然一笑,将由她引起的战争的苦难和伤亡留于身后,然后翩然离开,去到另一个地方点燃战火。她又拥有绝世美貌,任何男性都无法抵挡她的魅力。考虑到阿特伍德经常在创作中使用与影射希腊神话元素,海伦的形象也多次出现在不同的作品中。小说《珀涅罗珀记》里的海伦就是这样:"只需露出一个标志性的引诱微笑,他们便都臣服于她。"①综合《强盗新娘》对泽尼亚的描写,不难看出泽尼亚的原型是希腊神话中的海伦,或者说至少带有她的影子。

作为"世界上最美的女人",海伦代表了男性对女性的终极幻想,而这种幻想无处不在:

> 即使假装你没有迎合男性幻想也是一种男性幻想:假装你是隐形的,假装你有自己的生活,假装你在洗脚或梳头时意识不到始终存在的监视者,他从钥匙孔中偷窥,从你脑子里的钥匙孔偷窥,如果没有真的钥匙孔的话。你的心里有一个在看女人的男人。你是你自己的偷窥狂。(RB 433-434)

前文提到,《强盗新娘》中的两性关系似乎"反转"了早先的男性对女性的凝视关系,女性成了看者,而男性是被看者。但实际上,当面对那个明显处于弱势地位的男性爱人时,托尼、查丽丝和洛兹却全都显得相当不自信。面对韦斯特,托尼一贯的理性和冷静荡然无存,变得颇为谦卑和柔顺;查丽丝对于藏匿在她家里的比利,不无忧虑地意识到:"她自己只是他的某个驿站,一个暂时的方便之所。"(RB 234)洛兹则一直都明白,如果不是因为自己的金钱,米奇是不会与她结婚的。她们投向男性的目光,几经反射,又落到了自己身上。

当三个女主人公将男性的凝视目光内化成对自己的审美标准时,没有人对自己的外表满意:托尼的身体过于瘦小,洛兹又太高大和笨拙,查丽丝也是长相平平、乳房下垂。如洛兹所说的,她们"需要另一具身体"(RB 434)。阿特伍德自己在访谈中说:"泽尼亚的身体是托尼等三个女人的脑子里希望自己拥有并且设想自己应该成为的那个样子。"②可见,泽尼亚是她们的心理构想物,她那么完

---

① Atwood, M. *The Penelopiad*. Edinburgh: Canongate Books, 2005: 21.

② Wilson, S. R. *Myths and Fairy Tales in Contemporary Women's Fiction: From Atwood to Morrison*. New York: Palgrave Macmillan, 2008: 27.

美正是因为托尼等人的不完美。当代女性表面上似乎阻断了男性凝视的目光,但实际上只是将这种目光内化成了自我评价的标准。

表面上,男性与女性看与被看的模式在新时代已有调整甚至已被颠覆,托尼等三人似乎都已从被看者成了看者,然而在内心深处她们都还是被看者。而且托尼等三人都是在没有外力的情况下,主动地、不由自主地成为男性的被看者。阿特伍德想说的是,在当今社会,有的男人已经放下他们手中的相机和望远镜,女人却逃不出她们自己心里的那双男性眼睛。女性几千年来费尽心机地迎合男性眼光,已使她们将男性审视的眼光内化,心中这双男性的眼睛无时无刻不在审视着自己。从这个角度看,泽尼亚其实就是她们心中男性眼光所铸成的镜子。她们每个人都从这面镜子中照出了自己与男性幻想的距离,因此一个个自惭形秽。

小说借洛兹之口感叹:"男性幻想,男性幻想,一切事物都是由男性的幻想驱动的吗?"(RB 434)男性幻想似乎是一种内在、原始的历史驱动力。《强盗新娘》中,泽尼亚也都是通过男性来施加她的破坏力的。她先后引诱了托尼、查丽丝与洛兹的丈夫或情人,从而毁坏她们的生活,并给她们留下无法弥补的精神创伤。《强盗新娘》中洛兹的儿子拉里是唯一对泽尼亚具有"免疫力"的男人,因为他是同性恋者。引诱拉里的失败宣告了泽尼亚的失败。到了这个时候,"她的魔袋空了……她知道自己输了"(RB 519)。

就像托尼在小说中一再声称的,泽尼亚是历史。泽尼亚来自远古,也带着最初的、"原罪"式的女性意识。小说中的三个女性都无法摆脱历史加在她们身上的沉重的负担和阴影。这种历史既是个人的,也是整个女性史的。20世纪后半叶,随着社会的进步和女权主义者的不懈争取,西方女性的地位在几十年内突然有了突飞猛进的提高,但这种潜藏在内心的原罪性别意识却似乎无法在短时间内消除。

战争也是《强盗新娘》中一个贯穿始终的意象,除了泽尼亚"随身携带"的来自神话的战争之外,小说还提到了许多其他的战争。三个女主人公的出生与成长背景都是战争,而托尼更是专门研究战争的大学教授……但是战争在更大程度上是一种隐喻。与其说泽尼亚给她们的生活带来了战争,不如说战争本身就埋藏在她们的黑暗过去里,或者在她们的内心里。从这个角度看,整部

《强盗新娘》就是一场关于女性与自我的战争。这场战争从远古打到现在,其硝烟一直弥漫至当下,时代在改变,但海伦的诅咒似乎从未远去。《强盗新娘》借着战争观照整个女性历史,而我们看到的是当代女性在自我建构与自我探寻的过程中,一种不可言说的被内化了的历史与社会的阻力,一种来自意识深处的原始牵绊。

第三章　身体与政治

加拿大社会学家亚瑟·弗兰克（Arthur Frank）曾声称："身体既存在于大众文学中，也存在于学术领域。"[①]身体也是现代西方哲学的重要场域之一。现代哲学家们重新审视了17世纪理性主义中精神高于身体的观点。莫里斯·梅洛-庞蒂（Maurice Merleau-Ponty）认为身体并不是受制于精神的对象化的"他者"，它本身具有独立性与自主性。在一定程度上，身体对精神的反叛与女性对男性的反叛是一致的。于是，身体又成了20世纪后半叶法国女性主义者所要争夺的"战场"。阿特伍德的早期创作受第二次女性主义浪潮影响的痕迹是比较明显的，因此到了她的笔下，身体这个"战场"上也是硝烟不断。阿特伍德在访谈中表示：

> 身体始终是我关注的概念，在《浮现》中也是如此。我认为人们在很大程度上是通过他们的身体并且将对身体的观点应用于身体而体验到自己。这些观点他们是从自己的文化中得来的，他们将其应用在自己的身体上。这也是我在《神谕女士》中所关注的，甚至在《可以吃的女人》中也是。[②]

阿特伍德笔下的女性身体往往是被控制、被禁囚与不自由的，威尔逊这样评论阿特伍德的女性身体：

---

① Frank，A. W. Bringing Bodies Back In：A Decade Review. *Theory Culture and Society*，1990(7)：131-162.

② Meese，E. The Empress Has No Clothes. In Ingersoll，E. G. （ed.）. *Margaret Atwood：Conversations*. Princeton：Ontario Review Press，1990：187.

被腰带、肥胖、厌食、衰老捆绑,在象征意义上失去头、脚、手、耳、鼻、嘴、心或者胸部,或者为政权所拥有,玛格丽特·阿特伍德的女性身体在大多数故事中都是被控制和不舒服的。受制于性别、阶级、文化以及过去、现在和未来的社会期待……这些身体在男权和"友好"的凝视下碎片化、失声和被困。实际上所有的阿特伍德的女主人公都遭受着"肉体伤害"。①

阿特伍德的女主人公们的身体被书写、被控制、被囚禁……身体往往上升为一个哲学层面的场域。

评论家们自然也注意到了这一现象,也有不少单篇的论文研究身体在阿特伍德作品中的地位和象征意义,比如豪威尔斯认为:"作为一位女性作家,阿特伍德始终深刻地意识到女性身体的代表意义,不管是在女性的自我定义方面还是在女性身体作为幻想目标方面都是。"②而索菲娅·桑雪兹-格兰特(Sofia Sanchez-Grant)在《玛格丽特·阿特伍德〈可以吃的女人〉和〈女祭司〉中的女性身体》中关注的是"女性的空间",而这个空间就是她们自己的身体。③但是,这类论文一般只挖掘阿特伍德的一两部作品中的身体寓意,不够系统和全面。而身体问题在阿特伍德的每一部小说中都有反映,这个问题不仅对分析和理解她的小说作品很有价值,也是研究她对当代西方女性主义的接受和反叛的一条重要线索。

第一节　身体的隐喻:女性的自我疏离与回归

阿特伍德在 20 世纪 90 年代写过一篇名为"女体"("Female Body")的散文,开篇第一句话就是:"这是一个热门话题。"④这个热门话题的各个部分都可以成

---

① Wilson, S. R. *Myths and Fairy Tales in Contemporary Women's Fiction*：*From Atwood to Morrison*. New York：Palgrave Macmillan, 2008：13.

② Howells, C. A. *Margaret Atwood*. London：Palgrave Macmillan, 1996：43.

③ Sanchez-Grant, S. The Female Body in Margaret Atwood's *The Edible Woman* and *Lady Oracle*. *Journal of International Women's Studies*, 2008(9)：77.

④ Atwood, M. *Bones and Murder*. London：Virago Press, 1995：77.

为隐喻。

我们先从头发说起。

蛇发女妖美杜莎是西方文学史中"坏女人"的源头之一。那么,与之相反,"好女人"应该有一头柔顺的长发。到了英国维多利亚时代,当淑女(lady)的形象成为女性的标准与规范时,头发的重要性也被进一步加强:"女人的头发,……一直在西方文化中占据着重要地位……而到了维多利亚时代则成了一种迷思。"①阿特伍德在校期间曾研究英国维多利亚时代的文学,应该对这种迷思比较了解。但是维多利亚时代的人们对于服饰与头发等的迷恋往往以一种反讽的形式出现在阿特伍德的创作中,而《神谕女士》从某种程度上可以说是一部反维多利亚作品。

一头红色的长发是《神谕女士》的女主人公琼最显著的身份标志。她说自己的头发是"是证据,它的颜色与长度是我的商标"(LO 10)。与她松散而张扬的红发相一致,琼的性格与人生轨迹同样缺乏条理与明确的界限:"我的人生具有扩散的趋向,变得松松软软的,卷曲、纠结。"(LO 346)相反,琼的母亲的头发则总是精心梳理过的、一丝不乱的:"她僵硬完美的卷发中没有我的容身之地。"(LO 85)这也刚好与她精明干练的行事作风相适应。她的母亲似乎代表了社会与家庭的规范,而琼则天生具有一种游离于任何限制之外的流动性。

在英语中,俗语"放下头发"(let one's hair down)的意思是"实话实说,不拐弯抹角",相当于中文的"打开天窗说亮话"。这个表达方式的来源是维多利亚时代的女性在公共场合必须维持克制的淑女形象,所以通常应盘起头发,只有在家或在亲密的亲朋面前才能将头发放来,而这个时候她们才能"想说什么就说什么"。因此"盘起头发"代表女性的自制和贤淑,而"放下头发"则意味着放松、放纵,甚至在某些特殊语境中还有性诱惑及疯狂的暗示。所以说,放下来的松散的头发常常暗示松散的性格和做事风格。

头发在小说中除了比喻和象征人物的性格和人生之外,其实还暗示了更深

---

① Gitter, E. G. The Power of Women's Hair in the Victorian Imagination. *PMLA*, 1984,99(5):936.

一层的神话原型结构。第二章论述过《神谕女士》与格林童话《拉普索》之间的内在联系。《拉普索》，中文也译为《长发姑娘》或《长发公主》，就是一个有关长发的童话。拉普索头发的长度超过她的身高，头发意象本身的鲜明性和重要性也超过拉普索本人。拉普索被关在森严的塔里，唯一可以长长地伸出塔外的东西就是她的头发。头发是她与外界的唯一联系。它一头连着拉普索的身体，一头连着塔楼外面的真实世界。王子顺着她的头发爬进她的房子。如果没有头发，她就完全与世隔绝了。如果我们将塔楼看作社会对女性自由和需求的压抑，那么头发就是女性性暗示的表征物，头发承载了拉普索对外面世界的好奇和对男性潜藏的性勾引。

　　琼所创作的书中书——哥特式小说《被爱追踪》中的人物芙丽西雅也是一个红发女子，是所谓通俗爱情故事中的不受欢迎的女配角，应该只是"女一号"莎洛特[①]的陪衬和失败的对立方。然而，小说写到后来却失去了控制：琼越来越讨厌书中的女主人公莎洛特，"因为她的如此冰清玉洁、清白的作风"（LO 320）。与此同时，琼越来越同情红头发的芙丽西雅，以至于最后不得不让芙丽西雅喧宾夺主，代替莎洛特成了女主人公。因此到了《被爱追踪》的结尾处，芙丽西雅身上又投射了胖女人等的多重影像。事实上，此时的芙丽西雅集合了以前肥胖时的琼、现在的琼，甚至是书名中的"神谕女士"等多个红发女性形象。

　　书中的这些红发女人都可以看作是琼的另一个自我。她们有着红发女人的共同特征：浪漫、爱幻想、不切实际、不善于处理现实的琐事。最重要的一点是，红发女人永远不满足于现状，永远有一颗想逃离的心。红发女人注定会不断地逃离现实，她们是关不住的。除了不断逃离的琼以外，其他的红发女人也一样冲动而不顾后果：芙丽西雅不顾警告进入迷宫，结果走向了死亡；夏洛特违反禁忌朝窗户外看了一眼又驾舟离开城堡，结局同样是死。琼的结局在书中没有明确的表示，但阿特伍德曾在一次访谈中提到她原来设想的结局是"从假自杀变成真

---

　　① 此处的莎洛特是琼创作的小说《被爱追踪》中的人物 Charlotte。在谢佳真的译本《女祭司》中，这个名字与丁尼生诗中的 Shalott 均译为夏洛特。本书为了避免混淆，将 Charlotte 译为莎洛特。

死亡"①。阿特伍德之所以曾设计这样的结局,也许是觉得琼的命运应该与夏洛特的一样,死亡似乎是不满足于现实、不断逃离的红发女人逃不出的宿命。

发型是后天的,但发色是天然、内在和与生俱来的,所以较之发型更能透露女性的本质属性。黑色、褐色等较暗的颜色代表女性沉稳和内敛的性格,而红色这样张扬的颜色则是浪漫、叛逆和不羁的表现。如果说琼一头松散的头发暗示了她性格上的懒散与不羁,那么火红的发色则是为了说明她的热情与张扬。因此阿特伍德赋予琼一头"有如罗塞蒂画像般华丽"的红色长发,其实是为了突显她的性格:生性浪漫、爱慕虚荣、不切实际、没有条理、对现实生活缺乏细致的观察能力,正如她自己所说的"是童话故事中那两个没有头脑的姐姐,而不是那个行事谨慎周到的妹妹"②。

琼在加拿大时为自己编织了数个身份,但这些身份都有一个共同的特点,就是拥有一头引人注目的红色长发,不管是从前的胖女人、秘密哥特式小说写手、普通的家庭妇女,还是功成名就的史诗《神谕女士》的作家,她们都拥有一头引人注目的红发。但是当这些身份交织在一起犹如哥特小说中的迷宫般错综复杂时,琼决定自己设计一场"假死"来销毁既有的所有身份,而给自己重新设计一个全新的身份,所以当她逃到意大利的托瑞摩托以后,用指甲钳一缕一缕地剪掉了她的红发,然后放在火上烧。这个过程对她来说宛如一个庄严的仪式。烧掉自己标志性的长发意味着销毁她以前为自己构建的各种身份,她将不再是胖姑娘琼、亚瑟的妻子、"皇家刺猬"的情人和史诗《神谕女士》的作者。这意味着告别过去的一切,做一个全新的人。

但剪断的头发会再长,新长出来的头发也还是红色的,就像被挖去双眼、关在监牢里的参孙一旦长出头发以后依然还是那个拥有无比神力的人。琼即使剪掉了自己的长发并将之染成胡桃色,也并未改变她作为"红发女人"的本质。与此相应的,琼虽然减了肥,变成了他人都认不出来的苗条女子,但在内心深处她还是那个胖女人,而她身上那些被减掉的脂肪时不时地会在她周围显出"看不见的光晕"。由此可见,头发在《神谕女士》里还象征着一种"根性",就是一个人无

---

① Sandler, L. A Question of Metamorphosis. In Ingersoll, E. G. (ed.). *Margaret Atwood: Conversations.* Princeton: Ontario Review Press, 1990: 45.

② 此段内容可参考第二章第二节中《蓝胡子的蛋》的相关内容。

论在外形上如何改变都无法去除的本质属性。这种根性在阿特伍德看来之所以如此重要，是因为阿特伍德很喜欢表现人物在外形上的"变形"，不管是《可以吃的女人》中怀孕的克拉拉，还是《神谕女士》中由胖变瘦的琼，抑或《盲刺客》里从少女变成老妇的艾丽丝，阿特伍德小说中的很多人物都经历了各种各样的"变形"。阿特伍德说：

> 我觉得这也是事实：女性对于身体上可能的变化更加敏感。当然，你怀孕时会是完全不同的体形，当你从一个小孩变成女人时，你的体形上的变化比男孩要更剧烈。你身上多了一些东西，而不仅仅是变大。你实际上是从一种事物变成了另外一种完全不同的东西。另外还有在西方社会中无时不在的关于女人身体胖瘦问题的困扰。①

通常来说，女性的形体变化形式与程度比男性更多样和明显，所以阿特伍德很喜欢通过女性形体上的变化来表现心理和生活上的冲击。而在女性身体各部位中，最容易发生变化的是头发。女人的头发可长可短，可以变换各种发型，可以染成各种颜色。这是阿特伍德特别关注头发的原因。但是她必须在变与不变之间寻求一种辩证的平衡。因此，阿特伍德一方面对诸如化蛹成蝶之类的变形（阿特伍德曾自言："你能观察到的最具变形性（transformative）的事物是昆虫"②）充满了兴趣，但另一方面，她又必须让自己坚信：在变幻不定的外表之下，有某些东西是固定不变的。综观阿特伍德的小说，我们很容易发现这一点：无论一个女人外形上经历多少次大的变化，她的本质以及她最初的东西包括生为女性最初的恐惧和痛苦等都不会改变。所以，实际上，阿特伍德是通过"变"来表现"不变"的，以此来探索身为女性的本质。

手在阿特伍德的小说中常常被当作联系女性之间身体与情感的纽带。《盲刺客》中的艾丽丝和劳拉两姐妹难分彼此，小说里就多次提到她们的手握在一

---

① Lyons，B. Using Other People's Dreadful Childhoods. In Ingersoll，E. G.（ed.）. *Margaret Atwood*：*Conversations*. Princeton：Ontario Review Press，1990：225.

② Lyons，B. Using Other People's Dreadful Childhoods. In Ingersoll，E. G.（ed.）. *Margaret Atwood*：*Conversations*. Princeton：Ontario Review Press，1990：225.

起。在《肉体伤害》中，紧握双手这一举动象征了女性之间代代相传的义务和责任。主人公雷妮对于自己家族的传统和闭塞的故乡极为反感，一直试图逃脱。她的母亲承担起了照顾年迈的外祖母的责任，但与此相对应的是，雷妮想尽一切办法不去触碰外祖母的手，她"受不了这双摸索的手碰自己，那在她看来就像瞎子的手，傻子的手，麻风病人的手。她把手藏到身后，躲开……"(BH 297)。

与雷妮逃避外祖母无助的双手不同，她的母亲义无反顾地接过了外祖母的双手：

> 我的手丢了，外祖母说。
>
> 雷妮的母亲耐心又不无责备地看着雷妮，看着她的外祖母，看着厨房和花生酱三明治以及她拿着的杂货袋。她将袋子轻轻地卸下，放在桌子上。你到现在还不知道该怎么做？她对雷妮说。你的手在这里，就在你放的地方。她拉起外祖母垂挂的手，握在自己手里。(BH 298)

母亲接过外祖母的手就像接过了家庭的义务和责任，也继承了家族中代代相传的女性传统。而雷妮逃避外祖母的手则意味着她拒绝承担家族中照顾上一辈人的义务，她不想像母亲一样成为家族传统和责任传承中新的一环，不愿永远被困在自己的故乡，所以她一长大，就迫不及待地离开了故乡。

与逃避故乡相应的是，她也在逃避自己。她在加勒比岛国旅游时一再强调自己的游客身份，这其实就是在暗示自己是旁观者，因而不需要承担任何责任。与这种逃避的心理状态相应的是她"丢失"了她的手："她知道她将它们忘在什么地方了，像手套一样齐整地叠放在抽屉里。"(BH 116)丢失了手意味着她失去了可以触摸自我的最真切的方式，切断了与母亲和外祖母血脉相连的纽带，抛弃了家族中的女性传统和责任心，而在无形中为自己铸造了一副冷漠的盔甲。

然而，当雷妮在圣安托万的监狱，面对被狱警殴打得奄奄一息的狱友洛拉时，她想到唯一能挽救后者的生命的方法就是紧握她的手，将她从死神处拉回来。此时，雷妮的手似乎突然具备了神奇的治愈功能，传递的是生命的信息和能量。雷妮和洛拉通过两只手的连接，将两具身体连在了一起，也将她们的命运联系在了一起。男看守惨无人道地将洛拉打向死神，而雷妮用手将她从死神处拉了回来。《肉体伤害》这部小说中男性对女性身体的占有往往会引发灾难,比如杰克最终因为雷妮进行了乳房切割而离开了她,保罗则导致她被卷入政治旋涡,遭到牢狱之灾。而女性之间一方紧握另一方的手,则是拯救之举。再相对于男性总是使用各种工具来达到他们的目的而言,女性则是直接用她们的手来达到目的。

然而,与其说是她救了洛拉,不如说是洛拉给了她新生:握住洛拉的手将她从死神处拉回来的举动仿佛是一个庄严又原始的仪式。雷妮通过这个仪式找回了自己的双手,也找回了女性自我,这同时也象征着她重新认可了她的母系家族代代相传的女性传统。通过拯救别人而拯救了自己,她从此以后卸下了冷漠的盔甲,开始直面残酷的事实真相,并且有所行动。这个举动是雷妮人生中的一个转折点,使她终于突破了自己:不再仅仅是"看",而是用手"接触";不再是旁观者,而是参与者。

应该说雷妮承担女性角色和义务是非常被动的,就像她厌恶自己的故乡一样,她也并不希望与洛拉有什么联系。雷妮想像少年时代躲开外祖母的手那样躲开洛拉的手。瑞格尼说:"拒绝其他女人是因为她看到了自己投射在她们身上的弱点。"[①]那么,雷妮对洛拉的逃避其实质也是一种自我逃避。

但是面对共处斗室的洛拉,她还是选择了像当年自己的母亲抓住外祖母的手一样握住了洛拉的手。这对雷妮来说是需要勇气的,因为这些年来她一直在逃避故乡的传统,逃避自己的过去,逃避过去那个女性的世界,逃避女性需要承担的对另一个女性的义务,但此刻握住洛拉的手就意味着她不能再逃避作为女性的义务,而必须面对和承认自己的过去和自己的女性角色。正如亨根所评论的:"在雷妮重新承认她的女性过去之前,她要先追忆起许多痛苦又复杂的与女性有关的记忆,而在圣安托万当安全得不到保障时她开始回忆起这些了。"[②]

雷妮终于在这样极端的处境之下,承认了自己的女性身份,承担起了作为女性的义务和责任,也重新认同了她的故乡、她的过去、她的母亲。她是她母亲的女儿,这份从她的母系家族传承下来的血脉相承的传统她终究逃避不了。抓起

---

①　Rigney, B. H. *Margaret Atwood*. Houndmills: Macmillan Education, 1987: 112.

②　Hengen, S. *Margaret Atwood's Power: Mirrors, Reflections and Images in Select Fiction and Poetry*. Toronto: Second Story Press, 1993: 93.

了洛拉的手就等于是接住了母亲传给她的女性角色和义务。这只手一旦抓起，就无法再放下，所以当她乘飞机回加拿大时，"她能感到自己手里有一只手的形状，两只手都能感到，在那里又不在那里，就像火柴熄灭后的余光。它会一直在"（BH 300）。她进而又说自己"永远不会得到拯救，她已经得到了拯救"（BH 301）。这句话看似矛盾，实际上正隐含了阿特伍德自己的女性观：女性采用麻木和逃避的态度等待别人来拯救她，但这是不可能的，她只有鼓足勇气面对自我和真相，并且承担起女性的责任、采取行动使自我和他人不再成为受害者，这才是拯救自我的正确途径。所以小说中雷妮躲在自我保护的盔甲里是不会得到拯救的，乳房切除术也没有使她获得真正意义上的拯救，在这个充满了男性破坏力的世界里，她走到哪里都无法避免成为一名受害者的命运。但是她又得到了另一种意义上的拯救。这就是小说最后所说的"幸运"，雷妮承认自己是幸运的，因为最终她还是认识到了自己双手的力量，回归了自己。小说通过雷妮从失去双手到找回双手过程的描述，表达了女性自我回归的主题。阿特伍德对抗男性暴力的对策是展现女性自身的生命力量以及女性与女性之间内在的联系和团结。

如果说手与手紧密相握象征着女性之间情感、血缘甚至生命的联系，那么手套则是这种亲密联系的障碍，它表示一种关系的疏离。《盲刺客》中的劳拉自杀时戴着白手套是在"断绝与我的关系，断绝与我们所有人的关系"（BA 5）。在阿特伍德的小说中经常戴手套的女人也因此往往是冷酷和虚伪的。阿特伍德的长篇小说中有一系列冷酷母亲的形象，包括《神谕女士》中琼的母亲，《强盗新娘》中托尼、查丽丝和洛兹三人各自的母亲，《羚羊与秧鸡》中吉米的母亲和秧鸡的母亲，以及《珀涅罗珀记》中珀涅罗珀的母亲。其中琼的母亲似乎是后续这些母亲形象的先驱。她总是戴着她那象征着上流社会高雅淑女身份的白手套。"母亲从不牵我的手，生怕弄脏她的手套。"（LO 85）因为有手套这层隔膜，琼与母亲之间从未有过真正的触摸："我一向清楚记得母亲的样貌，却记不起她的触感。"（LO 85）由此可见母女之间情感的冷漠。托尼的母亲也一样，与托尼在一起时总是戴着手套："皮质的手套毫无生气而且冰凉，摸起来像是摸着洋娃娃的手。"（RB 156）而卡伦的母亲与女儿告别时也是如此："她的白色手套像旗帜在颤动。"（RB 267）

而那些无法从母亲那里获得真正母爱的主人公绝大多数都有一个"代理母

亲"，比如《神谕女士》中琼的姑姑卢姑妈、《强盗新娘》中卡伦的外祖母、《别名格雷斯》中格雷斯的朋友玛丽、《盲刺客》中的女佣瑞妮、《羚羊与秧鸡》中吉米家的菲律宾女佣德洛丽丝等。这些代理母亲都给予了她们没能从母亲那里获得的母爱，而且无一例外的，她们都会给予身体接触，比如卢姑妈"会牵我的手""让我坐在她的膝盖上"，卡伦的外祖母"把自己大大的有结块的手放在卡伦腿上，一开始很疼，但后来卡伦觉得越来越温暖"（RB 269）。

由此可见，白手套在阿特伍德的小说里象征了人性的冷酷和虚伪以及人与人之间的隔膜。阿特伍德提倡人与人（特别是女性）之间回归最本真的双手的接触。在她看来，手的触摸是比语言和精神的交流更为真切和本能的方式。阿特伍德无疑是站在了反对以笛卡尔为代表的理性主义的立场上。因为笛卡尔认为，并不存在着"手与触摸"，而只有"对手与触摸的感知和思想"，他将身体以及身体所做的动作都归于精神的感知对象。笛卡尔将理性/精神强调到了无以复加的地位，而把身体作为客观物质世界的一部分踩在了脚下。阿特伍德作为一名后现代作家，也积极地顺应了当代西方哲学中反笛卡尔"尊心抑身"的思想，试图把身体从精神的压抑下解放出来，而赋予它自身的力量和灵性。

阿特伍德认为女性的客体性不会因为不去面对它而消失，事实上女性主体性地位的真正确立就是从把自我作为自己的客体而获得的。通过把自我作为看的对象、吃的食物或是艺术表现的对象，女性就可以获得自我的回归、主客体的融合。因为阿特伍德特别重视这种自我救赎式的自我主体/客体化，所以她往往比较排斥他人，特别是男性在这个过程中的介入。因此不管是童话里的作为拯救者的"英俊王子"还是现实生活中的"第三种人"都呈现出一种虚假性甚至欺骗性。阿特伍德更要强调的不是男女两性的和谐相处，而是女性的自我融合。

第二节　镜头下的肉体：女性与异己的现代科技

早在英国工业革命开始之前，文学家们就以一种悲天悯人的情怀哀叹科学技术的滚滚车轮辗碎了农业文明时代田园牧歌式的宁静与浪漫。科学的理性与文学的温情之间似乎总是有无法调和的矛盾，从在信仰与科学间痛苦徘徊的丁尼生,到视机器为洪水猛兽的哈代,再到当代美国向科技文明发出愤怒"嚎叫"的金斯堡……科学更多地以负面形象出现在西方文学作品中。而阿特伍德也在自己的作品中重新阐释了带有加拿大特质的科学观。

作为一位昆虫学家的女儿和一位神经生理学家的妹妹,阿特伍德与一般作家的不同之处在于她本人对科学有着浓厚的兴趣[①],而且不止一次地在访谈中声称科学只是一个工具,其本身是中性的。但是综观阿特伍德的创作生涯,从20世纪60年代《可以吃的女人》到80年代的《使女的故事》再到21世纪的《羚羊与秧鸡》和《水淹之年》,这些作品无一例外地展现出科学对人性的异化、对环境的破坏,乃至对整个人类社会的摧毁。既然科学仅仅是一个工具,为什么阿特伍德作品中的科学总是那么"不友好",那么具有破坏性与毁灭性? 正如阿特伍德自己所说的,关键在于掌握和使用科学的人。那么,在阿特伍德的笔下,科学的使用者到底是怎么样的人? 阿特伍德的科学观与其加拿大民族主义有何关系? 下文将分别从"相机"与"手术刀"这两个意象出发来分析这些问题。

相机:"凝视"权的现代化升级

20世纪60至70年代,相机、摄像机和高倍望远镜等在当时看来是先进的科技工具频频出现于阿特伍德这一时期的作品中。下面是一首发表于1964年的短诗——《相机》("Camera"):

你想要这个瞬间:
临近春天,我们俩都在散步,
微风吹拂

…………

你想要这个画面,于是
你安排我们:

---

① Walker, S. Managing Time for Writing. In Ingersoll, E. G. (ed.). *Margaret Atwood: Conversations*. Princeton: Ontario Review Press, 1990: 176.

在教堂前面,为了取景,

你让我们停步

替我在草坪上摆好姿势;

你要求

云不再移动

风不再摇着教堂

在它的沼泽地基上

太阳在天上静止不动

为了你设计的瞬间。

相机男人

我如何爱你的玻璃眼?①

　　不可否认这首小诗的女性主义倾向:一个手持相机的男性为了拍摄他想要的画面,安排与操纵面前的女性摆出特定的姿势与神情。诗中的相机无疑象征了男性对女性凝视和操控的权力:前者借助这一科技工具将女性和景物一起进行物化与他者化处理。国内加拿大文学研究学者丁林棚认为:"摄影行为本身就是一种权力手段而非纯粹的审美,摄影首先体现了拍摄者和被拍摄者的不对称权力结构。"②所以此处的"相机"其实就是男性肉眼的延伸,是男性对女性"看"的权力的隐喻,是传统男女两性"看与被看"模式在现代高科技辅助下的升级。诗的最后两行,"相机男人"这一称谓实际上就是将男性与科技工具并置于女性的对立面;而"玻璃眼"的意象更是把男性的眼与摄像机的镜头幻化成了一个整

　　①　Atwood, M. *The Circle Game*. Toronto: Cranbrook Academy of Art, 1964: 45-46.

　　②　丁林棚. 视觉、摄影和叙事:阿特伍德小说中的照相机意象. 外国文学,2010(4):125.此文与《论阿特伍德的〈可以吃的女人〉中的摄影主题和视觉政治》这两篇文章也论及相机所代表的"凝视"权力,但侧重于研究阿特伍德的"视觉"叙事策略。

体,说明科技与男性在本质上是相通或统一的,但对于女性来说却是异质与敌对的。

在阿特伍德的早期作品中,相机、摄像机和望远镜等器材的使用者无一例外都是男性:《可以吃的女人》中的彼得熟练掌握相机的各项功能;《浮现》中的大卫随身带着他的摄像机;《肉体伤害》的男主人公保罗拥有一架高倍望远镜。相对于相机,望远镜使男性置身于更为有利的"看"的地位:在观察别人的同时将自己隐匿于暗处。而女性却似乎天生对这些器材具有排斥性,如《浮现》中的无名女主人公说:"我害怕有一架机器,也会这样让人们消失,走向虚无,就像相机,它不仅盗走你的灵魂,还偷走你的肉体。"(SF 138)《肉体伤害》的女主人公雷妮是阿特伍德作品中少数拥有相机的女性之一,但她的相机不但没能用上,反而成为她后来逃跑时的累赘。阿特伍德研究专家瑞格尼断言雷妮的相机是"看的失败的象征"①。

在阿特伍德早期的创作理念中,男女两性的关系往往表现为一场事关生死的战争,因此相机所代表的"凝视"权并没有仅仅停留在男性对女性身体的欣赏与操控上,而是进一步发展为对其的掠夺与谋害,这在她的第一部小说《可以吃的女人》中表现得尤为明显。小说讲述的是女主人公玛丽安与男友彼得由恋爱到订婚,然后她又逃跑的故事。小说的主旨非常明确:在当代西方消费主义社会中,甚至连女性也沦落为男性的消费对象,而男性成为消费者的关键就在于他拥有先进的现代化科技工具。男主人公彼得就是这样一个率先掌握了以相机为代表的各类高端科技设备的人。在一次晚会上,彼得用相机对准玛丽安,后者表现出了异乎寻常的恐惧:

> 他举起相机……她只觉得身子发僵,冷冰冰的。她没法动弹,就那么站在那里,瞪着相机的圆镜头发呆,甚至脸上的肌肉也不能动。她想对他说别按快门,可是她没动……(EW 232)

> 彼得站在那里,穿着他的黑色豪华冬季西装。他手里拿着相机,但

---

① Rigney, B. H. *Margaret Atwood*. Houndmills: Macmillan Education, 1987: 108.

她现在能看清这究竟是什么东西了。再没有别的门了，她的身体贴到后面的门把上，眼睛却不敢从他身上离开。他举起相机，将她锁定为目标；他嘴巴里露出一排尖牙。有一道炫目的亮光。（*EW* 243-244）

当时彼得身着黑色西装，玛丽安则穿着一袭耀眼的红衣，而红色是最容易成为射杀目标的。而且，在英文中，"拍照"与"射杀"两个词都是"shoot"。综合来看，这根本不是一个普通的拍照行为，俨然是一个躲在暗处的猎人在捕杀他的猎物，而彼得手里的这部高性能的相机就相当于捕猎的手枪。

将相机、望远镜等比作武器，这种象征手法在阿特伍德早期小说中并不罕见，比如《浮现》的女主人公说："双筒望远镜对准了我，我能感觉到那种目光，如手枪瞄准器射向我的额头。"（*SF* 138）乔拍摄安娜时，手中的相机"像一个火箭筒或奇怪的刑具对准了，按下按钮，上抬，邪恶的嗡嗡声"（*SF* 109）。这正如《可以吃的女人》的题名所暗示的，女性与动物一样，都是男性捕杀的对象和餐盘中的食物。男性借由以相机为代表的先进科技，实现了对女性的权力施加。科技沦为强者手中对付弱者的武器。于是，原本中性的科学技术演变成了一种极具破坏性的异己力量。

为什么科技总是与男性联系在一起呢？这源于阿特伍德早期一个独特的创作理念：女性与动物的受害认同。由于加拿大的地理与历史特点，动物主题的作品在并不长的加拿大文学史中占据了相当大的比例。阿特伍德在《生存：加拿大文学主题指南》一书里说："加拿大动物故事的类型与主题演绎有着自身的特点。"[①]她将加拿大的动物文学与英国和美国的动物故事进行了对比，认为英国文学中的动物实际上是"穿着毛皮的人"，动物王国实际上是人类社会的翻版；美国小说中的动物常常是人类征服和捕猎的对象；而在加拿大文学中：

> 动物永远都是受害者，无论它们多么勇敢、灵巧和强壮，最终都会被杀死，不是被同类就是被人杀死……如果文学中的动物永远是象征，在加拿大的动物故事中它们经常以受害者的身份出现，那么这些动物

---

① Atwood, M. *Survival: A Thematic Guide to Canadian Literature*. Toronto: House of Anansi Press，1972：72.

受害者象征着我们民族心理的什么特征呢?①

阿特伍德认为,加拿大的动物文学之所以总是呈现出一种悲悯、无助与伤感的基调,是因为受害动物的身上体现了加拿大人的弱者心理。加拿大的民族心理中潜藏着一种强烈的受害认同感,即总是倾向于将自己摆放在受害者的位置,而女性由于其所处的不平等的地位,尤其容易与受害的动物产生认同。综观阿特伍德的早期作品,女性与动物的受害认同主题频频出现,基本形成了男性为施害者、女性为受害者的二元对立模式。

问题又来了,是不是所有的男性都是掌握科技手段的施害者呢? 答案是否定的。阿特伍德表示,她既反对作为施害者的男性,也不赞成作为受害者的女性,在这个二元对立之外,应该还有"第三种人"的存在:"理想的情况应该是某个人既不是杀人者,也不是被杀者。"②事实上,阿特伍德在早期的几部小说中塑造了不少所谓"无害的第三种人",即虽然是男性,但并不是施害者,比如《可以吃的女人》中游离于男女两性权力战争之外的邓肯、《浮现》里还没有完全被"文明化"的乔。既然并不是所有的男性都是施害者,那么什么样的男性才是真正代表了科学杀伤力的人呢? 答案是"美国人"。但阿特伍德所谓的"美国人"概念并不完全是国籍上的。还是以《浮现》为例:女主人公将那些残杀动物、破坏环境,在加拿大湖区乘摩托艇呼啸而过的人归类为美国人,即使在得知这些人其实是加拿大人之后,她依然坚称:"他们来自哪个国家并不重要,他们依然是美国人。"(SF 151)关于"美国人"一词,阿特伍德在《生存:加拿大文学主题指南》中做了更为明确的定义:"美国人就是猎人。"③他们是传统意义上的成功者:"他们是猎人、战士和富有侵略性的金融家。"④在阿特伍德笔下,"美国"一词总是与先进的科学

① Atwood, M. *Survival: A Thematic Guide to Canadian Literature*. Toronto: House of Anansi Press, 1972: 75.

② Hengen, S. *Margaret Atwood's Power: Mirrors, Reflections and Images in Select Fiction and Poetry*. Toronto: Second Story Press, 1993: 46.

③ Atwood, M. *Survival: A Thematic Guide to Canadian Literature*. Toronto: House of Anansi Press, 1972: 70.

④ Atwood, M. *Survival: A Thematic Guide to Canadian Literature*. Toronto: House of Anansi Press, 1972: 75.

技术联系在一起的,而"美国人"就是真正掌握科学技术的人。简言之,"美国人"代表了现代科技文明对人类异化的势力。

阿特伍德研究专家豪威尔斯在分析《浮现》时说的"就像男人摧毁女人,有些团体和国家也会摧毁另一些团体和国家"①点明了这一理念:美国与加拿大、男性与女性在本质上都是施害者与受害者的关系。阿特伍德在《生存:加拿大文学主题指南》中说得更为直接:"美国(侵略国)是杀人者,加拿大是被杀戮者。"②阿特伍德的这种观点在加拿大具有一定的代表性:经济与科技更为强大的美国对加拿大的影响更多是负面的。不少加拿大人认为自己的国家"离天堂太远,离美国太近",美国是加拿大塑造自身民族特色最大的障碍。阿特伍德长期以来作为"加拿大文学的代言人",具有鲜明的民族主义立场,用她自己的话说:"如果你试图像一个美国人或英国人那样写作,而实际上你并不是,那你只能制造出一片塑料。"③言下之意是加拿大作家必须立足于自己的国家。加拿大著名文学批评家斯坦斯这样评论阿特伍德:"世界成为她的中心,而她关注的显然是加拿大人。"④豪威尔斯也表达了类似的看法:"加拿大和加拿大性生成于阿特伍德小说的文本空间里。每个作家都植根于某个地方,而阿特伍德的地方是加拿大。"⑤由此可见,阿特伍德的科学观实际上是与她的民族主义立场联系在一起的:就像男性借由相机成为两性关系中的施害者,美国也通过科学技术成为与加拿大关系中的强者。

手术刀:现代医学的"肉体伤害"

正如小说《别名格雷斯》中格雷斯所说的"哪里有医生,哪里就有坏兆头"

① Howells, C. A. *Margaret Atwood*. London: Palgrave Macmillan, 1996: 20.

② Atwood, M. *Survival: A Thematic Guide to Canadian Literature*. Toronto: House of Anansi Press, 1972: 77.

③ Gibson, G. Dissecting the Way a Writer Works. In Ingersoll, E. G. (ed.). *Margaret Atwood: Conversations*. Princeton: Ontario Review Press, 1990: 9.

④ Staines, D. Margaret Atwood in Her Canadian Context. In Howells, C. A. (ed.). *The Cambridge Companion to Margaret Atwood*. New York: Cambridge University Press, 2006: 22.

⑤ Howells, C. A. *Private and Fictional Words: Canadian Women Novelists of the 1970s and 1980s*. London: Methuen, 1987: 48.

(AG 27)，"医学恐惧症"几乎是阿特伍德笔下主人公们的通病。与科技的使用者相同，阿特伍德笔下的医生也无一例外都是男性，而男性医生的形象又总是和手术刀联系在一起的。格雷斯说医生"像杀猪一样把人割成小块，就像是腌肉似的"（AG 28），似乎医生与屠夫是同一个职业。"刀"的意象说明现代医学在治疗的同时也不可避免地有所破坏，而再高明的医术也不过是工具理性主导下的高科技手段而已。阿特伍德早期的两部长篇小说《浮现》与《肉体伤害》从生态女性主义的立场出发表达了对现代医学手段与理念的质疑。

《肉体伤害》创作于 20 世纪 80 年代初，小说围绕着女主人公雷妮的乳房疾病和手术展开，讲述了她因乳房切除而遭男友离弃后，以旅游记者的身份来到加勒比岛国，不料因卷进当地的政治纷争而入狱，后经加拿大政府出面调停才得以返回多伦多。正如题名所暗示的，雷妮的身体创伤作为女性受害处境的隐喻是贯穿全书的中心意象。在这部小说中，阿特伍德将现代医学放置于女性与自然的对立面：现代西方医学对身体的救治是在各类现代器械和工具的操作下，借助各种对人体有害的化学药品，并将身体极端物化的前提下达成的。因此雷妮"一想到再次遭受医院无用的折磨、疼痛、难忍的恶心、细胞的粒子辐射、皮肤消毒、头发脱落，她就无法忍受"（BH 60）。而这些治疗手段显然也无法根治她的疾病。对于雷妮来说，直接用冰冷的手术刀将病变的地方切除而留给她一具残缺的身体并不是真正的治愈。小说是这样描写雷妮的乳房切除手术的：

> 现在她浮在天花板下，在一间白色房间的角落里……她的身体在下面的桌子上，盖着绿布，有几个人围着她，戴着面具，他们正在进行一个操作，一个程序，一个切割手术，不是表皮手术，他们要找的是心脏，在那里的什么地方，把它挤出来，一个拳头似的东西在一个血球旁一开一合。也许她的性命得救了，但谁说得清他们在干什么，她不相信他们。她想重新回到她的身体，但是下不来。（BH 173）

这个手术过程完全如法国女性主义者西苏所描述的，"女性被驱离了自己的身体"①，人的身体被极端物化了。现代医学使得人丧失了对身体的自主性，将人与自我剥离开来。而与此相对应的是，雷妮在监狱中用自己的双手救助女狱友洛拉：

> 她将洛拉的左手握在她自己的双手之间，一动不动，一切都静止不动，但她在竭尽所能地拉住这只手。空气中有一个看不见的黑洞，洛拉在洞的那一端，她必须把她拉过来……她握着她的手，一动不动，用尽全力。（BH 298）

冰冷的刀与温暖的手，医学的理性与身体的感性，男性的技术与女性的情感，阿特伍德有意设计了一系列鲜明的对比。最后雷妮仅凭一手之力将奄奄一息的洛拉从死亡线上拉回来的事实，无疑证明了这一系列对比中后者对前者的胜利。

事实上，阿特伍德不止一次地在作品中描写女性双手的治愈能力。《肉体伤害》还讲述了一个加勒比老妪徒手治愈一个德国女人的脚伤的插曲；另一部长篇小说《强盗新娘》里女主人公的外祖母也成功地用手为受伤的邻居止住了血。这种医治方式多少带有点反科学的巫术意味。实际上，用手的温度来对抗刀的冰冷，以古老的巫术来对抗现代医学，是响应了这一时期（20 世纪七八十年代）西方流行的女性主义思潮中"回归身体、回归自我"的口号。

如果说《肉体伤害》是用手来对抗手术刀，那么《浮现》则是以自然力来抵制医学手段。《浮现》讲述的是在书中没有出现姓名的女主人公回到家乡加拿大北部原始林区寻找失踪父亲的过程。小说以女主人公的心理发展为线索，把寻找父亲、重返自然与找回自我三个过程统一了起来。女主人公年少时曾被自己的老师诱奸并导致怀孕，又在后者的安排下在医院进行了人工流产："把我绑起来塞进死亡机器、空空的机器里，双腿架在金属架上，秘密的刀子。"（SF 193-194）这个流产手术给她留下了永久的心理阴影："我被掏空、被切割了；我身上散发着

---

①　Cixous，H. The Laugh of the Medusa. In Warhol，R. & Herndl，D.（ed.）. *Feminisms：An Anthology of Literary Theory and Criticism*. New Brunswick：Rutgers University Press，1991：347.

盐水和消毒剂的味道,他们把死亡像种子一样种在了我体内。"(SF 169)盐水、消毒剂、金属架和刀子等意象构成了残酷而冰冷的手术氛围。这一次,被摆放在女性身体对立面的是医学。

为了治愈流产事件对她的伤害,多年以后女主人公重返林区时,不管是受孕还是生产,都极具"反医学"色彩。受孕时,她与情人在野外湖边的湿地里:"躺了下来,让我的左手握住月亮,右手握住看不见的太阳。"(SF 192)而她为自己设想的生产过程也完全是返回自然式的:

> 这一次,我要自己来,独自蹲在角落的旧报纸上面,或者树叶上——干树叶,有一堆,这反而更卫生。婴儿会像一个蛋似的轻松滑出来,或是像一只猫崽,我要把它舔下来,咬断脐带,让鲜血流回它应属的大地。那时候月亮会是满月,充满引力。(SF 193)

树叶代替了消毒剂,鲜血流向大地而不是金属架,靠月亮的引力而不是药物催产剂的力量使胎儿脱离母体。用自然来对抗医学,也是当时生态女性主义的一个重要观点。

根据生态女性主义的观点,女性身体与大自然是同质同源的,而女性受孕与繁殖的过程与大地孕育万物的性质是一样的。女性的生育能力是男性所不具备的自然力,这对男性的绝对强者地位构成了一定的威胁,成为男性试图完全征服女性的一个障碍。美国女权主义哲学家博尔多说,在整个人类社会,"对女性生殖和养育力量的噩梦般的幻想贯穿了整个时代"[1]。而所谓"女阴恐惧症"(gynophobic)的实质就是对女性生育能力的恐惧和厌恶:"当时人们实际上无法摆脱女性生殖性那不被驯服的力量,并不遗余力地要将其置于强有力的文化控制之下。"[2]于是,医学与自然、男性与女性之间展开了一场子宫争夺战。博尔多认为,17世纪席卷西方的女巫迫害运动,其真正动因就是男性试图将掌控着女

---

① 博尔多. 笛卡尔的思维男性化和 17 世纪从女性特质的逃逸//汪民安,等. 现代性基本读本. 开封:河南大学出版社,2005:346.

② Bordo, S. *The Flight to Objectivity*: *Essays on Cartesianism and Culture*. Albany: State University of New York Press, 1987:108.

性生育力量的"女巫"驱逐出这个领域。这场战争最终以男性的胜利结束。在女巫被逐出的同时,男性进入和控制了女性的生殖领域。

男妇产科医生的出现标志着医学正式进驻女性生育领域:"男性逐渐掌管分娩和一般的医疗……在助产术上的这种变化使得妇女在分娩过程中处于被动和依附的境地,人们终于相信分娩是一种生理上的潜在紊乱,需要男性的有力控制。"①博尔多还说:"强迫孕妇接受医学治疗,为进一步侵犯一个女人的隐私和身体完整性提供了一个苦涩的先例。"②所以妇产科是以健康与科学的名义,借助医学技术和医疗器械对原本隐秘和自然的女性生育过程进行无节制的干预与操控。"与'主体的'身体所依据的神圣理由所受到的特殊待遇相反,医学和法律在未经同意的情况下干涉女性的生育生活时所用的方式是随意和专横的。"③简言之,医学剥夺了女性对身体的自主权。

根据生态主义的观点,现代妇产科把孕妇看成是"胎儿孵化器",是对女性神秘性和自然力的野蛮解构。以男性为主宰的人类文明化进程,其中一部分就是对女性生育的技术化和文明化改造,而改造的方式即医学。女性怀孕的母体就像大地蕴藏着各类矿藏,而与男性大肆开采土地的矿藏一样,他们也随意地取出和扼杀女性体内的胎儿。人工流产就是男性野蛮破坏女性身体的自然力和自主性的极端体现。从以上分析可以看出,《浮现》一书从某种角度看就是对这一生态女性主义观点的文学阐释。

在笛卡尔把"人"定义为具有思想性、能动性和创造性的主体的同时,身体被贬为这个高贵"主体"的载体。于是,人就如吉尔伯特·赖尔(Gilbert Ryle)所言的"机器里的幽灵"④,身体便成了一具没有灵性的、必须由"主体"加以控制和操纵的机器。理性主义将精神与身体看成两个独立的领域,认为身体是没有丝毫灵性的、纯粹的物质的混沌,而精神代表了人类(其实是男性)文明和智慧的成就,所以身体只能是精神处理的对象。"身体的'去神秘化'或者'祛魅'主要表现

---

① Bordo, S. *The Flight to Objectivity*: *Essays on Cartesianism and Culture*. Albany: State University of New York Press, 1987: 109.

② Bordo, S. *Unbearable Weight*. Berkeley: University of California Press, 1993: 83.

③ Bordo, S. *Unbearable Weight*. Berkeley: University of California Press, 1993: 73.

④ Ryle, G. *The Concept of Mind*. New York: Barnes and Noble, 1949: 92.

为身体被机械地看待。"①理性主义宣告了精神对身体的绝对性胜利。然而，当代西方哲学对这种"崇心抑身"的传统哲学进行了反思和清算，认为身体并不是完全被动的物化"他者"，它可以反作用于精神，而且精神与身体之间并没有清晰的界限，于是出现了身体的灵性化和精神的物性化。西方哲学在提高身体地位的同时，也将精神拉下了理性主义至高无上的神坛，于是整个20世纪后半叶的西方思想界都普遍呈现出"精神的式微和身体的反抗"。

在阿特伍德的早期作品中，与精神/身体、男性/女性、文明/自然这些二元对立相应的，是美国与加拿大之间的对立关系。《浮现》的地点设在加拿大北部魁北克的原始湖区。在加拿大面临被"南方传来的病毒"（暗指美国的强大影响）感染的危险时，北方的荒原地区尚处于相对纯净的状态。阿特伍德认为，"南方"代表了以美国为标志的喧嚣的现代科技文明，"北方"则是加拿大民族归属与心理的自留地。因此，苍茫而渺无人烟的加拿大北部荒原既是加拿大的地理特征，也是加拿大人回归本土与自然的心理象征。《浮现》的后面部分，女主人公选择独自留在北部荒原过着茹毛饮血的生活，暗含了加拿大文化界中的"向北"的精神诉求与姿态。所以说，阿特伍德"反对医学，返回自然"主题的实质就是回归加拿大自我。反对科技文明、回归自我与回归加拿大，这三者是统一的。远离科技文明，就是回归自然，而回归自然即回归自我及自我的加拿大属性。

必须承认，在阿特伍德早期的创作中，科学与人性对立的理念是与生态女性主义交织在一起的。但是细究之下，我们还是可以发现，阿特伍德的科学观中，生态女性主义只是出发点，她最终还是倡导人们回归加拿大式的自我与自然。同时也必须注意到，阿特伍德的创作对于科学的解构呈现阶段性特征。早期的作品大多站在生态女性主义的立场，将科学放置于女性的对立面进行批判，但到了20世纪80年代中期的《使女的故事》乃至于21世纪初的《羚羊与秧鸡》，则更多地从环境意识和人类社会未来走向的角度来审视科技滥用可能带来的灾难性后果。《羚羊与秧鸡》中，作为科技时代"失败者"的吉米就读的玛莎·格雷厄姆学院与"秧鸡"考入的沃森-克里克学院形成了鲜明的对比。前者象征着已然没落的艺术文化，后者代表了发展到极限的科学技术。阿特伍德在批判对科学的

---

① 杨大春. 从法国哲学看身体在现代性进程中的命运//杨大春,尚杰. 当代法国哲学诸论题——法国哲学研究(1). 北京:人民出版社,2005:126.

滥用的同时,也为被其摧毁的旧时代唱了一曲挽歌。

也许,每一位当代作家内心深处都会有这样一种隐隐的担忧:科学的极度发展和过度膨胀将会挤掉文学的一席之地,而最终导致文学的灭亡。换言之,文学家这个群体天然具有一种集体"反科学"的倾向。

第三节 身体战场:早期小说的女性生态主义倾向

阿特伍德一直对封闭性意象情有独钟,她的作品中充斥着诸如盒子、紧闭的门、地下室、茧等各类封闭式的事物,甚至一些作品的题名本身就暗示了一种幽闭性:比如《这是一张我的照片》、《公寓房,冬天》("Roominghouse, Winter")、《小木屋》("The Small Cabin")、《在安大略皇家博物馆的一个晚上》("A Night in the Royal Ontario Museum")和《堡垒》("A Fortification")等。这些封闭性意象到底有什么寓意呢?下文将具体结合阿特伍德的小说作品来谈谈这个问题。

在小说《神谕女士》里,茧的意象一再地出现。琼小时候参加舞蹈表演临上场时被要求脱下蝴蝶舞衣,而被塞进厚重的白色衣物里扮演一个巨大的樟脑丸。这套白色的、将琼整个人都套进去的戏服其实质就是一个茧的意象,而它的作用也正像一只茧。琼虽然憎恨这件丑陋而笨拙的服装,却发现在这件樟脑丸外套里没有人发现她的痛苦和尴尬。所以琼一方面梦想自己能像破茧而出的蝴蝶一样翩翩起舞,另一方面又依赖于樟脑丸戏服的自我保护作用。与其说这件戏服对她来说是身体上的,不如说是心理上的。

无独有偶,《肉体伤害》中,盒子、箱子等各类容器的意象也非常普遍。主人公雷妮在圣安托万的重要的事件之一是替洛拉保管一个神秘的箱子;她的男友杰克喜欢收藏各种用过的空盒子;她的家族的"传家宝"是一个雪松木的柜子……可以说,盒子的意象在《肉体伤害》中具有举足轻重的作用。小说中雷妮曾经为《潘多拉》杂志撰写文章,实际上这个杂志的名称在一定程度上具有点睛的作用。小说就是用潘多拉的盒子来隐喻女性的身体的。女性的身体由于拥有孕育生命的子宫,也常常被看作是一个容器。《使女的故事》中使女们就是"两条腿的容器"。在雷妮的意识深处,身体就如潘多拉的盒子一样,一旦打开就会出现坏征兆。在很多时候，她也把自己的身体当成一个可以随身携带的盒子，"我应该带上我的身体跑开"（BH 227），"我每星期游两次泳，不让身体贮藏垃圾食品和烟雾"（BH 82）。可见，在雷妮看来，她的身体其实就相当于一个容器。

容器有里面和外面之分，《肉体伤害》中很多次提到里面（inside）和外面（outside）。雷妮喜欢完整漂亮的表面（surface），而总是试图逃避"里面"。她的故乡格里斯伍德的风气让她格外地注重外表，那里的人们认为"外表决定人们是不是拿你当回事儿"（BH 26）。故乡的人们十分讲究对人体的包装，使肉体尽可能少地裸露在外面。女人们出门时都戴上帽子、手套等，雷妮母亲甚至认为不涂口红是罪过。这些从小耳闻目睹的风俗，不管雷妮喜不喜欢，都进入了她的潜意识，使她成了"外表的专家"，而她的工作正是研究别人的外表：为时尚杂志撰写研究女性外表和生活方面的稿件。她的男友杰克则是包装"外表"的专家，他的职业是产品设计和包装师。他不仅包装商品、包装雷妮的公寓，也包装雷妮的身体。他给雷妮买性感睡衣，决定她的穿着和发型，而雷妮"花了太长的时间才明白，原来自己也是杰克包装的东西之一"（BH 104）。

"潘多拉的盒子"意象的最重要的内涵就是："里面"的东西一旦出来就会失控或者引发混乱。《盲刺客》里艾丽丝认为精神病就是"里面"的东西出来的结果："精神失常，那就像一扇破损的房门、一个撞坏的大门、一只生锈的保险箱。当你精神失常时，应该保留在体内的东西跑了出来，而应该拒之门外的东西却乘虚而入。"（BA 333）出于同样的恐惧，雷妮也特别不喜欢"里面"。她觉得"里面"的东西往往与人们所看到的"现实"不相称，它应该留在里面，不然就会出现难以预料的后果，就像她偷窥到了那个她代为保管的箱子里的枪支以后，即使用胶带把箱子再封好，也无法抹去她已知的事实。获知秘密对她来说未必是好事，因为她的人生原则是"生活在表面"，不介入、不干涉。雷妮"看"的东西却是非常表面和肤浅的。她满足于自己看到的表面世界，并且用王尔德的话为自己辩护："只有肤浅的人才会不注重外表。"阿特伍德在《肉体伤害》之前的一个短篇《旅行游记》（"A Travel Piece"）从情节和主题来看都可以看作《肉体伤害》的序曲。《旅行游记》的女主人公安奈特也是来到加勒比地区撰写旅行文章的记者。与雷妮一样,安奈特也"无法理解她的世界的真实,无法'洞见'(see)"①。然而阿特伍德一个很重要的理念是真相深藏在平静的表面之下。在她的作品中,镜面、湖面、池塘、水面和地面之下都蕴含着另一个黑暗世界。然而雷妮却拒绝表面之下的真实世界,她只是"look",而没有真正地"see"。

表面是掩盖事实真相的面纱:"对于阿特伍德来说,表面的优雅和满足只是恐怖的里面的伪装。"②所以"裂开""暴露"这样的词都会给予她不快的联想:"敞开(openness),这个词总是让雷妮想起打开了盖的一罐虫子。"(BH 93)雷妮不喜欢打开盒子,而身体作为一个容器,也必须保持完整的表面。因为"里面"是肮脏、可怕的,她想象自己动过手术的身体"充满了白色的蛆,从里面把我吃掉"(BH 83)。《肉体伤害》中多次提到洛拉破损的手指尖。当雷妮第一次见到洛拉时,看到她的手指尖的皮肤破损不堪,便立即产生了嫌恶的感觉:"她不想碰到这只被啃破的手,或者让它碰到自己。她不喜欢这种被糟蹋的破损的景象,里面和外面的边界模糊成那样。"(BH 86)雷妮觉得,女性身体这个容器的"里面"和"外面"应该严格地隔开,而人的皮肤就是这道天然的屏障。所以洛拉咬破自己皮肤的行为既不符合格里斯伍德"体面"的标准,更是让"里面"的东西暴露到了外面,让里面和外面混在一起,这对雷妮来说是难以接受的。

除了表皮的破损让她难受以外,任何身体"里面"的东西流到"外面"都会让她恶心。在圣阿加莎,她看到埃尔瓦流血时就觉得"不太舒服"(BH 230);而她在实地调查色情文化时,看到老鼠从女人的阴道钻出来的情景的短片,便忍不住呕吐了。正如神话传说中不该被打开的潘多拉的盒子注定会被打开一样,雷妮的身体也一次次地被"打开"。小说不止一次地提到雷妮的呕吐,而呕吐本身就是她的"里面被翻出来"(turn inside out)。可是雷妮的身体却经历了比呕吐更严重的"打开"——乳腺切除手术。雷妮的这次手术是小说的一个中心事件,因为这次手术,杰克离开了她,也因为这次手术,雷妮爱上了给她动手术的医生丹尼尔,因为他看到了她身体的内部:"他知道她不知道的东西,他知道她里面是什么样的。"(BH 80-81)更重要的是,这个事件象征着她的身体如潘多拉的盒子一样,一旦打开就再也合不上了,虽然伤口已经缝上,但她始终担心伤口会再次裂

---

① Rigney, B. H. *Margaret Atwood*. Houndmills: Macmillan Education, 1987: 108.

② Rigney, B. H. *Margaret Atwood*. Houndmills: Macmillan Education, 1987: 109.

开:"她真正害怕,没来由却真的害怕的是,她的伤口会在水中裂开,像坏了的拉链一样裂开,体内的东西会跑出来。"(*BH* 80)

身体的表面如果受了伤,就像开了盖的盒子,"里面"会出来,"外面"也可以进去。在圣安托万监狱里,洛拉被狱警打得血肉模糊,此时的洛拉里面和外面的界限完全模糊了。血和粪便从她的身体里渗出来,如果不给她注入生命的能量,她就要死了。虽然雷妮本能地抗拒这惨不忍睹地、赤裸裸的"里面"被翻出的景象,但为了挽救洛拉的生命,还是接住了她的手。小说在此处再一次提到,洛拉的指甲边缘的表皮是破损的,而雷妮紧握她的手,似乎可以使生命的能量从这些破损之处深入洛拉身体的里面。这也使得她们的握手具有更深层的意味:这不仅是身体表面的接触,也是身体内部的连接。在监狱这种特殊的环境之下,雷妮还是被迫进入了她一直回避的身体的"里面"。

仔细分析,不难发现阿特伍德所谓的"里面"其实就是真相和本质。"里面"也许丑陋和让人不快,但它是真实存在的。阿特伍德相信,人的血肉之躯的内部蕴含了生命最初的真相和能量。也正因此,雷妮可以通过与洛拉身体内部相连的方法拯救后者的生命。"里面"既是指身体的内部,也象征生活与现实的真相。在阿特伍德看来,表面的一切都是肤浅和虚假的,真相只有可能存在于表面之下的某个深处。这也是为什么阿特伍德的作品里反复出现"潜入地下"的主题。"潜入地下"就是到表面之下寻求深埋在地底下的真相。雷妮在经历从回避"里面"到不得不面对它的同时,对于她的家族的女性传统也经历了从厌恶到接受的过程。也就是说,一个人能够面对和接受自己身体的内部,就意味着他可以如鲁迅所说的"敢于直面惨淡的人生",能够坦然地面对生活和人性中的丑陋和黑暗,然后尽其所能地改造它,使其变得更美好。而这正是阿特伍德所极力倡导的人生哲学。

当雷妮在监狱里看到虐待犯人的狱警的脸时,突然明白这个人其实与闯入她的公寓的无脸男子无异,于是"她的里面被翻出来,不再有这里和那里之分"(*BH* 290)。"里面被翻出来"其实是指雷妮在呕吐,既然小说用潘多拉的盒子隐喻女性身体,那么呕吐这一行为就像是潘多拉打开那只盒子一样:里面的东西不可控制地出来了。潘多拉的盒子打开以后,里面的东西就会全跑出来,里面与外面的界限就不存在了。而当里面和外面的界限消失,"这里"和"那里"的界限也不见了。此前,雷妮生活在自己划定的界限之中。里面和外面、这里和那里、过去和现在、自己和他人之间都有明显的界限,而她生活在表面、这里、现在和自己之中。阿特伍德不赞成像雷妮这样为自己划界的行为。雷妮把自己限定在自己为自己划定的无形的框架里,实际上就是一种逃避现实的方式,而她把自己的身体看成是潘多拉的盒子,拒绝身体内部的真相,这又是逃避自我的表现。在监狱里发生的一切终于使雷妮意识到这些界限其实是人为的,要真正地认识和干预现实,就必须消除自己头脑中里面和外面、这里和那里的界限。要想不再成为受害者,就必须突破各种界限,进入现实生活的"里面",这样才有可能采取"有创造性"的行动。

再扩大来看,把世界划分为"这里"和"那里"也是一种狭隘的地域划圈行为,"那里"是地理上的"他者"。阿特伍德通过雷妮之口喊出"这个世界没有这里与那里之分"的口号,主要是从女性的受害地位这个角度来说的,就是说女性无论在哪里都逃不出受害处境。虽然不可否认,阿特伍德依然无法摆脱以"他者"的眼光来描写加勒比岛国的社会和政治现状。但是她认为,就女性的受害地位来说,在世界上的哪一个地方都是一样的。

再从另一个方面来看,潘多拉的盒子打开以后里面的东西就飞出来了,盒子的作用其实也就不复存在了。她的身体一旦打开,就与外界合为一体了。她不再是一个单独的个体,而是这个世界的一部分:"她不是例外,没有人可以从任何事中分开。"(BH 290)这种自己的身体和别的身体,甚至和外界的联系在《强盗新娘》中也有提到:"查丽丝吸进肺里的每一个分子都被其他人吸进和呼出过无数次。这样的话,她体内的每一个分子都曾经是别人身体的一部分,许多其他人的身体……我们都是别人身体的一部分,她默想着,我们是万物的一部分。"(RB 63)身体与外部的界限消除以后就以某种方式与之合为一体,《强盗新娘》中的查丽丝就是"不清楚自己身体的边缘在哪结束,其余的世界从哪里开始"(RB 68)。

阿特伍德认为女性的身体并不是单独的物质存在,它与他人甚至世间万物相通相连。出于这样的观点,她格外重视女性之间内在的身体和精神之间的纽带和联系。也因为身体存在是世界的一部分,阿特伍德并不赞成独善其身式的生存方式,她对笔下女性对周围的人和世界的漠然是持批判态度的。"事实上,不关注,是整个奥芙弗雷德社会所犯的大错,代价是自由。"①也正因为此,她格外关注社会的政治和自然环境。

综观阿特伍德的小说作品,可以发现她关注的视野较之同时代的其他加拿大女性作家要更为宏观,而立足点却正是微观的女性身体。她对这些问题的探讨都超越了加拿大的国界,上升到全球的高度。她的小说有关异域的内容就相当多,比如把《使女的故事》和《羚羊与秧鸡》的故事发生地点设在美国,《肉体伤害》讲述女主人公在加勒比地区经历的政治风暴,《神谕女士》的讲述地是意大利等。阿特伍德努力扩大作品的地域范围,正是体现了对"界限"的突破。

> 抓住它。把它放进南瓜,藏进高塔,关到集中营,关进卧室,关进房间。快给它束上皮带,加上锁,还有锁链,再给它点苦吃,把它摆平,这样它就再也不能从你那里逃走了。②

这是散文《女体》的结尾,此处的"它"即女性身体。文章站在男性的立场,以反讽的语调表现男性对女性身体的囚禁。而这正是阿特伍德小说中最重要、最常出现的主题之一。

《猫眼》的第一章名为"铁肺"。铁肺是早先一种治疗小儿麻痹症的医疗器具,是由金属制成的巨型圆筒,其中放入患者的整个身体,只露出脑袋。这是女主人公伊莱恩儿时与玩伴科迪莉亚偶然看到的,但"铁肺"带来的这种令人窒息的被囚禁感似乎一直隐隐地缠绕着伊莱恩,以至于她在成年以后还会梦见自己被关在"铁肺"里:"铁肺紧扣在我的周身,仿佛一张被卷成圆筒的硬皮。"(CE 250)或许,铁肺的意象不仅暗示了小说的女主人公伊莱恩内心深处那无法摆脱的被囚禁感,还在事实上暗含了阿特伍德笔下其他许多女性挥之不去的隐隐的恐惧。

阿特伍德特别关注人受制于环境的问题,她说:"你不可能在一个并不自由

---

① Rigney, B. H. *Margaret Atwood*. Houndmills: Macmillan Education, 1987: 113.

② Atwood, M. *Bones and Murder*. London: Virago Press, 1995: 84.

的社会中创造出一个各方面都自由的人。"①有评论者说:"阿特伍德对特定环境如何作用于人这个问题的兴趣在她所有的小说中都可见到,并且与她的民族主义和女性主义主题联系在一起。"②显然,相对于男性来说,女性被制约的程度更为严重。阿特伍德在她的小说中刻画了许多受到社会、环境、时代、家庭和性别等各方面制约的女性。对阿特伍德来说,"制约"似乎还不足以表现女性在现今社会的不自由程度,她认为这些女性在很大程度上以不同的方式被"囚禁"。

阿特伍德早期小说的女主人公在追寻自我的过程中基本上也经历了根纳普"通过仪式"的三阶段——与自我的分离(分离阶段)、艰难的寻觅(过渡阶段)以及最后实现与自我重合(重合阶段),而且这三个阶段之间的"通过"过程都相当具有仪式性。《浮现》和《可以吃的女人》都分为三个部分,这三个部分基本上对应分离—过渡—重合三阶段,而《肉体伤害》共有六部分,按两个部分一个阶段来看,同样也可以归入这三个阶段的模式。下面就以《浮现》这部小说为例来具体谈谈女性在自我回归之路上的回归仪式。

《浮现》的题名本身暗示了一种"通过"过程,浮现(surfacing)是处于水下与空气的中间状态。而水下一直被阿特伍德当作潜意识的象征,那么可以说"浮现"这一瞬间的状态相当于弗洛伊德的"自我",它连接着"本我"(水下/潜意识)与"超我"(水面之上)这两种人格范畴。而浮现者的自我回归之旅也经历了类似的三重"通过"过程。

小说开篇第一句是浮现者的自述:"真是难以相信,我又回到了这条路上。"(*SF* 1),与美国作家杰克·凯鲁亚克(Jack Kerouac)的名作《在路上》(*On the Road*)形成互文,暗示这条路对于浮现者来说不同寻常:既是回乡之路,更是回归过去和自我之路。但是阔别故乡九年之久的浮现者已经适应了现代都市的生活,以至于再次回到儿时生活的原始湖区森林的时候,"故乡的地界,却是异域"(*SF* 8)。这说明她与自然、与自己的过去以及自我隔绝了,小说第一部分中的浮现者表现出了明显的自我疏离的特点。她的女友安娜给她看手相时怀疑她有双

---

①　Meese, E. The Empress Has No Clothes. In Ingersoll, E. G. (ed.). *Margaret Atwood: Conversations*. Princeton: Ontario Review Press, 1990: 189.

②　Fee, M. *The Fat Lady Dances: Margaret Atwood's "Lady Oracle"*. Toronto: ECW Press, 1993: 15.

胞胎姐妹，暗示着浮现者遗失了另一个自我。

直接导致浮现者与自我分离的是她少女时代被迫流产的事情。她与已有家室的老师相恋并怀孕，然后在后者的安排下进行了流产。这个过程对于浮现者来说，极具仪式性与象征意味："我被掏空、被切割了；我身上散发着盐水与消毒剂的味道。他们把死亡像种子一样种在了我体内。"（SF 169）结合《浮现》的生态女性主义思想，女性身体与自然是同质的，而流产是违反自然规律的行为，势必会给女性的身体造成不良的后果。似乎浮现者流产流掉的不是她的孩子，而是她自己的一部分："我生命的一部分，像连体双胞胎一样被切掉了，我自己的血肉被抹去了。"（SF 54）被安排流产就像被重新安排了身体，她的身体就死去了，失去了对生活的真正感受。从此她的身体就被种了他者的种子，最终导致身体的异化和与自我的分离。

这种自我分离首先表现在浮现者头脑与身体的分离上：

> 问题在于我们身体顶部的"结"上。我不单独反对身体或者脑袋，但是脖子，造成了身体与脑袋分离的错觉。语言是错误的，不应该给它们不同的名称。如果像蚯蚓与青蛙那样，头部直接延伸至肩膀里而没有这个窄通道、这个谎言，他们就不能低头看自己的身体，或者转动身体，就像机器人或木偶一样……（SF 87）

蚯蚓与青蛙的头和身体浑然一体、不可分割，这样就不存在着头与身体分离的状况，但人的脖子将身体和头分成两个部分，这就有可能造成两者的分离和脱节。正如批评者艾丽丝·M.帕兰波（Alice M. Palumbo）所断言的"头脑与身体是两样分离的事物"[1]，浮现者就是头与身体分离的人："我的脖子的什么地方堵住了，结了冰或是有一个伤口，将我关在了脑袋里。"（SF 124）当脑袋与身体成为两个分离的部分时，"头"便会居高临下地审视"身体"。"头"可以看到"身体"，这样两者就形成了看与被看的关系，于是身体被分裂成了主体与客体两部分，代表理性的头成了主体，代表情感的身体成了客体。她的身体在被极端客体化后已

---

① Palumbo, A. M. On the Border: Margaret Atwood's Novels. In Nischik, R. M. (ed.). *Margaret Atwood: Works and Impact*. New York: Camden House, 2000: 75.

逐渐飘离、消失。她实际上是个身心分离的人，身体已被抽离，而只剩下了脑袋。沙利文评论说："在《浮现》中，'我'只是一个独立的脑袋，冷眼旁观却无动于衷，有看法却无感情。"[①]在浮现者眼中，大脑是贪婪的，身体才是虔诚的。头部是理性的器官，而身体是感觉和情感的领域，相对于以笛卡尔为代表的"扬心抑身"的哲学观点，包括阿特伍德在内的后现代作家们普遍表现出重感觉、轻理性的"重身轻心"的倾向。

浮现者躲进理性的脑袋里，其实就是用理性来逃避自我。她用理性为自己设立了一堵墙："逻辑是一堵墙，是我建造的墙，它的另一面是恐惧。"(SF 219)逻辑即理性，笛卡尔式的理性王国成了她逃避直面自我与过去的痛苦的避难所。脑袋和身体之间的通道被阻断了，血肉之躯体验的真情实感她已无法获知，所以她只有一个脑袋来分析生活，因此在"自我分离"这一阶段中的浮现者麻木至极，她感觉不到喜怒哀乐，自然也无法真正体验到爱的感觉。爱被浮现者降解成了理性的分析，她选择与乔一起生活也不是出于情感需要，而只是一个随意的、顺其自然的决定。因此，这一阶段的浮现者是一个只有头而没有身体的人，她只能用理性分析问题，却无法用感性感受生活。

与身体被同时隔绝的是记忆。浮现者无法接受和面对流产以及被遗弃的往事，于是她为自己编织了另一个过去。这是她逃避痛苦记忆的一种方式："她编造的记忆是用来保护她自己不受真实的过去伤害的。"[②]记忆像剪贴簿一样被浮现者进行了重新拼贴，是她自我保护的"纸房子"。杰罗姆·罗森伯格(Jerome Rosenberg)在评论浮现者关于过去的虚假记忆时说："我们不认为这些'事实'是故意的谎言，而是叙述者对于她的过去最深刻的信念。如果我们认为这完全是虚假的，就会意识到这是主人公内心的精神防御，她逃避另一次死亡的方式。"[③]这些虚假的记忆是浮现者在下意识中为了逃避自我而为自己伪造的，在她回家

① Sullivan, R. Breaking the Circle: *The Circle Games*, *Survival*, *The Journals of Susanna Moodie*, *The Animals in That Country*, and *Surfacing*. In McCombs, J. (ed.). *Critical Essays on Margaret Atwood*. Boston: G. K. Hall, 1988: 109.

② Christ, C. P. Margaret Atwood: The Surfacing of Women's Spiritual Quest and Vision. *Signs*, 1976, 2(2): 319.

③ Rosenberg, J. H. Critical Essay on *Surfacing*. In Thomason, E. (ed.). *Novels for Students* (Vol. 13). Detroit: Gale, 2002: 32.

以后看到有关真实的过去的一些蛛丝马迹之前，她对此深信不疑。

我们可以对比一下真相和浮现者自欺欺人编造的假象之间的区别。真相是她的老师诱骗了她并强迫她做了流产手术。对于他来说，她不过是一段婚外罗曼史的对象。然而在浮现者编造的故事中，是她主动要离开他的，是她不想要孩子，"他"则是"被抛弃的人"。浮现者通过虚构的记忆，获得了主动权，而不再是一个被动的受害者。可见，虚假的过去只不过是她逃避失去孩子和被抛弃的痛苦的方式。

《使女的故事》中也同样流淌着法国女性主义思想的暗流。基列政权作为极权式男权社会，将女性物化为生育工具，同时也对其实施了严密的思想钳制，使得女性与自己的身体被最大限度地分离开来。使女们生活的地方，不管是红色感化中心还是主教家的小房间里，都不允许有镜子。阿特伍德在她早期的《嫁给绞刑吏》（"Marrying the Hangman"）一诗里这样写道："住在监狱里就是住在没有镜子的地方。没有镜子的生活是没有自我的生活……"[①]从镜中审视自己的身体是一个与它对话的过程，没有镜子她们就无法进行这种对话，久而久之她们也就与自己的影像产生隔阂了。所以，不让使女们照镜子是将她们与身体分离的第一步。即使她们可以偶尔偷偷地从镜子里瞥见自己的样子，也因为使女服的重重包裹而无法看到自己原本的样子："我在里面的样子就像一个变形的影子，一个拙劣的仿制品，或是一个披着红色斗篷的童话人物。"（HT 9）[②]鲜红色使女服是使女与身体间的第一重阻隔。

而比使女服更有效的隔绝是基列政权对于身体以及身体的欲望的压制和谴责，他们将女性的身体视为罪恶和耻辱，想方设法对它进行贬低和消解。所以使女们被告之"所有的肉体都是软弱的。所有的肉体都是一根小草"（HT 49），因为它会被欲望操纵。她们被禁止使用任何护肤品，因为不可以在乎自己的容颜，否则有诱使犯罪之嫌。在这样的思想控制之下，肉体被作为罪恶之源而禁止女

---

① Atwood, M. *Selected Poems II*：*Poems Selected and New*，*1976—1986*. Toronto：Oxford University Press，1986：17.

② 引文由笔者译自以下作品：Atwood, M. *The Handmaid's Tale*. Toronto：McClelland & Stewart，1985. 后文出自同一作品的引文，将随文在括号内标出原作名缩写及出处页码，不再另行加脚注。

性自己进入,于是,使女们与自己的身体逐渐隔绝了:"我已经开始对自己的裸身感到陌生。我的身体似乎已陈旧过时。"(HT 71)

身体是一个浩瀚的空间,有如自然一样神秘、黑暗,它开始变得遥不可及、变幻莫测、无法控制。奥芙弗雷德被驱离了这块领地。她的身体与她似乎是分离的两个个体:"不,不是我的错,是我的身体的错。"(HT 93)被剥离了自我的身体便只剩下了一堆物的躯壳,于是奥芙弗雷德开始渴望回归自己的肉身:"我渴望拥抱真实的肉体,难道有什么错吗? 没有它我便也成了一具没有灵魂的躯壳。"(HT 120)

西苏认为女性身体是一块巨大的黑暗大陆,充满了神秘莫测又美妙的潜意识和幻想,阿特伍德也认为这是一个丰富无比的世界,只是在特定的社会制度下,女性被从这一世界驱逐了。阿特伍德将《使女的故事》的背景设置在 20 世纪末的美国马萨诸塞州。她之所以选择美国而不是加拿大,是因为她认为"美国在各方面都比较容易走极端……加拿大人则不会从左派激变为右派,他们稳稳地居于中间"①。阿特伍德一向对美国持批判态度。她认为小说中的基列政变之所以会发生在美国,是因为美国的生态破坏、环境污染和美国人的纵欲无度致使现代生活方式走向了尽头,进而让基列国的建立有了可能性。过去的奥芙弗雷德代表了在基列政权成立前,也就是 20 世纪七八十年代的美国的当代知识女性,她们受过大学教育,有自己的工作,过着相对独立的生活。可是作为对自然掠夺和破坏成性的美国人,当年的奥芙弗雷德也一样过于追求享乐,过度开发自己的身体资源,将身体当成享乐和实现目的的工具。阿特伍德并不完全赞成这种对待身体的态度。这种生活方式虽然不尽合理,但还是基本正常的,自我和身体虽然没有真正地合二为一,却也相处得亲密而忠诚,身体还没有背叛自己。

豪威尔斯提到:"埃莱娜·西苏以'我要谈谈女性写作,谈谈它的作用'这句话开始了她的辩论性女性主义论文《美杜莎的笑声》,解读《使女的故事》也常常从这句话开始。"②西苏在《美杜莎的笑声》里高呼:"就如同被驱离她们自己的身

① Lyons, B. Using Other People's Dreadful Childhoods. In Ingersoll, E. G. (ed.). *Margaret Atwood*: *Conversations*. Princeton: Ontario Review Press, 1990: 223.

② Howells, C. A. *The Cambridge Companion to Margaret Atwood*. New York: Cambridge University Press, 2006: 165.

体一样，女性一直被暴虐地驱逐出写作领域，这是由于同样的原因，依据同样的法律，出于同样致命的目的。"①基列政权也一样严禁女性写作，甚至不让她们接触文字。奥芙弗雷德面临着逐渐远离自己的身体和对文字日益陌生这样一种双重分离的境地，但她设法用讲述的方式使自己再一次掌握了语言的力量，也使得自己能回归身体："阿特伍德通过奥芙弗雷德说明女人可以用讲述来超越她们的环境，建立她们的身份，愉悦地重新回到自己的身体，找到她们的声音，然后重建社会秩序。"②或者反过来说，通过找寻身体而发现了自己的声音："通过回应自己的身体，她找到了自己运用语词的力量，进而发出了自己的声音。"③寻找自己的身体和寻找自己的声音两者是同步的也是相辅相成的，奥芙弗雷德通过寻找身体找到了讲述的方式，通过讲述找回了身体。她将讲述的声音用磁带录制下来，这样使得口头语也能像文字一样保存下来，也就相当于西苏的"写作"了。有评论者说："奥芙弗雷德创造的充满了冒险的故事成了她自由的源泉。"④豪威尔斯也认为，"通过讲故事，她开辟了自己私人的记忆和希望的空间，并且设法修正了基列国中传统的女性空间"⑤。

《美杜莎的笑声》表达了这样一种观点：女性被剥夺写作权利的同时，身体也被驱离了自己，而"通过自我书写，女人可以回到自己被征用的身体"⑥，也就是说女性被迫与自己的身体分离以及与书写的分离是同步的也是同质的，她要想

① Cixous, H. The Laugh of the Medusa. In Warhol, R. & Herndl, D. (ed.). *Feminisms: An Anthology of Literary Theory and Criticism*. New Brunswick: Rutgers University Press, 1991: 250.

② Jones, A. Writing the Body: Toward an Understanding of l'Ecriture Feminine. In Showalter, E. (ed.). *The New Feminist Criticism*. New York: Pantheon Books, 1985: 361-367.

③ Freibert, L. M. Control and Creativity: The Politics of Risk in Margaret Atwood's *The Handmaid's Tale*. In McCombs, J. (ed.). *Critical Essays on Margaret Atwood*. Boston: G. K. Hall, 1988: 287.

④ Freibert, L. M. Control and Creativity: The Politics of Risk in Margaret Atwood's *The Handmaid's Tale*. In McCombs, J. (ed.). *Critical Essays on Margaret Atwood*. Boston: G. K. Hall, 1988: 286.

⑤ Howells, C. A. *Margaret Atwood*. London: Palgrave Macmillan, 1996: 126.

⑥ Cixous, H. The Laugh of the Medusa. In Warhol, R. & Herndl, D. (ed.). *Feminisms: An Anthology of Literary Theory and Criticism*. New Brunswick: Rutgers University Press, 1991: 250.

重返自己的身体,就必须说出或写出自我,只有大胆地抒发自己的内心世界,才能收复她被征用的领地——身体。

第四节 厌食与肥胖:消费主义社会中的女性困境

《可以吃的女人》是阿特伍德的第一部长篇小说,这部被作者定位为"先女权主义"①的作品着重反映了 20 世纪 60 年代加拿大女性的生存困境。60 年代的多伦多已俨然是个消费社会:女主人公玛丽安所在的市场调研公司就是负责为各个厂家对消费者的喜好进行调查;超市里时刻播放着提高顾客购买欲的音乐;地铁上、公共汽车上……到处都是广告。在这个消费主义社会中,不但各类商品是消费对象,连女性身体也是。女性的身体出现在公共汽车的广告牌上、报纸与杂志的封面上……正如托兰说《可以吃的女人》的"题名就显示了对消费女性身体的关注",小说其实在暗示这样一种消费主义趋势:从消费商品演变为消费女性身体,最后干脆"吃掉"女性。而这其实就是女主人公恐惧与逃离的根源。

如前所述,玛丽安根据"胜利者/受害者"②的二元对立模式,将所处的消费社会分成这样的两极:吃与被吃的、猎人与猎物、施害者与受害者、消费者与被消费者,而自己作为女性是属于被吃的对象、受害者和被消费者的行列。换句话说,身为女性是她成为受害者的根本原因。"阿特伍德表示消费主义已渗透至生活的各个方面,因此她(玛丽安)发现试图让自己逃脱消费者/被消费者的行为是徒劳的"③;既然身为女性就会不可避免地成为受害者,玛丽安便开始在潜意识里抵触和厌恶女性身份。《可以吃的女人》中玛丽安两次被指责拒绝"女性特质"(femininity),第一次是当玛丽安突然从朋友聚会中逃跑后,彼得说:"你是在拒绝你的女性特质。"(EW 80)第二次是恩斯丽看到玛丽安在吃人形蛋糕时叫道:

---

① Atwood, M. *The Edible Woman*. Toronto: McClelland & Stewart, 1969: 2.

② Atwood, M. *Survival: A Thematic Guide to Canadian Literature*. Toronto: House of Anansi Press, 1972: 31.

③ Palumbo, A. M. On the Border: Margaret Atwood's Novels. In Nischik, R. M. (ed.). *Margaret Atwood: Works and Impact*. New York: Camden House, 2000: 74.

"你是在拒绝你的女性特质！"（*EW* 272）事实上，玛丽安确实一直在潜意识里排斥和逃避自己的女性身份，具体表现在以下三个层面。

第一是对女性身体的厌恶。在公司的圣诞聚会上，玛丽安置身于女性的肉体世界，突然对周围的女性身体产生了异样的感觉：

> 其他人呢，构造上都差不多，只是在卷发的蓬松度或者沙丘似的胸、腰、臀的线条上有一点比例或者质地上的区别而已；她们的流动性在内靠的是骨头支撑，在外靠的是衣物与化妆的外壳。她们是多么奇怪的生物啊，有东西不停地在身体里流进流出，东西进去，又出来，咀嚼、言语、薯条、饱嗝、油脂、头发、婴儿、牛奶、排泄、饼干、呕吐、咖啡、番茄汁、血液、茶水、汗水、液体、眼泪和垃圾……（*EW* 167）

在这个女性肉体的海洋中，玛丽安看不到"人"的存在，只有与办公室的桌子、电话、椅子一样同属于物的东西。她们只是"食物流通器"，食物在这些容器里进进出出。在玛丽安眼中，这些同事的肉体是与食物同质的有机体。这可以在很大程度上解释玛丽安的厌食症：因为女性身体与食物无异，而自己就是女性，吃食物不就等于"自食"吗？

似乎是为了与小说题名相呼应，《可以吃的女人》中多次出现将女性身体等同于食物的类比。比如玛丽安在梦中看到自己的双腿变成了类似果冻的东西，根德里奇太太的大腿像火腿等。西方文学中将女性身体部分或整体等同于食物的传统由来已久："对于英国伊丽莎白时代的人来说，将她的皮肤比喻成调好的奶油，把脸蛋说成熟透了的桃子，而嘴唇像红樱桃这类话已是陈词滥调。"[①]但是传统文学中的"可以吃的女人"都是从男性的色情眼光来描写的，而《可以吃的女人》是站在女性的立场来表现女性对自己身体被消费甚至被吃的恐惧。女性身体是以彼得为代表的男性猎食的目标，是他们"可以吃"的食物。总之，女性身体决定了玛丽安的女性身份，而这是使她成为受害者的根本原因。因此，玛丽安排斥女性身体的深层原因是出于成为受害者的恐惧。

---

① Cooke, N. *Margaret Atwood*: *A Critical Companion*. Westport: Greenwood Press, 2004: 48.

突然她觉得，她们的身份，她们的实体，像一股浪潮一样涌过她的头顶。什么时候她也会——不，她已经与她们一样了；她是她们中的一员，她的身体也是与她们一模一样的，与其他的肉身融合在一起，窒息着这个满是花朵、飘着甜蜜的有机香味的房间。（*EW* 167）

　　女性身体是阴性、流动、无形、液体化、令人窒息的，而男性身体则是阳性、固定、有形、坚硬的。如果女性身体是水，那么男性身体是金属。罗兰·巴特说我和你不同是因为"我的身体和你的身体不同"[1]，巴特赋予了身体以哲学含义。他与同时代的不少法国思想家一样继承了尼采的反理性主义哲学，不再把身体与意识看成是两种二元对立的事物。身体不再是没有自主意识、没有生命的，或是等待意识来开启的混沌之物，而是负载着历史、意义和权力的主体。既然这样，那么男女两性的差异以及社会地位的悬殊都可以体现在两者的身体上。

　　在玛丽安所处的消费主义社会中，男性是消费者，女性是被消费者。她讨厌女性身体并不是因为身体造成了女性的受害处境，而是因为女性的受害处境使她对女性身体产生了消极的联系，以至于极端反感自己和他人的女体。那么，若想改变女性的受害处境，当然不是要改变女性的身体构造，而是要改变女性的社会地位，这才是事情之本。如果女性能真正从受害的处境中走出来，取得与男性同等的社会地位，不再是受害者，那么其实也就解放了女性身体，使之不再承载与负面的受害的联系，女性也就获得了真正的身心两方面的自由。

　　第二是对妻子角色的逃离。随着婚期的临近，玛丽安的焦虑与不安也与日俱增。这种情绪在彼得的告别单身晚会时发展到了高潮。当她身穿紧身红裙、化着浓妆、梳着精明的主妇式盘发出现在彼得的相机镜头面前时，她表现出不近情理的恐惧。她这副打扮，彼得很喜欢，因为符合他心理预期的妻子身份；她自己则觉得非常不自然，"不像自己"。而相机的核心隐喻之一是将画面固定下来。玛丽安显然不希望这个形象，或者说自己作为妻子的角色被固定下来。所以说，玛丽安的"相机恐惧"的实质是对即将到来的中产阶级家庭主妇身份的逃避。

---

[1] Barthes, R. *Roland Barthes*. London：Macmillan, 1977：116.

而对家庭主妇身份的逃避的实质又是对成为被害者的恐惧。在这个消费主义社会中，男性是消费者、施害方、猎人与食人者，而女性是被消费者、受害方、猎物与被食者。而婚姻关系将男性与女性绑定在一起，这其实是将两性的施害与受害模式固定了下来。玛丽安的厌食症是在与彼得订婚以后显现的，并且也随着婚期的临近逐渐加剧。显然，厌食与逃避妻子身份之间有着内在的联系。

第三是对母亲身份的抵触。除玛丽安以外，《可以吃的女人》还创设了两个女性角色来探讨母亲身份。玛丽安的朋友克拉拉不断地生育子女，她的室友恩斯丽则试图未婚先育。不管是克拉拉被动承担母亲的责任，还是恩斯丽主动追求母亲的身份，都与玛丽安对母亲角色的逃离与抵触形成了对比。小说中克拉拉自始至终都是作为母亲的形象出现的，而怀孕的克拉拉在玛丽安眼中简直是一个怪物，"她看上去像是一条吞了一个大西瓜的蟒蛇"（EW 31），或是像"一棵怪模怪样的植物，在圆滚滚的躯干上长出四条白色的细根，以及一朵淡黄色的小花"（EW 32）。在克拉拉怀孕后期，玛丽安眼中的昔日朋友已完全失去了人的特征，因为"她绝大多数时间被那块茎状的肚子吸进去了"（EW 130）。对于生产过程以及与此相关联的一切，比如产妇、产房，婴儿等，玛丽安也同样带有排斥的心理。她觉得充满了母性气息的产房像一个"阴沟或洞穴"（EW 132），而面对生产后的克拉拉时，玛丽安觉得克拉拉的生活完全被毁掉了。

怀孕和生育在玛丽安看来是一种病。瑞格尼说："怀孕，就像食物，让人发胖，但也代表了主体性的丧失，一种发生在自己身体内的分离，这种分离控制了行为，实际上也掌握了她整个人。"①

相对于玛丽安反感母性（mothering），伦则对父性（fathering）恐惧不已。如果说玛丽安对女性身体的厌恶是弗洛伊德所谓的女性"阉割情结"，那么伦也正如恩斯丽所说的是一种"子宫嫉妒"心理。他与玛丽安一样，都具有一种强烈的"生育恐惧"，所以当他得知恩斯丽怀了他的孩子后，他的反应相当激烈和反常。出于这种"父亲恐惧症"，他只对未成年女性感兴趣。因为与未成年女性恋爱会较少牵涉婚姻、生育等令他头痛的问题。与玛丽安和伦的生育恐惧形成鲜明对比的是，恩斯丽却迫不及待地想要实践自己的母性。她认为婚姻是社会强加于

---

① Rigney, B. H. *Margaret Atwood*. Houndmills：Macmillan Education，1987：23.

人的形式,做母亲却是女人天性使然。她认为"每个女人至少应该生一个孩子……这甚至比性生活更为重要,它会使你从内心成为一个真正的女人"(EW 40-41)。于是决定不要婚姻只生孩子,并设计让伦使她怀孕。她与玛丽安一起去克拉拉家吃晚饭时,克拉拉请求玛丽安抱一下她的第二个孩子,恩斯丽却抢先抱过了孩子。这个细节暗示恩斯丽不同于玛丽安抗拒和逃避母性以及克拉拉在做母亲一事上的被动和不情愿,她是非常积极地在实践母性。

　　无论是逃避女体、母性,还是抗拒妻子角色,说到底都是拒绝女性身份。因为在消费主义社会中,作为女性就难逃被消费、被猎杀、被害甚至被吃的命运,所以玛丽安会试图否定自己的女性身份。有评论者说玛丽安"想逃离她自己"①,更确切地说,她是在逃离自己的女性角色。玛丽安作为阿特伍德长篇小说女性人物画廊中的第一个女主人公,她的形象为阿特伍德后面小说中的女主人公奠定了几个基本的方面,阿特伍德长篇小说中的女主人公都在一定程度上逃避自己的女性身份。

　　阿特伍德在她的第一部小说中塑造了一个女性厌女症患者来表达对消费主义社会中对女性的被消费处境的关注。如果说男性厌女症体现了一种"菲勒斯中心主义",那么女性厌女症患者则是从自身的感受来表达女性的困境。玛丽安的厌女症体现了20世纪60年代的加拿大女性生存困境,在当时的社会环境中,女性的出路在哪里? 阿特伍德说《可以吃的女人》是一部"原地转圈式"②的作品,她说她也没能在小说中为女性找到一条出路。也许正因为这种悲观的前景,玛丽安似乎只能怪自己是个女人了。也正是因为这部小说喜剧表面背后的沉重的悲观情绪,阿特伍德致力于在她的下一部小说即《浮现》中为女性的出路展现一丝希望。

　　如果说玛丽安的厌食症是一场消费主义社会中女性逃离的隐喻,那么《神谕女士》中琼肥胖的躯体就更是一个身份与社会之战的哲学场域。琼天生是个胖女孩,而在她所处的西方当代社会,肥胖被认为是个人的耻辱。肥胖者,尤其是

---

① Hart, J. Critical Essay on *The Edible Woman*. In Thomason, E. (ed.). *Novels for Students*(*Vol. 12*). Detroit: Gale, 2001: 69.

② Sandler, L. A Question of Metamorphosis. In Ingersoll, E. G. (ed.). *Margaret Atwood: Conversations*. Princeton: Ontario Review Press, 1990: 45.

女性,被看成缺乏自制力的失败者。

在维多利亚时代,新兴的资产阶级开始在财富上超过原先的贵族阶级,他们形象的代表是肥胖的身体和隆起的腹部,而传统的贵族阶级为了使自己与这些"粗俗的暴发户"有所区别,则尽量保持着身材的苗条和行为的优雅。而到了20世纪,随着西方社会财富的进一步积累,肥胖越来越不为主流社会价值观所接受。博尔多说:"超标的体重被视为反映了道德和人格的缺陷,或缺乏意志。"[①]而这种以瘦为美的价值观又特别地"关照"女性,女性在这种观念的支配下,把自己的身体作为不听话的他者进行改造。阿特伍德无疑早就注意到了这种现象,她在访谈中说道:"西方社会弥漫着关于女性身体胖瘦问题的困扰。我的意思是,告诉我三个自认为自己的身材很好的女人,这样的女人不存在,身材永远没有'好'。"[②]很显然,阿特伍德与很多女性主义者一样,认为这是因为女性将男性看女性的目光内化成了对自己的标准,其结果是将自己囚禁在永远不可能解脱的自我挑剔中,甚至发展到憎恨自己身体的尴尬处境。博尔多说:

> "现在,"一则典型的广告说道,"摆脱这些尴尬肿块,肿胀、肥胖的肚子,松弛的胸部和臀部……远离臀部和腿部的脂肪团……拥有一个没有肚子的好体形。"要实现这些目标(通常就被想象为完全消除身体,就像"没有肚子"所表明的那样),就需要对敌人发动猛烈攻击;必须"攻击"并"毁掉"肿胀,"烧毁"脂肪,"毁坏"并"消除"肚子。[③]

从博尔多的话来看,这场流行于整个西方社会的减肥运动的实质已不仅仅是瘦身,而是要消除和毁灭身体。减肥运动似乎是把自己的身体当成万恶的敌人一样来消灭它,以达到"没有肚子",没有脂肪,让皮肤紧贴着骨架的目的。所以说,当身体成为身份与其他社会价值的辨识物时,便不再是与"主体"一体的事

---

① Bordo, S. *The Flight to Objectivity*: *Essays on Cartesianism and Culture*. Albany: State University of New York Press, 1987: 194.

② Lyons, B. Using Other People's Dreadful Childhoods. In Ingersoll, E. G. (ed.). *Margaret Atwood*: *Conversations*. Princeton: Ontario Review Press, 1990: 225.

③ Bordo, S. *The Flight to Objectivity*: *Essays on Cartesianism and Culture*. Albany: State University of New York Press, 1987: 191.

物,而是演变成了主体的他者甚至是敌人。在当今这个以瘦为美的社会里,主体与身体之间似乎存在一个此消彼长的关系,身体越苗条体积越小,主体便能越突出,相反,如果像琼一样因为肥胖而体积庞大,则反而是隐形的。正如阿特伍德在《女体》里所说的,"我这争议重重的话题(指身体),我这包罗成万象的话题"①,女性身体承载了过多的审美和社会价值评判,被赋予了包括生育在内的太多的义务,所以往往会被同主体割裂开来履行各种各样的责任,而女性的自我与身体也很难达成统一。因此,在这样的社会主流价值观和大众审美双重标准之下,女性的身体很容易成为自我的他者、敌人,甚至是自我(主体)试图消灭的对象。

琼是战争婴儿,除了她以外,阿特伍德笔下还有不少女主人公,比如《强盗新娘》中的托尼、查丽丝和洛兹也是战争婴儿。她们的出生有一个共同的特点:偶然性。她们的父母是"战时新郎"和"战时新娘",所结成的婚姻是"战时婚姻"。结婚是偶然的,生育也是迫不得已的,所以琼她们的降生都不是出自父母的本意。阿特伍德的战争婴儿们的成长环境无一例外地都包括一个不爱她们的母亲与一个不在场的父亲。这样的出生和生长背景使得琼她们都对自己存在的合理性产生了质疑,进而产生了身份危机,如《胖小姐之舞:阿特伍德的〈女祭司〉》的作者所说的,"阿特伍德的女主人公们普遍地被身份危机所困扰"②,而且这种身份危机都伴随着她们直到成年。

琼对抗身份危机的举措是:把自己吃成大胖子。她用自己巨大的形体来说明自己是一个无可否认的、实实在在的存在。所以,琼的肥胖其实是来自她潜意识中的身份危机。琼的姓氏是福斯特(Foster),"foster"的意思是"养育者",而不断地给自己增肥,可以看成是一种"自我养育"的形式。这种自我养育一方面是为了证明自己的存在,另一方面也是为了对抗作为生育者的母亲:既然母亲不愿意生育她,她就自己"生育"自己;既然母亲是出于无奈才做她的母亲的,她就自己充当自己的"母亲"。所以,琼的身体是她与母亲旷日持久的战争的领地。对于琼来说,这场战争的胜利在于摆脱母亲:第一,做一个与优雅瘦削的母亲完

① Atwood, M. *Bones and Murder*. London: Virago Press, 1995: 78.

② Fee, M. *The Fat Lady Dances*: *Margaret Atwood's "Lady Oracle"*. Toronto: ECW Press, 1993: 35.

全相反的人;第二,也是更重要的,琼试图证明自己与母亲没有那种"生产者—产品"的关系,她是自己的母亲,她可以自我生产。其实这一切说到底还是因为琼对于"我是谁"这个问题的困惑。

琼长期生活在自己巨大的肉身中,体积庞大,却几乎隐形,肥胖掩盖了她的女性体征。直到她成功减肥以后,女性生理特征才显现出来:"我从下巴到脚踝如沙丘绵延的广阔肉体逐渐退隐,乳房和臀部如岛屿般升起。"(LO 129)。然而,如果说肥胖的肉身是一个巨大的茧,减肥后的琼只是在身体上脱掉了那只茧,在心理上她还是一直住在想象的自我保护躯壳里。琼的这一胖一瘦其实包含了阿特伍德对于西方社会中女性身体与自我、身体与观念问题的焦虑。琼让自己成为胖子本是为了突显自己的存在,却因为肥胖的身躯而在男性面前"几乎隐形";琼减肥是为了迎合西方社会的主流审美观,却又始终无法摆脱作为肥胖者的自卑感。阿特伍德在小说中着力表现这一胖与瘦的悖论,其实就是讽刺西方社会中普遍存在着的对女性身体的审美消费,而更令她叹惜的是,女性们往往在以牺牲身体进而牺牲自我的方式迎合着这种消费。

既然肥胖的身体是琼证明自我存在和"自我养育"的方式,那么减肥以后的她很自然地感觉到空虚、迷茫和没有安全感。因为肥胖的身躯的消失意味着她为自己建造的自我的丧失。所以琼减肥以后开始以另一种方式来自我建造:为自己创建不同的身份。因此可以说,琼的多重身份其实是她已不存在的肥胖身体的替代品,以此来填补她心底因对自我身份认同的危机感而产生的空虚和恐慌。琼让自己的身体无限制地生长和不断地给自己创造新身份这两种行为,都是源于内心深处最初的那种自我身份危机。正是对自我的存在产生怀疑,才会疯狂地让自我的身体膨胀;正是对自我身份的不确定,才致使她不断地给自己编造更多的身份。

扩大来看,整个加拿大的命运与琼的命运也有相似之处。加拿大受制于它的"母亲"——优雅的欧洲和"父亲"——强大的邻国美国,虽然幅员辽阔却缺乏鲜明的民族特色(身份认同危机)。为了证明自己既不同于欧洲母亲,也有别于美国父亲,20世纪的加拿大一直致力于各种自我定位,可事实上过多的自我定位正是没有真正自我定位的表现。因此,要想真正建立加拿大的民族身份,首先要停止这种反复的自我定位,而应该从自己民族文化的根基中去寻找其真正属性。这也正是阿特伍德一直在思考的问题。

前文提到过，在阿特伍德的小说中，过去往往隐藏着人物的另一个自我，这另一个自我往往会与黑暗的过去一起被埋藏。也就是说，在阿特伍德的作品中，"过去"往往与女性另一个被压抑的自我是一体或同质的。浮现者的自我分离就同时表现为自我与自己的身体和记忆的双重分离。这就是根纳普"通过仪式"中的分离阶段。

问题是为什么浮现者父亲的尸体会幻化成她多年前被流产的还没有成形的胎儿呢？这个问题涉及阿特伍德最常用的主题之一："潜入地下"。这一主题包括进入到镜子里、水下、床下或者其他一切表象之下。阿特伍德认为表面之下的世界蕴藏着不为常人所知的智慧和真相，而地下的死者掌握着不为人知的秘密，只有深入地下最黑暗处并安全返回，才能获知这个秘密。浮现者潜入水下最深处就等于去到地下获取死人（她父亲）的秘密。她父亲作为深埋在水底的死者，掌握了浮现者的秘密。浮现者从他那里得知自己的虚假记忆之下隐藏着另一段她自己不愿面对的真实，那个关于被流产的胎儿的记忆。

另外，水是潜意识的象征，潜入水中可以看成是潜入自己潜意识的隐喻，而水面又可以看成是一面镜子。简·里斯（Jean Rhys）的名篇《藻海无边》（*Wide Sargasso Sea*）中的女主人公安托瓦内特梦见她的另一个自我蒂亚在水塘中招呼她过去。张德明教授在论及这个具有象征意义的情节时说："从那喀索斯神话原型的象征意义来看，镜（画）中之像和水中之像都是主体自我身份的映像。"[①]那么，浮现者跳入水中也可以看成是与自己的镜像，也即另一个被压抑的黑暗自我相重合。但是此时的浮现者还不能够与自我真实融合，因为促使她身心分离的流产事件依然无法在她心里得到平复。但是潜入水下使浮现者看到了水底深处的自己的另一个部分——那个未成形的孩子的存在。于是浮现者开始进入"通过仪式"的第二阶段——过渡阶段。

可见，浮现者潜入水下，实际上也是进入过去，进入自我。潜入水下的举动象征着浮现者通过潜入水下这种方式回到了自我和过去，浮现者通过这个仪式在水下（意识深处）找到了自己被压抑的另一个自我。此时她终于意识到自己的

① 张德明.流散族群的身份建构——当代加勒比英语文学研究.杭州：浙江大学出版社，2007：186.

记忆可能是错误的,她开始重新审视自己的记忆。她终于明白她关于过去的一切记忆原来都不是事实,真正的过去回来了。与记忆同时复苏的是浮现者的身体,她的身体不再是没有知觉的麻木的混沌,而是逐渐地变回有血有肉有感情的领域:"我身体已经恢复的那一半对它还不能完全适应。"(SF 183)其实真相也一直藏在她的身体里,她的身体记录了她曾受过的屈辱,她的身体里保存了完整的事实记忆。只是在这之前因为她将自我与自己的身体隔离开来了,她无法看到真相。

使浮现者真正与自我再次融合在一起的另一件仪式性事件是她与乔在自然环境中结合并怀孕。如果说浮现者在离开故乡以前因为被迫流产而造成了自我与身体的分离,那么这次返回家园,她通过再次受孕的方式让自我又回归了身体,从而完成了自我的统一过程。而这个过程与她的离乡—返乡的过程相对应。所以,浮现者的整个心路历程可以概括如下:

根纳普的"通过仪式":分离阶段 → 过渡阶段 →重合阶段

浮现者与自我: 分离 → 受孕 → 重合

浮现者与故乡: 离乡 → 追寻 → 重新回归家乡

《浮现》的结尾虽然没有点明浮现者将会在文明与自然间做何选择,但不管怎么选择,浮现者自己已经实现了自我的回归,她重新认识了自己的过去和自己,而这是最根本、最重要的。读者也有理由相信,已经重获新生的浮现者不管做何选择,她的将来都会比过去更好。

阿特伍德说"《浮现》是螺旋式上升的"[1]的小说,而一个人从重合到分离到再重合就是一个螺旋式上升的过程。这部小说的阶段性与阶段之间的仪式性都非常明显。浮现者因为被流产而导致了与自我的分离,然后通过潜入水下这个仪式性行为进入了过渡阶段,最后经由自然受孕达到与自我的再次重合。

---

① Sandler, L. A Question of Metamorphosis. Ingersoll, E. G. (ed.). *Margaret Atwood: Conversations*. Princeton: Ontario Review Press, 1990: 45.

第四章 性别与社会

阿特伍德在作品中表现的囚禁不仅仅是空间上的，也包括时间上的。阿特伍德受家人特别是作为科学家的哥哥哈罗德·阿特伍德（Harold Atwood）的影响，对科学一直很有兴趣且有一定的了解。现代科学对时间观念的重新阐释让她对时间有了新的认识和理解。读者可以从阿特伍德的作品，特别是《使女的故事》和《猫眼》这两部长篇小说中看出她对时间这一命题的特殊理解。

第一节 时间的囚禁：现在与过去的空间异化

《使女的故事》中基列这个极端男权中心和宗教教条主义的政权对地位低下、身份特殊的使女进行了肉体和精神上的双重控制。首先，使女们从头到脚都包裹着红色——一种在阿特伍德看来是具有恐怖象征性的颜色。她的第一部诗集《双头诗》（*Two-headed Poems*）中的《红衣》（"A Red Shirt"）一诗就表现了红色对于女性来说的危险性：

> 年轻女孩不应该穿红色。
> 在有些国家它是死亡
> 的颜色；在有些国家是激情，
> 有些国家是战争，有些是愤怒
> 有些是流血

牺牲

……

穿着红鞋跳舞会致死。①

"红舞鞋"也是在阿特伍德的小说和诗歌中反复出现的意象之一。如本书第二章提到的,电影《红菱艳》是一部20世纪40年代的经典电影,讲述了一个名叫维多利亚的美丽芭蕾舞者,以优雅的身姿和精湛的舞技征服了所有的人,却无法避免自己在艺术之外的现实生活中的悲剧命运,最后卧轨自杀。这部电影给阿特伍德幼小的心灵以极大的冲击,让她明白:"如果你是一个女孩,你不可能同时是艺术家和妻子。"②沙利文撰写的阿特伍德自传就以"红舞鞋"为题。所以说,红色在阿特伍德的心中几乎成了女性悲剧的象征。因此,使女们身上的红色,一方面暗示她们的"使命"是与"血"有关的,另一方面隐约象征了她们悲剧性的命运。

《猫眼》的开篇第一句话是:"时间不是一条直线而是一个维,就像空间之维一样。"(CE 1)她认为时间未必始终是一维的纵向线性结构,而与空间一样是一个多维的存在。阿特伍德的两部长篇小说《使女的故事》和《猫眼》虽然风格与内容大相径庭,但都试图通过时间主题来探讨更为宏观的诸如女性命运和加拿大身份等命题,下面将通过这两部作品来具体谈谈时间在阿特伍德笔下的后现代主义式变形与张力及其叙事隐喻。

囚于现在

《使女的故事》通常被认为是一部反乌托邦小说。作品假想在21世纪初叶(对于创作当时来说是未来)的美国,黑暗的宗教极权主义政权基列统治了社会。在这个世界中,所有的自由与娱乐都被剥夺,一切行为和言论都被严格控制。人们根据各自在这个社会中所担任的不同职务被分成不同的等级,而在基列政权

---

① Atwood, M. *Selected Poems II: Poems Selected & New, 1976—1986*. Toronto: Oxford University Press, 1986: 47.

② Sullivan, R. *The Red Shoes: Margaret Atwood Starting Out*. Toronto: HarperCollins Publishers, 1998: 3.

建立前没有正式婚姻的成年女性被统一收编为"使女",轮流为没有子嗣的大主教"生儿育女"。小说女主人公奥芙弗雷德就是这样一名"侍奉"大主教的使女。

奥芙弗雷德在基列国处于被严格管制的状态:她被关押在一间简陋的小房间里,只有在"履行职责"(外出采购食物以及与大主教进行"交配"仪式)时,才可以离开。这种囚禁固然是空间上的,但从另外一个角度看也可以说是时间上的。奥芙弗雷德因为拥有"无所事事的大把时间,毫无内容的大段空白"(*HT* 79),所以她就陷在了时间里面:"时光如同陷阱,我深陷其中。"(*HT* 165)时间之所以会成为囚禁,是因为像奥芙弗雷德这样的使女,她们的过去与将来都被切断了。对于她们来说,"过去"已犹如一扇大门被永远地关上了:基列政权剥夺了她们过去所拥有的一切,包括家庭、工作、财产甚至名字;而这些没有自我身份的使女自然也无任何"将来"可言。于是,她们便被囚禁在了"现在"之中。"现在"本是一个时间上的观念,但是当一个人被完全与"过去"和"未来"割裂了以后,她的"现在"也成了囚牢。"现在"被无限延长,成为没有尽头的空白。

由于不能使用纸与笔,奥芙弗雷德口述自己的人生经历并且录在30盘卡式磁带上。事实上,《使女的故事》整部书的内容除了最后一部分"史料"以外,就是这些磁带上的录音内容。阿特伍德的研究专家瑞格尼认为奥芙弗雷德虽然不能控制她的世界,但至少通过记录的方式控制了自己:"她的责任……是记录她的时代以告诫其他的世界。"[①]可事实上她不仅仅是"记录"自己的故事,更是有意识地"讲述"自己的故事。记录与讲述的不同在于,记录旨在把事实记下来,而讲述更侧重于特定的听者。两者的目标指向性稍有偏差。而奥芙弗雷德讲述的对象性是很明显的,试看下面这一段话:

> 但是,只要是故事,就算是在我脑海中,我也是在讲给某个人听。故事不可能只讲给自己听,总会有别的一些听众。
>
> 即使眼前没有任何人。
>
> 讲故事犹如写信。"亲爱的你",我会这样称呼。只提"你",不加名不带姓。……我只说"你","你",犹如一首古老的情歌。"你"可以是不

---

① Rigney, B. H. *Margaret Atwood*. Houndmills: Macmillan Education, 1987: 120.

止一人。

"你"可以是千万个人。

我眼下尚无危险,我会对你说。

我会当作你听到了我的声音。(HT 44)

奥芙弗雷德设想多年以后,在戒备森严的基列国之外,会有一个被她称为"你"的倾听者。小说中这一类元小说手法比比皆是。奥芙弗雷德在讲述的过程中会时不时停下来对"你"说上一两句:"这也是你头脑里正在想的吗?"(HT 106);"很抱歉这个故事中充满了痛苦"(HT 305);"不管我还剩下什么没讲,你也该听听"(HT 307)。

那么,奥芙弗雷德为什么一定要为自己制造一个虚设的"你"呢?巴赫金说:"语言、话语——这几乎是人类生活的一切。"①然而基列政权剥夺了使女与他人交流的基本权利。巴赫金还说:"人实际存在于我和他人两种形式中,我自己是人,而人只存在于我和他人的形式中。"②从这个角度看,奥芙弗雷德是在为自己寻找一种存在方式。所以这个"你"的存在对她来说至关重要:"因为我在给你讲这个故事,我要你存在。我讲述,所以有你。"(HT 279)此处,阿特伍德将笛卡尔独善其身的"我思,故我在"转变成了更具对话性的"我说,故你在"。

上文提到,格林童话故事《拉普索》是阿特伍德最感兴趣的文学原型之一,经常以互文或戏仿的方式出现在她的作品中。头发是拉普索伸向外部世界的触角,是连接囚室内外两个世界的纽带。换个角度看,奥芙弗雷德的讲述相当于拉普索挂到塔楼之外的长发,是她抛给外部世界的一条求救绳索。《使女的故事》的书名英文是"The Handmaid's Tale",其中"tale"除了有"故事"的意思,还与"tail"(尾巴)一词谐音。由此我们可以推测这个故事暗示的是使女奥芙弗雷德给后世的一段"尾巴",她希望在将来的某个时候有人能抓住这根"尾巴"进入她当时的世界。她这根"尾巴"与拉普索的头发一样,也是希望外人能抓住它爬进她的世界,进而将她从被囚禁的空间中解救出来的工具。两者所不同的是,拉普

---

① 巴赫金. 文本 对话与人文. 白春仁,晓河,周启超,等译. 石家庄:河北教育出版社,1998:322.

② 巴赫金. 诗学与访谈. 白春仁,顾亚铃,等译. 石家庄:河北教育出版社,1998:387.

索的头发诉诸空间上的解救，而奥芙弗雷德的"头发"寄希望于时间上的逃离。

我们知道，口头语是即时性的，没有时间上流传的功能，而文字则可以穿越时间而保存下来。如果说语言或者说交流是打破囚禁的有效途径之一，那么口头语是对囚禁空间的突破，而文字是时间上的反抗。奥芙弗雷德虽然是口头讲述，但是她把她的话录了下来，那么，这些保存她的话语的磁带从某种程度上说也具备了文字的长效性。奥芙弗雷德幻想后世的人们可以通过这些磁带进入她现在所处的生活空间和心灵世界。因此可以这样说，奥芙弗雷德的反抗其实是一种时间而不是空间上的逃离。

这样说来，奥芙弗雷德的这种自我逃离还需要那个"你"的回应和解读才能完成。奥芙弗雷德的名字英文是"Offred"，本意是"属于 Fred 的"（of Fred），但它与"offer"（提供）这个词在拼法和语音上都比较接近，而阿特伍德又十分喜欢用双关语和改变单词拼写这样的"文字游戏"，此处她可能故意用这个名字来暗示奥芙弗雷德是"提供"（offered）了一个故事。但这仅仅只是信息的发出，这个过程需要其他人的收到和反馈才能完成。换言之，"使女的故事"需要那位反复被提到的"你"的倾听与理解。

然而，这些磁带最终到了一群未来的男性历史学家之手。对磁带的解读是在 2195 年的一次有关基列政权史料的学术研讨会上：奥芙弗雷德所希望的温馨的倾听变成了理性而冷漠的分析。以皮艾索托教授为代表的历史学家们只关注"使女的故事"的史料价值，而对于奥芙弗雷德个人的女性心理世界和情感体验完全不感兴趣。奥芙弗雷德本寄希望于有一个听者能通过倾听她的故事而走进她的心理世界，从而将她的灵魂从深深的压抑中释放出来。可是这些男性历史学家似乎一直在讲述内容的外围打转，他们花了大量的时间研究磁带的真假问题、录制的材料和方式以及录音中提到的他们认为对研究基列历史有用的细枝末节的问题。皮艾索托从实用主义的角度出发寻找奥芙弗雷德的讲述中所谓的史学证据和线索，不可避免地觉得"使女的故事"是令人失望的，用他自己的话说："这份文献虽然从它自身来说其讲述可谓滔滔不绝，但在这些问题上却缄默无语。"（HT 350）更有甚者，这位历史学家的一句"这些磁带有可能是伪造的"（HT 340）就可以完全抹杀掉奥芙弗雷德的存在以及她的故事。

皮艾索托等教授虽然得到了这个"故事/尾巴"，却无法获得使女的故事的精髓,没能真正进入奥芙弗雷德的内心世界。他在发言的最后说奥芙弗雷德像欧律狄刻一样"挣脱我们的手逃走了"(*HT* 324),其实是他并没有抓住奥芙弗雷德有如欧律狄刻一样渴望挣脱地狱的手,他与俄耳甫斯一样没能将他的欧律狄刻拯救出来。从这个角度看,奥芙弗雷德自始至终也没能逃离那段被囚禁的历史。她试图穿越历史时空的讲述没能将她在两百年后从时间上释放出来。

总之,在皮艾索托等历史学家对于《使女的故事》的物化处理和史料分析下,奥芙弗雷德的真实声音实际上并没有穿过历史而发出来。她的讲述,不管出发点是什么,客观上为读者展示了从女性视角看到的基列国,建构了基列国的一个使女的心灵史,也就是所谓的女性历史(herstory),但是这部女性的历史没有得到两百年后的男性历史学家们的认可。这些男性历史学家无意扮演奥芙弗雷德的同情者和解放者,他们也不会选择从一个女性受害者的角度来看待男权极权制的基列政权。评论家豪威尔斯就认为皮艾索托的解读是"将女性历史完全转变为男性历史(history)"①。

禁于过去

《猫眼》是阿特伍德的第七部长篇小说。小说讲述已年逾五十的女主人公伊莱恩回到家乡多伦多举办画展。围绕着画展的筹备过程,伊莱恩回忆了她的儿时生活,包括童年时候与兄长跟随父母在丛林里生活,入学以后与同龄女孩之间的各种矛盾,特别是她与女孩科迪莉亚从小学至中学相处过程中几番起起伏伏的复杂关系。伊莱恩在回忆的过程中,一直期待着能与科迪莉亚再次相逢,但直到画展结束,后者也没有出现。

《猫眼》被认为是带有强烈自传色彩的回忆录式的小说,但是阿特伍德自己在谈到这部作品的创作时曾说过:"在这部小说中我致力于表达的是时间。"②豪威尔斯也评论道:"这是一部'空间—时间'小说。"③也就是说,《猫眼》其实并不是一部简单的自传体纪实性作品,而是隐含与探讨了后现代主义的一个关键命题:时间。正因为这个原因,小说中的很多描写都带有亦真亦幻的色彩。比如多

① Howells, C. A. *Margaret Atwood*. London: Palgrave Macmillan, 1996: 146.

② Howells, C. A. *Margaret Atwood*. London: Palgrave Macmillan, 1996: 153.

③ Howells, C. A. *Margaret Atwood*. London: Palgrave Macmillan, 1996: 153.

年以后,当年过半百的伊莱恩回归故里时,她一边不停地行走在多伦多的大街小巷,一边回忆童年的经历,试图寻找"过去"的那个世界。但是,"过去"就像卡夫卡笔下的城堡,似乎近在眼前,又远在天边,永远也无法走近。终于,当伊莱恩发现当年她与科迪莉亚一起就读的小学校舍已被夷为平地时:"我感到肠胃深处被什么击了一下似的。旧学校被抹掉了,从空间中被擦去了……仿佛有什么东西从我的脑子里被割了出去似的。我忽然感到彻骨的疲惫。"(CE 418)旧学校的消失意味着她在多伦多寻觅"过去"的彻底失败,她现在所能寻到的不过是"过去"的碎片和影子,此时的多伦多与过去的多伦多其实是两个世界。因此,伊莱恩被困在了"现在"里,于是她向过去的科迪莉亚发出求救的呼喊:"把我从这里弄出去,科迪莉亚。我被困住了。"(CE 419)可以这样说,伊莱恩与科迪莉亚分别被囚禁在"现在"和"过去"两个世界中。

　　科迪莉亚是伊莱恩儿童与少年时代的玩伴,她的英文名字(Cordelia)与莎士比亚的悲剧《李尔王》中的考狄莉亚的完全相同。科迪莉亚也有两个姐姐,并且同样失爱于威严的父亲。小说中说科迪莉亚总是"在模仿什么东西,模仿她脑海中的某种东西,那是只有她自己才看得到的某个角色或某个形象"(CE 250)。这就使得这个人物像是从莎士比亚剧本里走出来的幽灵,穿越重重历史和现实的迷雾来纠缠伊莱恩,使得这两个女孩子之间的关系异常微妙而复杂。她们两人之间的权力总和像是个恒量,此消彼长,但无法达到两者之间的平衡。《猫眼》也在章节的安排上回应了这种对称性,在第36章,伊莱恩选择疏远科迪莉亚,而又在第72章的回顾展上苦苦守候科迪莉亚。36和72都是9的倍数。阿特伍德对于数字9情有独钟。这个女性母体孕育胎儿的月份数(与中国人十月怀胎的理念不同,西方人普遍认为女性怀孕的时间是9个月)似乎代表了某种生命轮回与交换的时间期限。在《猫眼》里,伊莱恩与科迪莉亚之间分分合合的历程似乎也总与9这个数字有着不解之缘。伊莱恩在9岁时的一天,因被科迪莉亚等人欺侮而困于冰天雪地的桥洞里。

　　当伊莱恩再一次来到当年被困的那个桥洞时,她又一次看到了一个9岁的小女孩:"开始我以为是我自己,穿着我那件旧夹克,戴着那顶蓝色的编织帽。我随后发现那是科迪莉亚。"(CE 436)当年被困于此处的明明是伊莱恩,怎么又会变成科迪莉亚呢? 我们可以认为在那个黑暗的桥洞里,伊莱恩与科迪莉亚发生了神秘的对调。这个神秘的过程就是《猫眼》扉页上阿特伍德援引的《火的记忆：创世纪》里的"无论其愿意不愿意，知晓不知晓，其受害者的灵魂都将进入他的身体"（CE title page）。这个原始且带有巫术性质的理论暗示了伊莱恩和科迪莉亚之间错综复杂的联系。这一事件成了她们两人之间关系的转折点。从此，伊莱恩由弱者变成了强者，而科迪莉亚却由强者变成了弱者。而两者发生交会就是在沟壑这个"地下"的空间：作为受害者的伊莱恩进入了作为施害者的科迪莉亚的身体。

这么，这个桥洞到底有什么象征意义呢？其实，这个桥洞相当于"现在"与"过去"这两个时空的接口。这就是为什么此时的伊莱恩站在桥上看到的依然是那个9岁的女孩。可以这样假想，如果她再次进入这个桥洞，她就可以进入"过去"并且与科迪莉亚重逢。然而她终究没有这样做，而是选择留在"现在"，而此时"天空仿佛向两边移动了一下"（CE 436）。这个细节似乎暗示着这个神秘的过去与现在的接口被关闭了。于是，伊莱恩始终没有再见到科迪莉亚。她的过去与科迪莉亚一起失落了。

时间与身份

通过以上分析可以看出，阿特伍德的时间观带有比较浓厚的后现代主义色彩。如果说传统的时间观将时间看成是一种以钟表等计时单位来衡量的、独立于万物与心理之外的宇宙的客观时间的话，那么阿特伍德的时间是一种个人时间或者主观时间。这种时间观的形成与整个西方现代主义思潮中由外部向心理转化的趋势是一致的。

20世纪60—80年代，欧洲哲学被大量引进和介绍到加拿大学术界，这些哲学思想被称为"欧洲大陆哲学"（Continental philosophy）。包括多伦多大学在内的许多加拿大高校都开设了"欧洲大陆哲学"的课程。作为现代西方哲学的重要命题之一的时间问题，19—20世纪的西方哲学家们对其进行了重新定义与阐释。康德率先将时间由外在、客观转向内心与主观，而柏格森又将时间的自足性向前推动了一大步，将其理解成流动的绵延不可分割的意识流，但在内在性与主体性方面与康德基本保持一致。胡塞尔也重拾了增值税为两千多年前奥古斯丁的观点，进一步强调了时间的主观性。海德格尔则在柏格森颠覆客观时间与钟表时间的基础上，提出了"此在"的概念。作为"此在"的载体，时间不但是主观的,更具备了空间的立体延展性。总的来说,近代欧洲大陆哲学的时间观演变过程的主线是由外到内,从客观到主观,从线性到多维与立体。阿特伍德的创作带有比较浓厚的后现代主义色彩,西方哲学中时间观的演变新趋势在她的作品中有比较明显的表现。不难看出,她的时间观也是内化、主观与多维的,特别是海德格尔的空间化时间,与《使女的故事》中的时间尤为接近。

从《使女的故事》与《猫眼》这两部作品创作的年代来看,20世纪80年代对于加拿大来说是一个特殊的时代。60年代因建国一百周年而高涨的民族主义思潮到这个阶段进入了低迷。与此同时,国际关系的变化、科学的迅猛发展都使得加拿大文化界弥漫着反思、困惑甚至悲观的情绪。阿特伍德创作于该时期的短篇小说《黑暗中的伊西斯》("Isis in Darkness")中的诗人塞琳娜经历了从60年代的意气风发到70年代的黯淡消沉再到80年代的平庸肥胖,完全放弃诗歌乃至于最后的死亡,这个过程其实隐喻了整个文坛甚至整个加拿大思想界这些年来所经历的文化大发展和阵痛。塞琳娜在80年代的彻底失败折射了加拿大民族思潮精神在这一时期的低迷与衰退。

与此同时,20世纪80年代对于阿特伍德本人来说也是一个非同寻常的时期。时值她本人进入不惑之年,而她的创作又进入关键的成熟期。这个重要的时间点使得阿特伍德在回顾自己的生活和职业生涯的时候对于"时间"有了自己独特的理解。《猫眼》中对于自己早年生活的回忆、《使女的故事》对于整个人类社会的关注都不约而同地集中在"时间"这个点上。另外,阿特伍德本人作为一个昆虫学家的女儿和一个有影响的物理学家的妹妹,不止一次地在访谈中提到自己对于科学的浓厚兴趣。不难想象,现代科学对于时空领域探索的新成果给予了阿特伍德的创作以新的启迪。

所以说,阿特伍德创作中的时间观既受到了西方哲学大环境的影响和加拿大本土时代与文化的渗透,也夹杂着阿特伍德本人的创作思想,是一个多方面原因混合的复杂的主题。

不管是《使女的故事》中的"因于现在"还是《猫眼》里的"禁于过去",阿特伍德的时间主题都带有明显的后现代主义空间化特征。阿特伍德对时间主题的文学处理代表了她对于"存在"问题的探索,而这种探索又往往与对女性生存境遇的思考联系在一起。虽然我们反对往作家身上贴诸如"女性主义者"之类的标签，但阿特伍德对于女性命运与生存状态的关注是毋庸置疑的。阿特伍德多次谈到当代社会中女性地位的特殊性，所以她总是将女性放置在过去、现在和将来这些哲学空间去考量。在后现代主义诗学的观照下，作为女性"存在"载体的时间，与女性命运纠缠在一起，跳跃、扭曲、变形，甚至成为精神囚禁的象征。

第二节　双重性：历史小说中的化身书写

早在1978年发表的诗集《双头诗》里，阿特伍德就以题名表达了对连体婴儿（Siamese twins）意象的关注。连体婴儿一个身体上长着两个脑袋，他们有不同的思想，却共用一个身体，很难说清楚他们是一个人分裂成了两个，还是两个人合成了一体。他们既互为自我又互为化身。在小说作品中，《肉体伤害》中的雷妮和洛拉、《猫眼》中的伊莱恩和科迪莉亚、《别名格雷斯》中的格雷斯和玛丽、《盲刺客》中的艾丽丝与劳拉以及《珀涅罗珀记》中的珀涅罗珀和十二个女仆，甚至《使女的故事》的女主人公奥芙弗雷德与从未谋面的住在同一房间的前任使女之间都存在着一种"共体"的关系："奥芙弗雷德开始认为那个不存在的女人是她自己的黑暗自我。"[①]阿特伍德在她的创作，特别是早期的长篇小说中，一次又一次地、反反复复地使用女性"双身共体"的主题，或曰策略。本书暂且将此称为"化身"（double）。下面具体以《别名格雷斯》和《盲刺客》两部作品来分析阿特伍德的化身主题。

《别名格雷斯》：别名玛丽

《别名格雷斯》是根据加拿大历史上的真实事件而创作的小说。如本书第一章中所述，格雷斯是加拿大19世纪臭名昭著的女杀人犯，但是一百多年来，关于格雷斯是否有罪的争论一直没有停止过。阿特伍德的小说自然也要面临这个棘手的问题。在处理这个问题上，阿特伍德再一次使用了化身主题。她给格雷斯的故事添加了另一个年轻的女性形象——玛丽·惠特尼，并且"阿特伍德强烈暗

---

①　Howells, C. A. *Margaret Atwood*. London：Palgrave Macmillan，1996：134.

示,是格雷斯已死的朋友——玛丽·惠特尼住进了格雷斯的脑子里"[①]。小说对于这一点有多处暗示,比如玛丽死后,格雷斯没有开窗开门。根据迷信的说法,人死后没有及时开窗会导致死者灵魂无法飞出去而只能附在屋内某个人的身上,而且当时格雷斯听见玛丽说"让我进来"(AG 176)。

　　阿特伍德用这些细节亦真亦幻地暗示了玛丽的灵魂进入了格雷斯体内。格雷斯的身体似乎成了两具灵魂的宿主,格雷斯是显性的,玛丽是隐藏的;前者是无辜的,后者是邪恶的;前者是温驯善良的,后者是黑暗愤怒的。潜藏于格雷斯身体里的玛丽蕴含了强大的能量,会出其不意地跑出来主导格雷斯的身体和行为。

　　根据格雷斯自己的回忆,凶杀案前后的这一段时期内,她都处于昏迷、无意识的状态。她的身体被另一种神秘的力量控制了。在杜邦的催眠术作用下,死去多年的玛丽被唤起,一个愤怒的鬼魂出现了。阿特伍德采用了很多充满神秘主义超现实的方式,包括梦境、梦游、催眠术和招魂术等,来暗示参与谋杀的真正凶手是玛丽而不是格雷斯,是玛丽引诱、教唆和协助麦克德莫特谋杀了金尼尔先生和南希。这一情节故意被处理得比较含糊,以提供多种解读。读者当然也可以认为格雷斯患有间歇性人格分裂症,也就是有双重人格,表现为大部分时候是温驯、正常的,但在某些特殊的场合会显露出另一种被压抑的性格。或者也可以这样看:格雷斯的谋杀行为是深埋在心底的、对以主人为代表的上层社会的仇恨的暴发所致。

　　朱迪斯·奈尔曼(Judith Knelman)在一篇文章中说:

　　　　故事基本上发生在19世纪50年代,提供了一种当时基本上不为人知也不大会被接受的解释:帮助麦克德莫特的格雷斯不是大家所知道的格雷斯,而是她在唯一的朋友的死亡的痛苦经历中所形成的另一个自我。所以"真正"的格雷斯是无罪的。[②]

---

　　①　Hutchiso, L. The Book Reads Well: Atwood's *Alias Grace* and the Middle Voice. *Pacific Coast Philology*, 2003(38): 48.

　　②　Knelman, J. Can We Believe What the Newspapers Tell Us? Missing Links in *Alias Grace*. *University of Toronto Quarterly*, 1999, 68(2): 682.

当然也可以说，玛丽就是格雷斯，格雷斯的个性里面本来就有一个玛丽，这就如每个人都有其光明和黑暗两面一样，玛丽只是格雷斯的另一面而已。或者我们也可以这样说，格雷斯是不存在的，存在的人只是玛丽，格雷斯是玛丽的表面和伪装，这个受伤害、被欺骗的少女迟早有一天会揭下自己温驯的面具进行报复。所以说，玛丽和格雷斯到底是一个人还是两个人，是玛丽附于格雷斯身上还是格雷斯附于玛丽身上，玛丽是格雷斯的阴暗面还是格雷斯是玛丽的伪装……这些都很难分清楚，而这正是阿特伍德的目的：让读者说不清她们到底是两个人还是一个人。

　　如上文所述，阿特伍德写作《别名格雷斯》并不是要从理性的角度分析格雷斯是否有罪，而是试图挖掘和展示格雷斯这位 19 世纪年轻女仆的心灵世界。女仆是阶级社会中受到阶层和性别双重压迫的受害群体。她们在经济上不能独立，人身也依附于雇主，因此极容易成为男主人性侵犯的牺牲品。《犯罪的政治与诗学》一书的作者曾断言资产阶级男性对所雇用的仆人的性迷恋集中体现在迷恋跪着擦地板的女仆的身影上。[①] 阿特伍德的创作对这个群体表达了格外的关注。她的长篇小说中，描写女仆生活的小说就有三部：《使女的故事》《别名格雷斯》和《珀涅罗珀记》。由于阿特伍德认为女仆们有着共同的被压迫的命运，她倾向于将她们作为一个整体来描写。《珀涅罗珀记》里十二个女仆的鬼魂被永远拴在同一根绳子上；《别名格雷斯》的结尾处，格雷斯将从玛丽和南希裙子以及自己曾经的囚衣上剪下来的三块布缝入百衲被中——"这样我们就能在一起了"（*AG* 460）。

　　也就是说，在阿特伍德看来，格雷斯有没有杀人的事实并不是那么重要，至少没有比她本身是一个怎样的人更重要。阿特伍德试图撕下贴在格雷斯身上的这个"女杀人犯"标签，还原其作为一个人的本质，一个拥有自己的经历和丰富情感世界的人。话说回来，叙述者提供的信息并不一定是真实的。阿特伍德说："我们总是倾向于相信讲故事的人，特别是相信用第一人称写的小说……你被骗

---

　　① Stallybrass, P. & White, A. *The Politics and Poetics of Transgression*. Ithaca: Cornell University Press, 1986: 149-170.

了,从头至尾。"①瑞格尼说:"格雷斯开始讲述的第一句话不是'事情是这样的',而是'我是这样告诉乔丹先生的',而对于后者,她有非常充分的理由撒谎。"②格雷斯有可能是在撒谎,事实上玛丽·惠特尼根本就不存在。而杜邦医生/杰里亚迈的催眠术只是他与格雷斯事先相互串通好的一场表演,为的是让格雷斯逃脱谋杀罪名。也有可能玛丽只是格雷斯的幻想,是她为了满足自己内心深处对母爱和友情的渴望而不自觉地臆造出来的人物。这个人物只存在于格雷斯脑中。

阿特伍德在《与死者协商:一位作家论写作》里详述了化身的问题。在《双重性:一手杰基尔,一手海德,以及滑溜的化身》("Duplicity:The Jekyll Hand, the Hyde③ Hand, and the Slippery Double")一文里,阿特伍德从自己成长的文化背景中充斥着的双重性形象说起,像超人、蝙蝠侠等都具有凡人和英雄的两面性,再以罗伯特·勃朗宁(Robert Browning)《罗兰公子来到暗塔》("Childe Roland to the Dark Tower Came")这首诗为例谈到作家创作过程中的双重性,进而又说起文学和艺术中的化身例子,包括黑泽明的电影《影舞者》、莎士比亚的《李尔王》中的好艾德加和坏艾德蒙等。④ 我们可以将之称为"化身",但实际体现了一个人的双面性。如此一来,就不难理解玛丽作为格雷斯另一个黑暗自我的存在形式了。而小说题名"别名格雷斯"(Alias Grace)的寓意也随之明了:"别名"暗示另有一人,这个人可能是玛丽,也可能是格雷斯的另一个自我。

《盲刺客》:女性化身与作家双重性

到目前为止,国内外评论界对《盲刺客》的解读文章已不下数十篇,但鲜有评论者注意到阿特伍德在这部作品中所渗透的对于"写作"这一特定行为的理解和

---

① Sandler, L. A Question of Metamorphosis. In Ingersoll, E. G. (ed.). *Margaret Atwood:Conversations.* Princeton:Ontario Review Press, 1990:44.

② Rigney, B. H. Alias Atwood:Narrative Games and Gender Politics. In Nischik, R. M. (ed.). *Margaret Atwood:Works and Impact.* New York:Camden House, 2000:157.

③ Jekyll and Hyde 出自英国作家罗伯特·路易斯·史蒂文森(Robert Louis Stevenson, 1850—1894)的著名小说《化身博士》(*The Strange Case of Dr. Jekyll and Mr. Hyde*)。讲述了善良的杰基尔(Jekyll)将自己当作实验对象,结果却导致人格分裂,会在夜晚变成邪恶海德(Hyde)的故事。Jekyll and Hyde 由此成为"双重人格"的代称。

④ Atwood, M. *Negotiating with the Dead:A Writer on Writing.* Cambridge:Cambridge University Press, 2002:29-57.

思考。这部小说最大的特色之一就是俄罗斯套娃似的文本套文本的结构，"盲刺客"既是整部小说的名称，也是女主人公艾丽丝所创作的一部作品。综观阿特伍德的创作，不难发现，这种结构其实是她小说创作的惯用手法。她的不少长篇或短篇小说都会在讲述中涉及或隐喻另一部作品或文本，而且都以第二层级的文本的名称为书名，比如长篇《神谕女士》的书名源于丁尼生的长诗《夏洛特姑娘》。短篇小说中，《荒野指南》（"Wilderness Tips"）、《我的前公爵夫人》（"My Last Duchess"）、《蓝胡子的蛋》等作品的题目也都采用了这种模式。在这种文本套嵌结构中，"母文本"与"子文本"之间的互动拓展了后现代主义式叙述层次和张力。《盲刺客》是阿特伍德的第十部长篇小说，较之以前的作品，其元小说的特征更为明显。这是因为《盲刺客》中的"子文本"直接就是"母文本"中的人物所创造的。这样一来，围绕着小说对"子文本《盲刺客》"的生成过程与作者归属问题的描述，一系列关于写作问题的探讨也随之展开：写作的终极意义到底是什么？是谁在写？作者是谁？而分析这些问题，对于理解阿特伍德本人对于创作与作者的理念，甚至整个当代加拿大文学对于写作问题的看法都很有启发意义。

有意思的是，《盲刺客》这部作品最具争议之处也正是"子文本《盲刺客》"的生成过程与作者归属问题。艾丽丝把明明是自己在劳拉死后单独写成的子文本《盲刺客》说成是姐妹俩"共同用左手书写的"。针对这一论断，学者潘守文提出了这样的质疑："综观此前六百多页的长篇大论，读者很难看出姐妹俩之间究竟有什么默契和精神合作，所谓的'左手'到底在哪儿，很难看出艾丽丝写的这个小说到底与劳拉有什么关系。"[①]这个问题代表了一般读者的困惑，也是理解《盲刺客》的关键切入点，下文将试图分析这个问题，并以此出发来解读阿特伍德的创作理念。

《盲刺客》中提到，女主人公艾丽丝与劳拉两姐妹在照顾亚历克斯时，分别扮演了两个不同的角色。小说通过艾丽丝之嘴说："我是玛莎，在幕后做着家务活；劳拉则拜倒在亚历克斯的脚下。"（BA 264）玛丽与玛莎是《圣经·新约》中的一对姐妹，在对待耶稣的态度上，前者代表了一种精神上的膜拜与追随，后者则是通过生活起居来表达关心。阿特伍德在一次访谈中解释道："玛莎总是做粗活

---

① 潘守文. 论《盲刺客》的不可靠叙述者. 天津外国语学院学报，2005（5）：56-59.

的。一天到晚什么也不做，只是跟着上帝当然可以，可是谁来做晚饭呢？"①艾丽丝与劳拉的这种分工为后来的情节发展做了铺垫：亚历克斯与艾丽丝发生了一段世俗的情感和肉体的偷情故事，他却始终是劳拉带有宗教自我牺牲精神的灵魂偶像。

有学者在解读玛丽和玛莎的《圣经》典故时说："也许这个故事真正要告诉我们的是，在最初的印象之外，这儿的两姐妹并不完全代表两个不同的人、不同的角色、不同的个性和不同的服务方式，而是我们的两个不同的维度。"②从这个角度看，艾丽丝和劳拉既分别代表了世俗与精神层面的追求，也可以看成是一个事物的两面。

阿特伍德在一次访谈中说道："双胞胎与化身是非常古老的神话主题，通常讲的是男性双胞胎。"③她认为《圣经》中的该隐与亚伯这对兄弟是这一主题在文学中最早的体现之一。有趣的是，劳拉死后，艾丽丝自问："我是我妹妹的守护者吗？"(Was I my sister's keeper?)很显然，这句话与亚伯遇害后，该隐对上帝的反问"我是我弟弟的监护人吗？"(Am I my brother's keeper?)形成互文，暗示艾丽丝与劳拉这对姐妹是女性版的该隐与亚伯。这个主题既可以看成是两人合为一体，也可以看成一个人具有双重性格。

另外，《盲刺客》中有多处细节暗示艾丽丝和劳拉的同一性，比如"我从背后看她(劳拉)，心里总会产生一种特别的滋味——似乎在看我自己"(BA 469)，"这就是为什么你不管从哪一面去看，我们俩中有一个总是看不到的"(BA 469)。之所以会有一个人看不到，是因为她们俩是重叠的。正如库克所指出的："蔡斯两姐妹中从来没有一个完全与另一个独立开来过。"④也有评论家直接指出两者的关系是"对立统一"的："正像泽尼亚是托尼、查丽丝和洛兹的另一个自

①　Tolan, F. *Margaret Atwood: Feminism and Fiction*. New York: Rodopi, 2007: 261.

②　Chapman, N. B. Mary and Martha. http://www. thisischurch. com/christian_teaching/sermon/marymartha. htm. Accessed 2010-01-04.

③　Atwood, M. *Negotiating with the Dead: A Writer on Writing*. Cambridge: Cambridge University Press, 2002: 40.

④　Cooke, N. *Margaret Atwood: A Critical Companion*. Westport: Greenwood Press, 2004: 150.

我一样，艾丽丝与劳拉也是既对立又相同的。"①因此可以断言，艾丽丝和劳拉姐妹俩是阿特伍德的化身主题在作品中的又一次体现。

本书在第一章中分析过阿特伍德的作家双重性理论，而艾丽丝与劳拉的双身性刚好与之相对应，这样就能解释为什么艾丽丝会说子文本《盲刺客》是她与劳拉共同写成的。综合来看，《盲刺客》其实融合了阿特伍德的两大创作理念：作家双重性与女性共生性。

一方面，小说发表于20世纪、21世纪之交，其时阿特伍德本人刚满六十岁，创作生涯则持续了近四十年。这部创作于这个时间节点上的作品其实是以小说的形式回答了阿特伍德在长期的写作生涯中经常被问及也一直在思考的几个关于写作的基本问题：作者到底是谁？作者是一个什么样的人？写作到底是一个怎样的过程？可以说，《盲刺客》凝聚了阿特伍德对于写作意义、生命存在与人类历史的终极思考。甚至可以进一步讲，《盲刺客》是一部关于阿特伍德的写作哲学的小说。小说在围绕子文本《盲刺客》的作者之争及创作问题的讲述中，渗透了阿特伍德本人对于写作这一行为的看法。通过上文的分析可以看出，阿特伍德作为一名作家，对于写作这个行为的看法颇具神秘主义意味。或许写作行为本身就是一个玄妙而复杂的过程，在这过程中，作家与自己、作家与世界、作家与死者不断地进行着交易与协商。

另一方面，这部小说又一次回归到女性议题。很多评论家都将阿特伍德作品中女性之间这种特殊的联系和情感纽带总结为一个带有深厚女性主义色彩的词：姐妹情（sisterhood）。瑞格尼就曾表示："姐妹情对于阿特伍德来说，甚至比生命更重要。"②托兰曾表示："……后女性主义的危险在于选择拥抱自由个人主义，过于仓促地抛弃集体主义的保护。"③但在阿特伍德笔下，所谓的"姐妹情"不仅仅指女性分享她们共同的命运和身份特征以及如挚友般相互帮助和支持，而

---

①　Raschke, D. & Appleton, S. And They Went to Bury Her: Margaret Atwood's *The Blind Assassin* and *The Robber Bride*. In Perrakis, P. S. (ed.). *Adventure of the Spirit: The Older Woman in the Works of Doris Lessing, Margaret Atwood and Other Contemporary Women Writers*. Columbus: Ohio State University Press, 2007: 133.

②　Rigney, B. H. *Margaret Atwood*. Houndmills: Macmillan Education, 1987: 116.

③　Tolan, F. *Margaret Atwood: Feminism and Fiction*. New York: Rodopi, 2007: 269.

且往往表现为作为女性受害者的整体性、同一性。阿特伍德在一篇论文中说道：

> ……女性之间的关系，不是指一般意义上的亲姐妹、表姐妹、姨妈、奶奶和母亲之间的这种女性亲属关系……也不是很多表现女同性恋的小说中的情人的关系……而是由更微妙却强烈的绳结绑在一起的女人之间的关系。女友，正如他们所称呼的，虽然出现在这些作家笔下，这个词却具有某种更黑暗的调子。①

阿特伍德作品中女性之间微妙而复杂的关系远无法用"姐妹情"来涵盖。它充满了对抗、斗争，甚至厮杀，但最重要的是战争之后的和解，以及战争底下更为本质的联系与一体性。

以上分别以《别名格雷斯》和《盲刺客》两部作品为例来分析阿特伍德的化身主题。可以看出，不管是玛丽对于格雷斯，还是劳拉对于艾丽丝，其实前者都是后者的另一个被压抑的黑暗自我。《别名格雷斯》的题名寓意"玛丽，别名格雷斯"，既然玛丽与格雷斯互为化身，那这部小说的名字也同样可以是《别名玛丽》。按照这个逻辑，《肉体伤害》也可以是《别名雷妮》，因为雷妮的故事里渗透了洛拉的人生。《猫眼》可以改成《别名伊莱恩》，因为伊莱恩与科迪莉亚也是"我中有你，你中有我"的关系，小说虽然是伊莱恩自己过去的故事，但从另一个角度看，也是伊莱恩回忆中的科迪莉亚的故事。《盲刺客》可以改为《别名艾丽丝》，因为劳拉与艾丽丝在小说中也是难以严格区别开来的，而小说中那部名为"盲刺客"的小说名为劳拉所写，实际作者却是艾丽丝，或者正如艾丽丝所说的"我们共同完成了这部小说"。

虽然阿特伍德自己拒绝被贴上"女性主义者"的标签，但是细读她的作品，我们都无法否认 20 世纪法国和美国女性主义思潮对她的影响。她大学时代关起门来读的美、法女性主义论著就像《神谕女士》里琼的肥胖意识一样，自始至终萦绕在她的作品中，特别是早期的创作与 20 世纪七八十年代的小说和诗歌中。这一时期作品中的生态与身体两大主题很明显渗透着 20 世纪中期法国女性主义

---

① Atwood，M. That Certain Thing Called the Girlfriend. *New York Times Book Review*，1986-05-16(45).

思想。阿特伍德批评家露西·M.福莱伯特(Lucy M. Freibert)也曾断言"阿特伍德是脱胎自法国女性主义的思考者"①。

　　不难发现,阿特伍德的化身主题带有很浓厚的神秘主义色彩和非理性成分,其原材料有不少来自通俗文学,包括恐怖故事、鬼故事、哥特小说、童话和神话等。阿特伍德说:"大众艺术是严肃艺术的原料,就好像现实是梦的原料一样。"②可见,阿特伍德很喜欢从通俗文学和大众艺术中寻找素材,将其运用在自己的创作中。后现代文学的特征之一就是通俗文学与严肃文学之间的界限越来越模糊,阿特伍德作为一名后现代主义作家,其作品中充斥着大量通俗文学的内容元素,显现出一定程度的通俗与高雅相混杂的趋势。但不管是阿特伍德的自我定位还是她的作品的主题都是严肃的,她是试图通过运用通俗文学的材料来表达对女性生存境遇以及突围的可能性的关注。所以说,化身主题看似荒诞不经,却体现了阿特伍德的人文关怀。

　　表面看来,自我与化身是对立的,就像自我与他者的对立一样。可是,在阿特伍德的文学世界中,自我与化身往往可以相互转化:自我可以分化成他者,而这个他者即是自我的化身,他者是自我的外化。也就是说,他者可以转化为自我,而自我也可以变成他者。阿特伍德的女主人公们之所以排斥他者、将他者放置于与自己对立的阵营里,是因为他者身上投射了自我的影子,他者是她的另一个黑暗自我,她出于自我逃避才会否认他者与自我在本质上的共性。但是自我可以被暂时压抑,却永远无法消失。而且压抑的自我总会变成另一个他者来找寻她。所以,在阿特伍德的小说中,他者就像是自我的鬼魂,永远无法将之驱逐。作者表现这两者之间的复杂关系,说到底还是宣扬她在作品中一贯秉承的人生哲学,即面对自我,承认过去,接受那一个黑暗的自己,并在此基础上,采取积极的行动。

---

　　① Freibert, L. M. Control and Creativity: The Politics of Risk in Margaret Atwood's *The Handmaid's Tale*. In McCombs, J. (ed.). *Critical Essays on Margaret Atwood*. Boston: G. K. Hall, 1988: 289.

　　② Sandler, L. A Question of Metamorphosis. In Ingersoll, E. G. (ed.). *Margaret Atwood: Conversations*. Princeton: Ontario Review Press, 1990: 42.

第三节　生存：女性受害性与民族自卑感

受害者问题是阿特伍德在创作早期（20世纪六七十年代）非常关注的问题。在《生存：加拿大文学主题指南》一书里，阿特伍德具体阐述了受害者的四个不同阶段的态度演变：

态度一：否认你是受害者这一事实。对于其他受害者感到愤怒。

态度二：承认受害性，但将之归因于上帝的旨意、历史、命运、生理（或是女人）……或其他更有力更普遍的原因。你认为你是注定失败的，因为谁能够同命运（或是上帝的意愿或生理条件）抗衡呢？

态度三：承认你是个受害者，但拒绝接受这种角色是不可避免的。在这个态度中，受害者不再怨天尤人，明白了自己的受害原因其实并不是不可更改的，但这种态度很容易滑回态度二，但也可能前进至态度四。

态度四：做一个有创造性的非受害者。但这在一个压迫性的社会里几乎不可能。①

以上文字可以总结为：从受害者到非受害者态度的发展演变过程大致是这样一个过程：没有认识到自己的受害性→认识到受害性（但怨天尤人）→明白自己的受害处境是可以改变的→采取行动，让自己成为非受害者。有评论者说："她（阿特伍德）的小说在风格上千差万别，但都存在着胜利者/受害者及追寻自我的主题。"②这句话对于阿特伍德早期的创作是适用的。《生存：加拿大文学主题指南》出版于20世纪70年代，代表了阿特伍德创作早期的文艺观和创作观。

《浮现》的女主人公浮现者的回归之路也是对自身受害性的认识和反抗的过

---

① Atwood, M. *Survival: A Thematic Guide to Canadian Literature*. Toronto: House of Anansi Press, 1972: 36-39.

② McCombs, J. *Critical Essays on Margaret Atwood*. Boston: G. K. Hall, 1988: 53.

程。《浮现》与《生存：加拿大文学主题指南》都写于20世纪70年代早期，两者的书名（Surfacing 和 Survival）都含有共同的法语词根"sur-"，表示"表面""存活"之意。虽然是两部不同类型的书，但在文学思想和创作理念上有很多内在的相通之处。可以这样说，《生存：加拿大文学主题指南》与《浮现》分别以文学评论和具体作品的形式表达了阿特伍德的文学思想与理念，特别是对于受害性，两者有着很高的一致性，比如前者论述的动物受害者、印第安人受害者、受害孩子和受害艺术家等在后者中都能找到对应的形象，特别是《浮现》中的乔就是一个不得志的陶艺家，可以归入《生存：加拿大文学主题指南》里所谓的"不成功的艺术家"这个类别。

另外两部分别出版于20世纪60年代末和80年代初的早期小说《可以吃的女人》和《肉体伤害》与《生存：加拿大文学主题指南》在时间上也非常接近，也都明显地符合上文所列出的受害性的四个阶段。所以说，这三部小说都反映了阿特伍德在那个时期尤为关心的女性受害性问题。下面将通过文本细读的方式来分析她三部早期小说中女主人公从麻木、觉醒到反抗的过程以及由此反映出来的阿特伍德对于女性受害性问题的看法和策略。

第一阶段：与之相对应的是态度一的特征，即否认自己是受害者。《可以吃的女人》开篇第一句话是"我星期五早上起床时知道自己一切都很正常"（*EW* 1）。"正常"两个字可以概括出玛丽安在这一阶段的生活状态：与男友和谐相处、适应社会环境。她在西摩调研所的工作是修改调查问卷，而在现实生活中也在"修改"着自己。处于这一认识阶段的玛丽安正是处于阿特伍德所假设的"态度一"阶段，即不承认或者没有认识到自己的受害性。如果说处于第一阶段的玛丽安的精神状态特征是"正常"，那么浮现者表现出来的是一种"麻木"的状态，就像是丧失了感觉的能力一样："正如有的婴儿天生耳聋或没有触觉。"（*SF* 124）她就像是一个行尸走肉的人，没有快乐，也感觉不到痛苦。与麻木状态相应的，是她的自我欺骗，她生活在自己编织的虚假的记忆中。《浮现》一书中充满了"麻木""麻醉"这样的字眼，暗示浮现者不愿意正视自己的过去和现在，以麻木的状态来逃避自己和生活。

如果说浮现者的逃避方式是给自己编织一个过去，那么《肉体伤害》的女主人公雷妮的方式是选择不去面对现在。这一阶段的雷妮在极力逃避家族的女性传统和责任,避免深层的情感的关系,就像她所从事的工作是撰写女性服饰方面的文章一样,她只停留在生活的表面,而不愿深入面对和承担更沉重的表象之下的真相,瑞格尼这样评论雷妮:"她与周围环境保持着距离,因为她不想承担责任。"[①]与责任一起被放弃的是她的权力。在雷妮与杰克的关系中,她完全是被改造和被安排的对象。她任由杰克改造她的公寓和身体,甚至由后者决定自己该吃什么。就像在他们的性爱游戏中常常由她扮演被强奸者,杰克扮演强奸犯一样,后者也是前者生活中的强奸犯。可是雷妮却无视自己被强奸和控制的处境,依然选择这样麻木地生活下去。

　　与此同时,她们三人都经历着身体或精神上的疾病,玛丽安的厌食症、浮现者的失忆症和雷妮的乳腺癌。与精神上的麻木状态相反,身体往往会率先感觉到事情不妙,而做出自己的反应和提醒。因此,玛丽安的厌食症和雷妮的乳腺癌都可以看作身体对她们所处的受害处境和精神上的麻木所提出的警告。

　　第二阶段:与之相对应的是态度二的特征,即认识到自身的受害性。玛丽安、浮现者和雷妮三人都是通过"受害认同"意识到自己也是受害者的。受害认同是阿特伍德在《生存:加拿大文学主题指南》中针对加拿大文学的特殊性提出的一个概念。她认为加拿大文学中的动物往往是可怜的、受压迫的、被抹杀的受害者,作家们通过描写动物来喻写人的受害处境,传达出人与动物同病相怜的悲观情绪。由于加拿大在历史和地理上的殖民特征,受害动物是加拿大文学中反复再现的母题之一,阿特伍德在《生存:加拿大文学主题指南》中说"如果说文学中的动物永远是象征,在加拿大的动物故事中它们经常以受害者的身份出现"[②]。而文学中这些受害的、可怜的动物往往是人的命运的写照,作品中的人物总是会从受害的动物身上找到同病相怜的认同感。加拿大小说和诗歌中那些被捕杀和迫害的动物往往被人们看成是自我的象征:"正如史蒂特恩所说的,动

---

　　① Rigney,B. H. *Margaret Atwood*. Houndmills:Macmillan Education,1987:104.

　　② Atwood,M. *Survival:A Thematic Guide to Canadian Literature*. Toronto:House of Anansi Press,1972:71.

物就是我们。"①因此人与受害动物的认同是加拿大动物小说的一个重要主题。除了动物,其他弱势群体,比如残疾人、女性、加拿大印第安人等在加拿大文学中也往往被当作受害者来描写。玛丽安、浮现者和雷妮三人就是通过目睹受害动物或受害者遭受迫害的过程而达到"受害认同",进而认识到自己的受害性的。

玛丽安第一次切身地体会到身为受害者的恐惧,是在男友彼得得意扬扬地讲述他一次猎杀兔子的经过时。此时的玛丽安产生了幻觉:

> 彼得背对着我站着,身穿格子衬衫,肩上挎着猎枪。一群我从未见过的朋友围在他身边。阳光从那些叫不出名的树的枝杈间照射下来,将他们的脸照得清清楚楚。他们脸上溅着鲜血,嘴巴狰狞地发出笑声。我看不见那只兔子。(*EW* 69)

玛丽安之所以看不见那只兔子,是因为她自己就是那只兔子。她把自己等同于那只被彼得捕获的猎物。《可以吃的女人》中也多次暗示彼得本质上是一个猎人,比如喜欢摆弄猎枪,以至于玛丽安想象中的彼得是这个样子的:"他的一只脚踩在一只立体标本的狮子的头上,一只眼上套着眼罩,一条胳膊下绑着一把左轮手枪。"(*EW* 272)这俨然是一副猎人的模样。既然玛丽安把自己等同于受害动物,而彼得是追杀她的猎人,他们之间便形成了这样的施害/受害关系:

> 彼得＝猎人＝施害者
> 玛丽安＝兔子＝猎物＝受害者
> ↓
> 彼得/玛丽安＝猎人/猎物＝施害者/被害者

浮现者与玛丽安一样,也从受害的动物身上看到了自己。当她在林中看到一只倒挂在树上的苍鹭尸体时,发出了这样的质问:

---

① Atwood, M. *Survival: A Thematic Guide to Canadian Literature*. Toronto: House of Anansi Press, 1972: 73.

为什么他们像搞私刑似的将它吊起来？为什么他们不能像扔垃圾一样把它扔掉？为了证明他们可以这样做，他们有杀戮的权力。否则，这种鸟毫无用处：从远处看很漂亮，但不能被驯养，不能煮了吃，也不能训练它说话，他们唯一能与这样的东西发生关联的事情，就是毁了它。（SF 136-137）

　　阿特伍德在《生存：加拿大文学主题指南》中说："英裔加拿大人是通过动物形象把自己表现为被威胁的受害者，面对超然的异己科学技术，他们无能为力。"[1]浮现者从这只苍鹭身上看到了自己的受害处境，她觉得自己和苍鹭一样是男性/美国人利用现代工具伤害的受害者。这个场景在《浮现》整部小说中是个重要的转折点，阿特伍德认为"在一定程度上把自己视为受害的动物——说明所处的状态是从态度一的无知转变为态度二的觉醒"[2]，浮现者目睹苍鹭尸体后感到震撼，是由于突然意识到了自己的受害处境，从而由态度一发展到了态度二。

　　《肉体伤害》中的雷妮也是在目睹了一个警察虐待犯人的情景之后才意识到自己也同样是受害者。阿特伍德在《生存：加拿大文学主题指南》中说，加拿大印第安人、残疾人等在加拿大文学中与受害动物一样，都是作为令人同情的弱者出现的，而忧伤的小说主人公从他们身上体会到同为受害者的悲哀的宿命感。而此处雷妮看到的残疾人与玛丽安和浮现者看到的被残杀的动物一样，都代表着受害者。浮现者与苍鹭、雷妮与聋哑人都有一个目光对视的过程。在对视的这一瞬间，两者确立了相互认同的关系。

　　因此，处于这一阶段的女主人公们都是通过对受害动物/人的认同，而意识到自己也是受害者的。这一阶段的人已经认识到自己是受害者，但她们把受害的原因归为不可能更改的因素，比如命运、身为女性等。认识到自己的受害处境只是摆脱受害性的前提，关键是要采取有效的手段摆脱受害性。阿特伍德认为一味地将自己定位为受害者其实是无益的："如果你将自己定义为无辜的，那你

　　①　Atwood, M. *Survival*：*A Thematic Guide to Canadian Literature*. Toronto：House of Anansi Press，1972：76.

　　②　Atwood, M. *Survival*：*A Thematic Guide to Canadian Literature*. Toronto：House of Anansi Press，1972：78.

就没有任何的错——永远是别人对你做了什么,这似乎永远是真理,直到你停止将自己定义为受害者。"①如果简单地把自己定义为受害者,会让自己陷入被动和无为的处境。而弱者特别容易滑向这种自怨自艾的境地,比如残疾人、女性,还有面对强国的加拿大。如果受害的一方把所有的过错都归因于施害的一方而不检讨自己的不足,那么受害方将永远无法从弱者和受害的角色中走出来。要想真正取得与他人或他国平等的地位,必须认识到这种情况并不是不可改变的。

第三阶段:与之相对应的是态度三的特征,即不但承认自身受害者的身份,也拒绝相信受害的原因是上天注定、无法改变的。处于这一阶段的三个女性都被动或主动地做出了一定的反抗行为:玛丽安为逃避彼得而钻到了床底下;浮现者为寻找真相潜入了湖的最深处;雷妮则因为卷入政治纠纷而进了监狱。

从某种角度看,三人的行为或者经历都可以看成是"潜入地下"主题的变体。前文论述过,"潜入地下"是阿特伍德的母题之一。这个"地下"可以是床底、水下、镜中、潜意识中;除了潜入地下、进入水下,甚至经历死亡并返回都可以看作是这一主题的延伸。阿特伍德曾透露,这一主题的灵感来源于维吉尔的史诗《埃涅阿斯纪》,诗中埃涅阿斯去往地下世界询问他的未来,"从死人那里获知秘密"②。死者的信息总是能令生者茅塞顿开,领悟人生的真谛。"地下"是一个黑暗、神秘、充满着各种危险和不测的地方,但是如果一个人能进入并且安全返回,他就能获得常人不能知道的知识和秘密。比如《地下的历程》("Procedure for Underground")这首诗:

> 从他们那里你可以获得
> 智慧和大权
> 如果你能下去并完全返回③

① Gibson, G. Dissecting the Way a Writer Works. In Ingersoll, E. G. (ed.). *Margaret Atwood: Conversations*. Princeton: Ontario Review Press, 1990: 13.

② Keith, W. J. *Introducing Margaret Atwood's "The Edible Woman": A Reader's Guide*. Toronto: ECW Press, 1989: 48.

③ Atwood, M. *Selected Poems, 1965—1975*. Boston: Houghton Mifflin, 1976: 122.

所以，"潜入地下"主题指的是进入另一个真实或虚幻的异度空间的经历，而后得到对自我与世界的新认识。

就这样，玛丽安、浮现者与雷妮三人经历了象征性的"潜入地下"过程，都获得了对自己受害处境的清醒认识。

第四阶段：与之相对应的是态度四的特征，阿特伍德是这样描述这一阶段的心态特征的。

> 在态度四中，任何有创造性的活动都成为可能。精神不再受压抑，也不会为改变境况而耗尽；你也不会把自己受到的伤害转给别人（就像成人踢孩子、孩子踢狗），就像在态度二里那样；更不会有态度三中的那种流动性的愤怒；而且你能够按着本来的面貌接受你自己的经历，而不是使其扭曲变形地勉强与别人的经历相一致。①

在经历了认识上直面真相的痛苦和行动上的挣扎以后，这一阶段的女性更加理性和勇敢，她们终于学会了如何采取"创造性的行动"。玛丽安以自己为模型制作了人形蛋糕并把它吃掉，而玛丽安吃掉它就意味着自我的回归，象征分裂的人格重新整合。雷妮在从加勒比岛国返回加拿大的飞机上，不再愿意假装是游客，而是要做一个"颠覆者"。她也将不再只是一个关注女性流行装扮和服饰等表面现象的"记者"，而会是记录和讲述真相的"新闻人"。浮现者找回自己的记忆以后，决定采取行动："逃避已是不可能的，而不逃避就是死亡。"②

在阿特伍德的作品中，人物的每一次逃避都意味着更大的灾难，如瑞格尼所说的"逃避变成了无法避免的面对"③。为了避免使自己成为受害者，必须面对自己，然后采取创造性的行动。这就是第四阶段，也是整个"受害者"理论的核心

---

① Atwood, M. *Survival: A Thematic Guide to Canadian Literature*. Toronto: House of Anansi Press, 1972: 39.

② Atwood, M. *Survival: A Thematic Guide to Canadian Literature*. Toronto: House of Anansi Press, 1972: 229.

③ Rigney, B. H. *Margaret Atwood*. Houndmills: Macmillan Education, 1987: 7.

观点。

综合阿特伍德早期的三部长篇小说,其中的女主人公的反抗和逃离都是与其对自身受害性的认识过程同步的,她们从无知到意识到受害性,到反抗,再到最后拒绝成为受害者的过程可以归纳起来,如表 4-1 所示。

表 4-1   阿特伍德三部小说中女主人公的受害阶段与特征

《生存:加拿大文学主题指南》中所说的受害态度	态度一（第一阶段）	态度二（第二阶段）	态度三（第三阶段）	态度四（第四阶段）
玛丽安	正常（厌食症）	由被猎杀的兔子联想到自己也是受害者	从彼得的单身晚会上逃跑	吃掉自制的人形蛋糕,完成象征性的自我回归
浮现者	麻木（失忆症）	通过目睹被残害的苍鹭意识到自身的受害处境	潜入湖底寻找真相	再次受孕,将自我释放
雷 妮	逃避（乳腺癌）	目睹狱警虐待犯人的暴行后明白施害者到处都有	握住洛拉的手,拯救她的生命	成为真正的记者,报道真相,承担责任

由表 4-1 可见,出版于 20 世纪 60 年代的《可以吃的女人》、70 年代的《浮现》和 80 年代的《肉体伤害》中的逃离主题与受害性意识在实质上都是相通的,体现了阿特伍德早期小说创作的重点是关注加拿大女性对自身生存处境的认识和寻求从男权主义、消费主义、工具主义等压迫下突围的可能性。

如果我们将阿特伍德的受害理论扩大至国家的层面,可以看到男女两性的关系与美加两国的关系是相对应的。1967 年是加拿大建国一百周年,20 世纪六七十年代正是加拿大民族主义运动高涨的时期,全国上下都希冀建立一个既不同于英国,也有别于美国的加拿大。如果说进入 20 世纪以后,英国对加拿大的影响开始逐渐淡去,与之毗邻的美国的文化与经济对加拿大的冲击却日益显著。美国被视为加拿大建设自己独特民族性的主要障碍之一,因此伴随着高昂的加拿大民族热情的是加拿大人的反美情绪。阿特伍德的这三部小说均创作于这一时期。作品中女性相对于男性的受害者地位,与加拿大相对于美国的弱势处境是一致的。阿特伍德喜欢用男性与女性的关系来隐喻美国与加拿大的关系,而加拿大与女性一样都具有一种受害情结,阿特伍德将之称为"强烈的加拿大受害情绪"(the great Canadian victim complex)①:

> 如果你将自己定义为受害者……这将会永远是别人的错,你将永远是一个目标而不是一个可以选择或者为自己的生活负责的人。这不仅仅是加拿大面对世界的态度,也常常是女性的态度:"你看我一团糟,这都是他们的错。"而加拿大也是这样:"看看我们多无辜,我们在道德上胜过他们。我们没有在越南杀人,可是这些杂种却进来偷取我们的国家。"而事情的真相是加拿大人正在卖掉自己的国家。②

女性与加拿大一样,都是受害者,而男性与美国同属于施害方。因此,本节所指的受害者包括动物、女性与加拿大。对于阿特伍德来说,描述女性逃离受害性的过程的目的不仅仅是女性主义式地号召女性"行动起来,不做受害者",也意在暗示加拿大这个国家在与美国的国际关系中的被动地位。与女性需要认识自我而摆脱、逃离受害处境一样,加拿大也应该寻找自己的民族定位。

第四节 柔弱的王子:男性拯救者的失败与"第三种人"的出路

上一节论述了阿特伍德的女主人公试图用逃离的方法摆脱失败的命运,既然个人逃离的方法是行不通的,那么,寄希望于他人如男性拯救者,能不能帮助她们摆脱被囚禁与被害的命运呢?

阿特伍德早期的几部小说从各个不同的角度表达了男女两性的对立的主题。《可以吃的女人》主要从消费者和被消费者的关系暗示女性在当代西方社会

---

① Gibson, G. Dissecting the Way a Writer Works. In Ingersoll, E. G. (ed.). *Margaret Atwood*: *Conversations*. Princeton:Ontario Review Press, 1990:13.

② Gibson, G. Dissecting the Way a Writer Works. In Ingersoll, E. G. (ed.). *Margaret Atwood*: *Conversations*. Princeton:Ontario Review Press, 1990:13.

被消费的处境;《浮现》将男性和女性的关系放置在文明与自然的对立中,说明女性与自然一样被无情地毁坏;而《肉体伤害》则侧重于说明女性一旦将自己定位为弱者,就无法从男性的压迫下逃脱。

《可以吃的女人》中的玛丽安在逃离自己的未婚夫的同时,走向了瘦弱的文学研究生邓肯。为什么邓肯这个看上去有些古怪的人会对玛丽安有这么大的吸引力呢? 邓肯的性格和形象抽象又复杂,引来很多评论者不同的解读,大致可以分为四种意见:一是认为邓肯是彼得的对立面,代表着自然,是孩子,比如库克认为邓肯"似乎代表了所有非彼得的东西"①,"与包装完美的花花公子(指彼得)相反的人"②,与完全符合社会需要的彼得不同,邓肯是"秩序的挑战者"③,"邓肯充当'孩子',而玛丽安充当'母亲'"④;二是将邓肯看成玛丽安的另一个自我:"邓肯,实际上是玛丽安另一个厌食和饥饿的自我"⑤,"邓肯——玛丽安的另一个自我"⑥;第三种观点认为邓肯也是害人者:"他(邓肯)也许不会消费她,但肯定会利用她(玛丽安)"⑦,"彼得是狼,而邓肯是披着羊皮的狼"⑧;持第四种观点的评论者把邓肯理解成玛丽安的精神向导。另外也有认为邓肯是玛丽安联系现实和理想世界的纽带。观点很多,不一而足。

邓肯到底是一个怎样的人,他在小说中扮演了一个什么样的角色,为什么玛丽安总是要去寻找这个愤世嫉俗、颇具犬儒主义色彩的研究生呢? 她逃离彼得转而投奔邓肯到底暗示着怎样的含义? 邓肯是个年龄和性别都很模糊的人。玛丽安第一次见到他时,认为他是个 15 岁左右的少年,可他自己说 26 岁了。而后她又说"他像个 10 岁的男孩"(*EW* 51),后来有一次又觉得"在他身上有些地方与他孩子气的外表截然相反,它使人想起一个未老先衰的人"(*EW* 113)。另

①　Cooke, N. *Margaret Atwood: A Critical Companion*. Westport: Greenwood Press, 2004: 45.

②　McCombs, J. *Critical Essays on Margaret Atwood*. Boston: G. K. Hall, 1988: 55.

③　Hengen, S. *Margaret Atwood's Power: Mirrors, Reflections, and Images in Select Fiction and Poetry*. Toronto: Second Story Press, 1993: 53.

④　Howells, C. A. *Margaret Atwood*. London: Palgrave Macmillan, 1996: 43.

⑤　Rigney, B. H. *Margaret Atwood*. Houndmills: Macmillan Education, 1987: 30.

⑥　陈宗宝. 加拿大文学论文集. 南京:译林出版社,1992:122.

⑦　McCombs, J. *Critical Essays on Margaret Atwood*. Boston: G. K. Hall, 1988: 55.

⑧　McCombs, J. *Critical Essays on Margaret Atwood*. Boston: G. K. Hall, 1988: 181.

外，邓肯有着自然属性上男性的身体，却不具备社会属性上的男性特征。因为"男人之所以成为一个男人，是因为他成功地遵守了他'身处的社会所拥有的一套固定的规则'"①，彼得的职业是律师，是符合当时社会期待的男性职业；邓肯则是一个研究英国文学的研究生。从社会属性上来讲，彼得是符合标准的男性，而邓肯则似乎很难被归入以彼得为代表的男性群体。

不但很难说邓肯是男性还是女性，他甚至还难以被归属于"人"，而是一片没有实体的虚空："虚空、白色、无形的物体……没有体温，没有气味，没有厚度，没有声音。"(EW 254)而且他自己也说："我其实根本不是人，我是从地下来的。"(EW 139)他还说过希望自己变成一只变形虫："它没有一定的形状，灵活多变。"(EW 198)变形虫这个意象很好地诠释了邓肯的形象：柔软、多变、非人类、没有具体形态，让人拿以捉摸。

可见邓肯是个年龄、性别、形体和性格都不明确、难以界定的人。事实上正是这种"难以界定性"吸引了玛丽安。上文已论述过，玛丽安对于自己所处的消费社会中的男性和女性都充满了失望和反感，对于两性之间消费与被消费、猎人与猎物的关系也极为恐惧，内心深处一直试图逃离这种模式。她厌倦了将男人和女人根据"男性气质"和"女性气质"的规范分成两大具有明确界限的阵营。玛丽安既厌恶自己的女性身份，又恐惧以彼得为代表的男性的破坏力，她既想摆脱自己的女性特质，又想逃离彼得的控制，也就是男女两性作为权力施受方的两极都是玛丽安试图逃避的对象。有评论者认为玛丽安是回避人性，其实她是回避作为施害者的男性和作为被害者的女性。那么，在这二元对立的被害者与施害者之外，有没有既不是作为女性的被害者，也不是作为男性的施害者的"第三种人"存在呢？邓肯正是为玛丽安提供了第三种选择。他是游离于这种"施害/受害"模式之外的特殊存在。在邓肯面前，玛丽安不再受女人性别的束缚，也不受男性破坏力的威胁。邓肯充当了玛丽安所寻求的没有打上正统"男性"或"女性"烙印的第三性。

如果说邓肯是处于男性和女性之间的"第三性"，那么《浮现》中的乔则是在文明与自然之间徘徊的，他的两面性是很明显的。一方面他协助大卫摄像，这是

---

① Karras, R. M. *From Boys to Men：Masculinity in Late Medieval Europe*. Philadelphia：University of Pennsylvania，2003：7.

将大自然进行象征性的对象化、他者化的行为;他还帮助大卫一起胁迫安娜拍摄裸体录像,说明他与大卫一样,具有"文明男性"的暴力和压迫倾向。而另一方面他又不像大卫那样"大脑已凝固成铜块"(SF 188),"他身上仍然可能存在着真实"(SF 188)。乔还保留着现代文明男性身上不多见的"自然"性,他有着未进化的体征:"我想起乔背后的毛,那是返祖的表现,就像阑尾与小脚趾一样。"(SF 62)这说明乔的身上依然留着人的自然的原始特征,而没有彻底进化为"文明人"。

再者,乔不擅长使用工具。在阿特伍德看来,利用武器或工具制服女性和自然是文明男性的重要特征之一。比如《可以吃的女人》里的彼得对相机和枪支的性能了如指掌;《浮现》中的美国人熟练地驾驶汽艇;《肉体伤害》里的保罗拥有高倍望远镜、枪支等各种工具……男性的征服欲加上工具理性主义,使他们对自然和女性的控制及破坏力变本加厉。但乔恰恰是一个不使用工具的男性,他的工作是制陶,却"从不使用刀,只用他的手指"(SF 62)。在他们四人划船在湖上钓鱼的场景中,大卫和乔作为两位男性参与了钓鱼的活动,大卫钓上一条大鱼,乔则一无所获。这个细节说明乔并不像大卫那样擅长使用鱼竿,他不是一个合格的猎人。而在阿特伍特早期的两部小说中,破坏性男性在某种意义上都是"猎人",比如彼得喜欢打猎,大卫喜欢钓鱼,"美国人"更大肆猎杀大自然的生物。乔在打猎上的失败说明他并不属于"美国人"的阵营。

浮现者认为语言和逻辑与汽艇、相机一样,都是文明的象征,是自然的对立物。语言是一种特殊形式的工具,而乔同样不擅长使用这个工具,他是个言语匮乏的人。浮现者说:"他不是美国人,我能看出这一点。他什么也不是,他只是被塑造了一半。就冲着这个原因,我就可以相信他。"(SF 231)如果说邓肯无意扮演像彼得那样的被现代社会公认的所谓"成功男士",那么乔不具备"成功"的能力,因为乔是一个"失败者":"他认为自己被不公平地废除了。"(SF 5)正是因为他作为男人的失败,所以他不具备"美国人"那样的破坏力和攻击性。"不是美国人"就意味着他不是施害者,不是掌握了现代科技手段的"文明人",也就是说,乔的"非施害性"这一点是可以肯定的。

按照生态女性主义的观点,男性代表了具有破坏力的文明,女性则是自然的象征,那么邓肯和乔则是处于中间的第三种人,他们是男性,却没有破坏和征服自然与女性的意图或能力。事实上,像邓肯和乔这样的第三种人正是阿特伍德在 20 世纪六七十年代特别提倡的类型,她在 1973 年的一次访谈中说道:

> 你可以将自己定义为无辜和被猎杀的,也可以将自己定义为一个杀手去猎杀别人。我认为还是必须有第三种情况:理想的情况应该是某个人既不是杀人者,也不是被杀者,他将获得与世界的某种和谐,这是一种具有生产性和创造性的和谐,而不是一种与世界的破坏性的关系。①

世界在阿特伍德眼里充满了压迫和反压迫,男性与女性之间、强国与弱国之间都是如此,她认为造成这种现象的根源是强者恃强凌弱,而弱者坐以待毙。若想取得人与人之间或国与国之间的和谐相处,需要由既不是凌驾于他人的强者(施害者),也不是软弱可欺的弱者(被害者)的"第三种人"或"第三种国家"来实现。所以说,"第三种人"是阿特伍德推崇的理想类型。

阿特伍德说,"《可以吃的女人》是原地转圈,而《浮现》是螺旋式上升的"②。这两部小说之所以有这样的区别,与它们各自塑造的两个第三种人有比较大的关系。《浮现》的前景之所以比《可以吃的女人》更明朗,原因之一是乔的"第三性"比邓肯更明确。《浮现》中的乔虽然在文明(男性暴力)与自然之间摇摆,但他后来听从浮现者的意见在野外湿地上与之"野合"一事说明他身上的自然属性最终占了上风。

但邓肯是不是"非吃人者"还相当不确定。《可以吃的女人》的前面大部分对邓肯的描述似乎都将其塑造成一个游离于施害者与受害者战争之外的"第三种人",可是小说的结尾处却笔锋一转:邓肯似乎又成了吃人者。最后不是彼得,而是邓肯吃掉了玛丽安烘制的人形蛋糕,而且他说:"不过,要真正追究起来的话,这根本与彼得无关。而是我。是我想要毁掉你。"(*EW* 310)小说的最后一句

---

① Hengen, S. *Margaret Atwood's Power*: *Mirrors*, *Reflections and Images in Select Fiction and Poetry*. Toronto: Second Story Press, 1993: 46.

② Sandler, L. A Question of Metamorphosis. In Ingersoll, E. G. (ed.). *Margaret Atwood*: *Conversations*. Princeton: Ontario Review Press, 1990: 45.

话是:

> 他(邓肯)把最后一点巧克力做的卷发用叉子刮干净,然后把盘子
> 推开。"谢谢,"他舔嘴说道,"真好吃。"(*EW* 310)

邓肯到底是已经摆脱了"施害/受害"模式的第三种人,还是埋伏在第三种人阵营中的施害者,难道玛丽安逃离了彼得这只"狼",结果又奔向了邓肯这只"披着羊皮的狼"? 因为邓肯是"狼"还是"羊"的本性不明确,一定程度上导致了《可以吃的女人》整部小说所展现的前景相对黯淡、玛丽安的出路不明确与邓肯作为"第三种人"的不确定性是相对应的。

然而,阿特伍德两部早期小说中的这两个"第三种人"为女主人公提供的"逃脱"前景都还是非常模糊的。即使是"第三种人"身份已经比较确定的乔,也没有为浮现者提供多好的出路,更为关键的问题是浮现者自己做何选择。阿特伍德没有说出的意思是:在男性从施害者变成第三种人的同时,女性也必然停止扮演受害者的角色,也成为第三种人,这才是她们真正的出路。只有当这个世界是由非施害者的男性和非受害者的女性构成的"第三种人"的世界时,才会真正消除男性/女性、文明/自然、施害者/受害者、消费者/被消费者的二元对立,才是阿特伍德心中理想的世界。

美国学者斯蒂芬妮·巴贝·哈姆(Stephanie Barbé Hammer)在评论《使女的故事》时说:"这类故事中的女主人公,比如奥芙弗雷德,常常是一个被恶魔囚禁的无助者,而且在性上屈从于男性力量,直到她最终被一个罗曼蒂克的英雄释放出来。"[①]哈姆的话也许有点过于偏激,但当奥芙弗雷德听到情人尼克说"相信我"时,确实"紧紧抓住了这个机会"(*HT* 306)。不仅是奥芙弗雷德,阿特伍德笔下不少女主角似乎也都做着被英俊王子解救的梦:《神谕女士》中的琼,在异乡的阳台上依然幻想着高瘦的亚瑟来营救自己;《肉体伤害》里的雷妮身陷囹圄以后一直把保罗作为拯救自己的唯一希望。这些女性身上都依稀可以看出拉普索的影子,她们都希望能像童话故事中的拉普索或睡美人,等待着一个男性拯救者的

---

① Hammer, S. B. The World as It Will Be? Female Satire and the Technology of Power in *The Handmaid's Tale*. *Modern Language Studies*, 1990, 20(2): 41.

出现。如果说希腊神话里的海伦的命运是这些女性都想逃离的噩梦,那么童话里的王子是她们心中深藏的最初"原罪"似的希望。

《使女的故事》的结尾处,奥芙弗雷德坐上了尼克的黑色车,就像进了神秘的黑暗隧道,读者和她都不知道这将驶向"黑暗,或者是光明"(HT 306)。瑞格尼说:"他(尼克)是她欧律狄刻的俄耳甫斯,将她从冥界带出。"[1]这句话反而在暗示,如神话中的结果一样,尼克也没有成功解救出奥芙弗雷德。阿特伍德笔下这些"没有多少实体"的男性拯救者其实并不能真正将女性从被囚禁的环境中拯救出来,就像在《使女的故事》中就算所谓的拯救者能暂时将女性从被囚禁的空间中解救出来,也不会给予被拯救者真正的自由,而是将她重新囚禁。正如上文所说的,作为解救者的王子最后会变成囚禁者蓝胡子。英俊王子们不但无法拯救被囚禁的公主,反而会给她们带来毁灭性的灾难。就像《夏洛特姑娘》中的兰斯洛特骑士的出现导致夏洛特走向死亡,阿特伍德小说中那些寄希望于男性来拯救的女主人公也像是被命运诅咒了一般,无法获得她们想要的爱和自由。《神谕女士》中,作为拯救者先后出现的保尔和亚瑟原来都是蓝胡子的变体,将女主人公囚禁在狭小的家庭和传统情人及妻子的角色中,使得她最后不得不逃到异国他乡以摆脱各种束缚。《可以吃的女人》里,彼得向玛丽安求婚似乎是给予了她稳定的家庭和安逸的将来,实际上却是要将她"吃掉"。《盲刺客》中艾丽丝因寄希望于理查德挽救父亲的家族产业而献身于他,后者却侵吞了她的家产,还害死了她的父亲和妹妹劳拉。《肉体伤害》里的保罗也是以拯救者的形象出现的,结果却导致雷妮被关进了监狱——真正的囚禁。那么,读者也有理由相信奥芙弗雷德最后的命运凶多吉少。鉴于阿特伍德习惯用神话或童话原型来暗示自己笔下的人物命运,再加上她的女性主义观点,笔者认为奥芙弗雷德最终没有被尼克拯救,她的结局很可能是死亡。她生前没有被尼克拯救,死后也没能被两百年后的男性历史学家解放。皮艾索托教授无法理解她的情感体验,只是责怪她没有提供足够的"史实"。

所以说,阿特伍德小说中的男性往往表面上以拯救者的形象出现,实际上却是谋害者。作者在《神谕女士》中借琼之口发问:"每一个希斯克利夫都是林顿假

---

① Rigney, B. H. *Margaret Atwood*. Houndmills: Macmillan Education, 1987: 119.

扮的吗?"(*LO* 270)似乎每一个男人都至少有双重面孔,同时是施救者和施害者,或者说是表面上的施救者、实际上的施害者。阿特伍德在否认男性拯救者的同时,无疑再次强调了"天救自救者"的道理。既然不能像童话里的公主们一样依靠男性拯救者,那么在现实中女性就必须进行自我拯救。

结　语

这是很久以前拍的。
乍一看似乎是
一张模糊的
照片:模糊的照片与灰色的斑点
混合在相纸上;

然后,随着你的审视,
可以看到左边的角落里
一个看起来像是树枝的东西:树的一部分
(香脂树或是云杉)显露出来
而在右边,半高的地方
本应是一个微小的
斜坡,一座小型房子。

在背景里有一个湖,
更远处,是一些矮山。

(这张照片是在我淹死
之后的第二天拍摄的。

我在湖中,在照片
的中心,就在表面之下。

很难确切地说我在

哪里，或者说

我有多大或多小：

水的效果

在光线下失了真

但如果你看得够久，

最终

你会看到我。)①

　　这首小诗《这是一张我的照片》在前文也提及了，可以做多重解读，但表面之下的真相一直是阿特伍德创作的一个主基调之一。跳出文本，这首诗也可看成是阿特伍德本人对她的读者和批评家发出的一个挑战：她将自己深藏在水底，然后透过若隐若现的水面说："我就在这表面之下，看你能不能找到我。"阿特伍德作品数量颇多，内涵、主题和意象都极为丰富，如何"潜入水下"并将真正的阿特伍德带出来是许多评论者面临的一个难题。

　　本书之所以选用文本与语境相结合的研究方法，即将作品放置于加拿大以及西方的语境中分析，进行一种基于作品分析的文化解读，主要是考虑到一方面阿特伍德具有比较强烈的民族意识，且其整个创作生涯与当代加拿大文学的发展历程几乎是同步的；另一方面她紧随时代潮流与动向，其作品融合与折射出西方思想文化的方方面面。从这个角度看，语境式的文化视角与方法至少是适用的。

　　综观阿特伍德六十年来的文学创作，其总路径可以概括为：从诗歌到小说，从女性到社会，从加拿大到世界，从过去到未来，从现实到科幻。而如果将这整个过程放在西方的大语境中审视，我们也大致可以得出一部微型文化流变史。

　　体裁上从诗歌到小说的转变，其实反映了加拿大文学总体来说从以诗歌为主到小说更为繁荣的变化过程。拓荒时期的加拿大，由于生活艰难、环境恶劣、

---

　　①　Atwood，M. *Selected Poems*，*1965—1975*．London：Houghton Mifflin，1976：8.

出版业不发达等原因,文学形式多是吟唱自然与感怀寒冷天气的诗歌。与此同时,整个 19 世纪的长篇小说创作仅从数量上看就寥寥无几。到了 20 世纪上半叶小说才逐渐开始繁荣起来。然而,《加拿大英语文学选集》的编者在该书的序言中说,直到 20 世纪 40 年代,文选的编者们"依然认为加拿大文学的核心是基于诗歌的"①。单就 1960 年以来的当代文学来说,加拿大也经历了一个小说(或者说虚构作品)后来居上的过程。

从女性主义发展过程来看,阿特伍德第一部小说《可以吃的女人》创作于 1965 年左右,被阿特伍德自己称为"前女性主义作品",主要探讨消费主义社会中女性如何避免成为被消费的对象。女主人公玛丽安对女性角色(妻子、母亲)的回避,她那种隐隐地、说不出所以然的恐惧和莫名其妙的反抗,不正是 20 世纪五六十年代西方女性普遍的困惑与焦虑?到了七八十年代,第二次女性主义运动在西方全面展开,阿特伍德在这一时期发表的作品,包括诗集《权利政治》《你很快乐》,长篇小说《浮现》《神谕女士》《肉体伤害》和《使女的故事》,短篇集《蓝胡子的蛋》和《黑暗中的谋杀》等,无一不体现了当时女性主义思想与诉求。其中《浮现》的生态女性主义倾向、《肉体伤害》中的身体主题、《权利政治》中男性对女性的压迫,都是对法国与北美女权运动中的几个重要议题的文学回应。进入 90 年代以后,第三次女性主义浪潮在美国兴起。此次女性主义浪潮相较于前两次的振臂高呼来说,更倾向于自省与反思一些更深层次的心理与社会问题。创作于 1993 年的《强盗新娘》适时地提出了这样一个设想:当代女性的地位提高了,甚至颠覆了传统的男强女弱的局面,可内心里还是有着一种原始的传承了几千年的性别自卑情结(inferiority complex)。

从社会与科技发展路径来看,阿特伍德早期的作品侧重于警惕以工具理性为代表的科学主义对于人文社会的破坏;后期,特别是进入 21 世纪以来,包括《羚羊与秧鸡》《水淹之年》《疯癫亚当》《我心依旧》这几部长篇小说,几乎无一例外展现的都是科学技术的失控发展给人类带来灭顶之灾的反乌托邦场景。20 世纪六七十年代的玛丽安们还只是担心自己会完全暴露在手持相机的男性眼中,而未来世界的托比们则亲眼看见整个人类文明的毁灭。而这背后不正是近

---

① Bennett, D. & Brown, R. *An Anthology of Canadian Literature in English*. 3rd ed. Toronto: Oxford University Press, 2010: Preface.

年来生化科技、信息科技与人工智能等飞速发展的社会现实？

不管是不是受弗莱的影响，"原型意识"渗透在阿特伍德的作品中。但是追踪一下她的创作史，可以大致看到一个从神话原型到《圣经》原型的转变轨迹。早期的创作，包括第一部作品《双面普西芬尼》、70年代的《神谕女士》、80年代的几部短篇小说集等，其中的原型主要以希腊神话与欧洲童话为主，而后期的作品更多地借用或者暗喻《圣经》典故。新千年来的几部科幻小说中的反乌托邦社会图景则几乎都是基于《圣经》影射的构想。作为西方文化的两大源头，神话与《圣经》都为后世的文学创作提供了丰富的原型与集体心理素材，但是从历史上看，从神话至《圣经》的转变，在某种程度上代表了权力对个人的自由与追求的介入，而宗教作为一种强烈的求同意识形态，又易于走向狂热与偏狭，或者被极权者利用。《圣经》隐喻在近年阿特伍德的创作中反复出现，与当今国际争端频发和宗教极权主义兴起等世界局势不无关系。

阿特伍德曾说过："我认为，小说创作是对社会道德和伦理观念的一种维护。"[1]其实不只是小说作品，文学创作在她看来就是一种对现实的观照与干预方式。因此读阿特伍德的作品既不能脱离文本，也不应忽视语境，这个语境既是阿特伍德致力于构建并与其一同成长的加拿大文学，更是加拿大本身，同时也是当代西方社会，这个日趋多元、解构与后现代的世界。也许只有将阿特伍德放回这个大背景中，进行文本与语境的参照阅读，才能真正将隐在湖底的作者带出水面。

---

[1] Atwood, M. *Second Words: Selected Critical Prose 1960—1982*. Toronto: House of Anansi Press, 1982: 345.

参考文献

Atwood, M. *Alias Grace*. New York: Doubleday, 1996.

Atwood, M. *Bluebeard's Egg*. Toronto: McClelland & Stewart, 1983.

Atwood, M. *Bodily Harm*. New York: Bantam Books, 1982.

Atwood, M. *Bones and Murder*. London: Virago Press, 1995.

Atwood, M. *Cat's Eye*. Toronto: McClelland & Stewart, 1988.

Atwood, M. *Curious Pursuits: Occasional Writing 1970—2005*. London: Brown Book Group, 2006.

Atwood, M. *Dancing Girls*. Toronto: McClelland & Stewart, 1977.

Atwood, M. *Days of the Rebels 1815—1840*. Toronto: Natural Science of Canada, 1977.

Atwood, M. *Good Bones*. Toronto: Coach House Press, 1992.

Atwood, M. *Interlunar*. Toronto: Oxford University Press, 1984.

Atwood, M. *Lady Oracle*. Toronto: McClelland & Stewart, 1976.

Atwood, M. *Life Before Man*. Toronto: McClelland & Stewart, 1979.

Atwood, M. *Morning in the Burned House*. Toronto: McClelland & Stewart, 1995.

Atwood, M. *Moving Targets: Writing with Intent 1982—2004*. Toronto: House of Anansi Press, 2004.

Atwood, M. *Murder in the Dark*. Toronto: Coach House Press, 1983.

Atwood, M. *Negotiating with the Dead: A Writer on Writing*. Cambridge: Cambridge University Press, 2002.

Atwood, M. *Oryx and Crake*. Toronto: McClelland & Stewart, 2003.

Atwood, M. *Power Politics*. Toronto: House of Anansi Press, 1971.

Atwood, M. *Procedures for Underground*. Toronto: Oxford University Press, 1970.

Atwood, M. *Second Words: Selected Critical Prose 1960—1982*. Toronto: House of Anansi Press, 1982.

Atwood, M. *Selected Poems II: Poems Selected and New, 1976—1986*. Toronto: Oxford University Press, 1986.

Atwood, M. *Selected Poems, 1965—1975*. London: Houghton Mifflin, 1976.

Atwood, M. *Strange Things: The Malevolent North in Canadian Literature*. New York: Oxford University Press, 1995.

Atwood, M. *Surfacing*. New York: Fawcett Books, 1987.

Atwood, M. *Survival: A Thematic Guide to Canadian Literature*. Toronto: House of Anansi Press, 1972.

Atwood, M. That Certain Thing Called the Girlfriend. *New York Times Book Review*, 1986-05-16(45).

Atwood, M. *The Animals in That Country*. Boston: Little, Brown and Company, 1969.

Atwood, M. *The Blind Assassin*. London: Virago Press, 2001.

Atwood, M. *The Circle Game*. Toronto: Cranbrook Academy of Art, 1964.

Atwood, M. *The Edible Woman*. Toronto: McClelland & Stewart, 1969.

Atwood, M. *The Handmaid's Tale*. Toronto: McClelland & Stewart, 1985.

Atwood, M. *The Journals of Susanna Moodie*. Toronto: Oxford University Press, 1970.

Atwood, M. *The New Oxford Book of Canadian Verse in English*. Toronto: Oxford University Press, 1982.

Atwood, M. *The Oxford Book of Canadian Short Stories in English*. Toronto: Oxford University Press, 1986.

Atwood, M. *The Penelopiad*. Edinburgh: Canongate Books, 2005.

Atwood, M. *The Robber Bride*. New York: Doubleday, 1998.

Atwood, M. *The Tent*. New York: Bloomsbury, 2006.

Atwood, M. *True Stories*. New York: Simon and Schuster, 1981.

Atwood, M. *Two-headed Poems*. Toronto: Oxford University Press, 1978.

Atwood, M. Who Created Whom? Characters That Talk Back. *New York Times Book Review*, 1987-05-31(36).

Atwood, M. *Wilderness Tips*. Toronto: McClelland & Stewart, 1991.

Atwood, M. *Writing with Intent: Essays, Reviews, Personal Prose: 1983— 2005*. New York: Carroll & Graf Publishers, 2005.

Atwood, M. *You Are Happy*. Toronto: Oxford University Press, 1974.

Atwood, M. & Beaulieu, V.-L. *Two Solicitudes: Conversations*. Aronoff, P. & Scott, H. (trans.). Toronto: McClelland & Stewart.

Barthes, R. *Image-Music-Text*. Heath, S. (trans. & ed.). London: Fontana Press, 1977.

Barthes, R. *Roland Barthes*. London: Macmillan, 1977.

Becker, M. B. *Forms and Functions of Dystopia in Margaret Atwood's Novels: "The Handmaid's Tale" and "Oryx and Crake"*. Riga: VDM Verlag Dr. Müller, 2008.

Bennett, D. & Brown, R. *A New Anthology of Canadian Literature in English*. Toronto: Oxford University Press, 1990.

Bennett, D. & Brown, R. *An Anthology of Canadian Literature in English*. 3rd ed. Toronto: Oxford University Press, 2010.

Beran, C. *Living over the Abyss: Margaret Atwood's Life Before Man*. Toronto: ECW Press, 1994.

Birney, E. *The Collected Poems of Earle Birney (Vol. 1)*. Toronto: McClelland & Stewart, 1975.

Bordo, S. *The Flight to Objectivity: Essays on Cartesianism and Culture*. Albany: State University of New York Press, 1987.

Bordo, S. *Unbearable Weight*. Berkeley: University of California Press, 1993.

Bottigheimer, R. *Grimms' Bad Girls and Bold Boys: The Moral and Social*

Vision of the Tales. New Haven: Yale University Press, 1987.

Bouson, J. B. *Brutal Choreographies: Oppositional Strategies and Narrative Design in the Novels of Margaret Atwood*. Amherst: University of Massachusetts Press, 1993.

Carrington, I. D. P. *Margaret Atwood and Her Works*. Toronto: ECW Press, 1985.

Chapman, N. B. Mary and Martha. http://www.thisischurch.com/christian_teaching/sermon/marymartha.htm. Accessed 2010-01-04.

Christ, C. P. Margaret Atwood: The Surfacing of Women's Spiritual Quest and Vision. *Signs*, 1976, 2(2): 316-319.

Cooke, N. *Margaret Atwood: A Biography*. Toronto: ECW Press, 1998.

Cooke, N. *Margaret Atwood: A Critical Companion*. Westport: Greenwood Press, 2004.

Davey, F. *Margaret Atwood: A Feminist Poetics*. Vancouver: Talonbooks, 1984.

Davidson, A. E. & Davidson, C. N. *The Art of Margaret Atwood: Essays in Criticism*. Toronto: House of Anansi Press, 1981.

Derrida, J. *Specters of Marx: The State of the Debt, the Work of Mourning & the New International*. Kamuf, P. (trans.). Abingdon: Routledge, 1994.

Du Bois, W. Novel of Quebec, Between Two Wars. *The New York Book Review*, 1945-01-21(5).

Enos, J. What's in a Name? Zenia and Margaret Atwood's *The Robber Bride*. *Newsletter of the Margaret Atwood Society*, 1995(15): 14.

Fee, M. *The Fat Lady Dances: Margaret Atwoods "Lady Oracle"*. Toronto: ECW Press, 1993.

Fowles, J. *The Collector*. St. Albans: Triad Panther, 1976.

Frank, A. W. Bringing Bodies Back In: A Decade Review. *Theory Culture and Society*, 1990(7): 131-162.

Freedman, A. Happy Heroine and "Freak" of Can Lit. *Globe and Mail*, 1980-10-25(E1).

Gennep, A. V. *The Rites of Passage.* New York: Routledge, 1960.

Gibson, G. *Eleven Canadian Novelists.* Toronto: House of Anansi Press, 1973.

Gitter, E. G. The Power of Women's Hair in the Victorian Imagination. *PMLA*, 1984, 99(5): 936-954.

Grace, S. E. Courting Bluebeard with Bartók, Atwood, and Fowles: Modern Treatment of the Bluebeard Theme. *Journal of Modern Literature*, 1984, 11(2): 43-53.

Grace, S. E. *Violent Duality: A Study of Margaret Atwood.* Montreal: Véhicule Press, 1980.

Grace, S. E. & Weir, L. *Margaret Atwood: Language, Text, and System.* Vancouver: University of British Columbia Press, 1983.

Grimm, J. & Grimm, W. *Grimms' Tales for Young and Old: The Complete Stories.* Manheim, R. (trans.). New York: Doubleday, 1977.

Hammer, S. B. The World as It Will Be? Female Satire and the Technology of Power in *The Handmaid's Tale. Modern Language Studies*, 1990, 20(2): 39-49.

Hengen, S. *Margaret Atwood's Power: Mirrors, Reflections and Images in Select Fiction and Poetry.* Toronto: Second Story Press, 1993.

Horne, A. J. *The Annotated Bibliography of Canada's Major Authors 1—2.* Downsview, Ontario: ECW Press, 1979.

Howells, C. A. *Contemporary Canadian Women's Fiction: Refiguring Identities.* New York: Palgrave Macmillan, 2003.

Howells, C. A. *Margaret Atwood.* London: Palgrave Macmillan, 1996.

Howells, C. A. *Private and Fictional Words: Canadian Women Novelists of the 1970s and 1980s.* London: Methuen, 1987.

Howells, C. A. *The Cambridge Companion to Margaret Atwood.* New York: Cambridge University Press, 2006.

Howells, C. A. *York Notes on "The Handmaid's Tale".* Harlow: Longman,

1993.

Hutchiso, L. The Book Reads Well: Atwood's *Alias Grace* and the Middle Voice. *Pacific Coast Philology*, 2003(38): 40-59.

Ingersoll, E. G. *Margaret Atwood: Conversations*. Princeton: Ontario Review Press, 1990.

Irvine, L. *Collecting Clues: Margaret Atwood's "Bodily Harm"*. Toronto: ECW Press, 1994.

Karras, R. M. *From Boys to Men: Masculinity in Late Medieval Europe*. Philadelphia: University of Pennsylvania, 2003.

Keith, W. J. *Introducing Margaret Atwood's "The Edible Woman": A Reader's Guide*. Toronto: ECW Press, 1989.

Kincaid, J. *Tennyson's Major Poems: The Comic and Ironic Patterns*. New Haven: Yale University Press, 1975.

Knelman, J. Can We Believe What the Newspapers Tell Us? *Missing Links in Alias Grace. University of Toronto Quarterly*, 1999, 68(2): 677-686.

Kroetsch, R. *The Lovely Treachery of Words: Essays Selected and New*. New York: Oxford University Press, 1989.

Kuźnicki, S. *Margaret Atwood's Dystopian Fiction: Fire Is Being Eaten*. Newcastle upon Tyne: Cambridge Scholar Publishing, 2017.

Layton, I. *The Darkening Fire: Selected Poems 1945—1968*. Toronto: McClelland & Stewart, 1975.

Lehmann-Haupt, C. Books of the Times. *The New York Times*, 1980-03-10 (14).

Lilburn, J. *Margaret Atwood's "The Edible Woman"*. Piscataway: Research & Education Association, 2000: 1.

Macpherson, H. S. *Courting Failure: Women and the Law in Twentieth-Century Literature*. Akron: University of Akron Press, 2007.

Macpherson, H. S. *The Cambridge Introduction to Margaret Atwood*. New York: Cambridge University Press, 2010.

Macpherson, H. S. *Women's Movement*: *Escape as Transgression in North American Feminist Fiction*. New York: Rodopi, 2000.

Mallinson, J. *Margaret Atwood and Her Works*. Toronto: ECW Press, 1984.

Marks, E. *New French Feminisms*: *An Anthology*. Brighton: Harvester, 1981.

McCombs, J. *Critical Essays on Margaret Atwood*. Boston: G. K. Hall, 1988.

McCombs, J. & Palmer, C. L. *Margaret Atwood*: *A Reference Guide*. Boston: Hall, 1991.

McWilliams, E. *Margaret Atwood and the Canadian Female Bildungsroman*. London: Routledge, Taylor & Francis Group, 2016.

Mendez-Egle, B. *Margaret Atwood*: *Reflection and Reality*. Edinburg: Pan American University Press, 1987.

Morris, W. *American Heritage Dictionary of the English Language*. Boston: Houghton Mifflin, 1976.

Mycak, S. *In Search of the Split Subject*: *Psychoanalysis, Phenomenology, and the Novels of Margaret Atwood*. Toronto: ECW Press, 1996.

Nischik, R. M. *Margaret Atwood*: *Works and Impact*. New York: Camden House, 2000.

O'Grady, J. & Staines, D. *Northrop Frye on Canada*. Toronto: University of Toronto Press, 2003.

Parrinder, P. Making Poison. *London Review of Books*, 1986-03-20(21).

Perrakis, P. S. *Adventure of the Spirit*: *The Older Woman in the Works of Doris Lessing, Margaret Atwood and Other Contemporary Women Writers*. Columbus: Ohio State University Press, 2007.

Perter, G. *The Freud Reader*. London: Vintage, 1995.

Peterson, N. J. Bluebeard's Egg: Not Entirely a "Grimm" Tale. *Short Story Criticism*, 2001(46): 53.

Rao, E. *Strategies for Identity: The Fiction of Margaret Atwood*. New York: Peter Land Publishing, 1994.

Reynolds, M. *Margaret Atwood: The Essential Guide to Contemporary Literature*. London: Vintage, 2002.

Rigney, B. H. *Madness and Sexual Politics in the Feminist Novel: Studies in Brontë, Woolf, Lessing and Atwood*. Madison: The University of Wisconsin Press, 1978.

Rigney, B. H. *Margaret Atwood*. Houndmills: Macmillan Education, 1987.

Rilke, R. M. *Sonnets to Orpheus*. Young, D. (trans.). Hanover: Wesleyan University Press, 1987.

Rogerson, M. Should We Believe Her? Margaret Atwood and Uncertainty: A Response to Burkhard Niederhoff. *Connotations*, 2009(19): 79-91.

Rosenberg, J. *Margaret Atwood*. Boston: Twayne, 1984.

Ryle, G. *The Concept of Mind*. New York: Barnes and Noble, 1949.

Sanchez-Grant, S. The Female Body in Margaret Atwood's *The Edible Woman* and *Lady Oracle*. *Journal of International Women's Studies*, 2008(9): 77.

Showalter, E. *The New Feminist Criticism*. New York: Pantheon Books, 1985.

Showalter, E. Virgin Suicide. *New Statesman*, 2000(10): 129.

Staels, H. *Margaret Atwood's Novels: A Study of Narrative Discourse*. Tubingen: A. Francke Verlag, 1995.

Staines, D. *The Canadian Imagination: Dimensions of a Literary Culture*. Cambridge: Harvard University Press, 1977.

Stallybrass, P. & White, A. *The Politics and Poetics of Transgression*. Ithaca: Cornell University Press, 1986.

Steenman-Marcusse, C. *The Rhetoric of Canadian Writing*. New York: Rodopi, 2002.

Stein, K. *Margaret Atwood Revisited*. New York: Twayne, 1999.

Steiner, G. *In Bluebeard's Castle*. London: Faber and Faber, 1971.

Sullivan, R. *The Red Shoes: Margaret Atwood Starting Out*. Toronto: HarperCollins Publishers, 1998.

Tennyson, A. *The Poems of Tennyson*. London: Longman, 1987.

Thomason, E. *Novels for Students (Vol. 12)*. Detroit: Gale, 2001.

Thomason, E. *Novels for Students (Vol. 13)*. Detroit: Gale, 2002.

Tolan, F. *Margaret Atwood: Feminism and Fiction*. New York: Rodopi, 2007.

Van Spanckeren, K. & Castro, J. G. *Vision and Forms*. Carbondale: Southern Illinois University Press, 1988.

Warhol, R. & Herndl, D. *Feminisms: An Anthology of Literary Theory and Criticism*. New Brunswick: Rutgers University Press, 1991.

White, H. *Tropics of Discourse: Essays in Cultural Criticism*. Baltimore: Johns Hopkins University Press, 1978.

Wilson, S. R. *Margaret Atwood's Fairy-Tale Sexual Politics*. Jackson: University Press of Mississippi, 1993.

Wilson, S. R. *Margaret Atwood's Textual Assassinations: Recent Poetry and Fiction*. Columbus: Ohio University Press, 2004.

Wilson, S. R. *Myths and Fairy Tales in Contemporary Women's Fiction: From Atwood to Morrison*. New York: Palgrave Macmillan, 2008.

Wilson, S. R., Friedman, T. B. & Hengen, S. *Approaches to Teaching Atwood's "The Handmaid's Tale" and Other Works*. New York: MLA, 1996.

Woodcock, G. *Introducing Margaret Atwood's "Surfacing": A Reader's Guide*. Toronto: ECW Press, 1990.

York, L. M. *Various Atwood: Essays on the Later Poems, Short Fiction, and Novels*. Toronto: House of Anansi Press, 1995.

阿特伍德. 别名格雷斯. 梅江海, 译. 南京:南京大学出版社,2008.

阿特伍德. 浮现. 蒋立珠, 译. 南京:南京大学出版社,2008.

阿特伍德. 可食的女人. 蒋立珠,等译. 北京:中国文联出版社,1994.

阿特伍德. 可以吃的女人. 刘凯芳,译. 上海:上海译文出版社,1999.

阿特伍德. 盲刺客. 韩忠华,译. 上海:上海译文出版社,2007.

阿特伍德. 猫眼. 杨昊成,译. 南京:译林出版社,2002.

阿特伍德. 女祭司. 谢佳真,译. 台北:天培文化有限公司,2009.

阿特伍德. 珀涅罗珀记. 韦清琦,译. 重庆:重庆出版社,2005.

阿特伍德. 生存:加拿大文学主题指南. 秦明利,译. 北京:中国文联出版
　　社,1991.

阿特伍德. 使女的故事. 陈小慰,译. 南京:译林出版社,2001.

阿特伍德. 与死者协商:一位作家论写作. 王莉娜,译. 上海:上海文艺出版
　　社,2013.

巴赫金. 诗学与访谈. 白春仁,顾亚铃,等译. 石家庄:河北教育出版社,1998.

巴赫金. 文本 对话与人文. 白春仁,晓河,周启超,等译. 石家庄:河北教育出版
　　社,1998.

策兰. 美洲译诗文选. 王家新,芮虎,译. 石家庄:河北教育出版社,2002.

陈晓兰. 女性主义批评与文学诠释. 兰州:敦煌文艺出版社,1999.

陈宗宝. 加拿大文学论文集. 南京:译林出版社,1992.

丁林棚. 视觉、摄影和叙事:阿特伍德小说中的照相机意象. 外国文学,2010(4):
　　123-130.

逢珍. 加拿大英语诗歌概论. 北京:民族出版社,2008.

弗莱. 现代百年. 盛宁,译. 沈阳:辽宁教育出版社,1998.

傅俊. 傅俊文学选论. 上海:复旦大学出版社,2007.

傅俊. 玛格丽特·阿特伍德研究. 南京:译林出版社,2003.

梅洛-庞蒂. 知觉现象学. 姜志辉,译. 北京:商务印书馆,2001.

潘守文. 论《盲刺客》的不可靠叙述者. 天津外国语学院学报,2005(2):56-59.

潘守文. 民族身份的建构与解构——阿特伍德后殖民文化思想研究. 长春:吉林
　　大学出版社,2007.

汪民安,陈永国,张云鹏. 现代性基本读本. 开封:河南大学出版社,2005.

杨大春. 语言·身体·他者:当代法国哲学的三大主题. 北京:生活·读书·新

知三联书店,2007.

杨大春,尚杰.当代法国哲学诸论题——法国文学研究(1).北京:人民出版
　　社,2005.

张德明.流散族群的身份建构——当代加勒比英语文学研究.杭州:浙江大学出
　　版社,2007.

张京缓.当代女性主义文学批评.北京:北京大学出版社,1992.

朱立元.当代西方文艺理论.上海:华东师范大学出版社,1997.

索　引

后　记

在大洋彼岸《使女的故事》播映热潮中写后记，如同隔着帘子听邻居的喧嚣；而时隔七年回头整理当年的博士论文文稿，又像是透过岁月的棱镜审视过去。2009年，阿特伍德七十岁，我开始将她作为我的研究对象；现在是2019年，阿特伍德八十岁，时间刚好走过了十年。这些年来，作为一个默默关注阿特伍德的普通高校工作者，我在出世与入世之间裹足不前，但阿特伍德依然是一名备受关注的世界知名作家，依然在不断推出新作。近年来，她甚至用更浓烈的文字来填绘时间，而我的岁月几乎空白一片。

说起来，阿特伍德似乎一直处于舆论的风口浪尖：刚一出道就凭借《圆圈游戏》而成为最年轻的总督文学奖获得者；出版一本薄薄的文论像投出了一枚炸弹，引起了加拿大全国范围的讨论与质疑；后又多次陷入圈内的文字战。就在去年轰轰烈烈的"米兔运动"中她因为"坏女性主义"的言论又引发了争议。横向来看，当今世界上与她同龄的不少作家都逐渐沉寂。在加拿大国内，曾与之一同被称为"女性三大家"的玛格丽特·劳伦斯（Margaret Laurence）已离世，爱丽丝·门罗（Alice Munro）也退出了文坛，而阿特伍德依然活跃在国际文坛舞台上。阿特伍德注定是当代加拿大文学中最响亮的名字之一。

所以研究阿特伍德，与研究那些孤绝冷寂的作家不同，你总能在她的作品中感觉到一点时代的风云，哪怕只是隔岸观火。

如果说阿特伍德还有什么与许多其他作家不一样的地方，那就是她天生就是一个"写者"（如果我们直译英语中"writer"一词的话）：幼年时即立志成为一名作家，直到现在的暮年，"写"贯穿了她的一生。她写出了一个丰富的文学世界，写出了一段跨越两个世纪、长达六十年的个人文学史，写出了在当代加拿大乃至世界文学中的不可替代地位，也写出了一个辉煌的女性作家的人生。如果说她对我个人在学术之外有什么启示的话，那就是她让我对"写"有了更深的信任，让我希望有朝一日也能在盛开小雏菊的花园里静静地写我自己的文字。

最后，感谢家人的支持与包容，让我可以一个人在书房里"码"这些对我"不甚友好"的文字；感谢我的博导张德明教授对这个课题的指导与支持，并为本书封面绘制阿特伍德的肖像画；感谢同学沈家乐当年所提的意见；感谢浙江省哲学社会科学办公室的立项与经费支持；感谢杭州师范大学对于本书的资助；感谢浙江大学出版社为此书出版所做的工作，尤其是责任编辑董唯在书稿编辑等方面所做的大量工作。以及，感谢这十年的空白。

张　雯

2019 年 3 月于恕园

图书在版编目（CIP）数据

玛格丽特·阿特伍德:文本与语境 / 张雯著.
—杭州:浙江大学出版社,2019.11
ISBN 978-7-308-19517-1

Ⅰ.①玛… Ⅱ.①张… Ⅲ.①玛格丽特·阿特伍德—小说研究
Ⅳ.①I711.074

中国版本图书馆 CIP 数据核字（2019）第 191108 号

玛格丽特·阿特伍德:文本与语境

张　雯　著

责任编辑	董　唯	
责任校对	田　慧	
封面设计	周　灵	
出版发行	浙江大学出版社	
	（杭州市天目山路 148 号　邮政编码 310007）	
	（网址:http://www.zjupress.com）	
排　　版	浙江时代出版服务有限公司	
印　　刷	浙江印刷集团有限公司	
开　　本	710mm×1000mm　1/16	
印　　张	12.75	
字　　数	251 千	
版 印 次	2019 年 11 月第 1 版　2019 年 11 月第 1 次印刷	
书　　号	ISBN 978-7-308-19517-1	
定　　价	48.00 元